丝路之魂

丝绸之路文学创作出版工程

苏武牧羊

林仑 著

陕西新华出版

太白文艺出版社·西安

图书在版编目（CIP）数据

苏武牧羊 / 林仑著. — 西安：太白文艺出版社，
2018.2（2023.7重印）
　ISBN 978-7-5513-1337-7

Ⅰ. ①苏… Ⅱ. ①林… Ⅲ. ①长篇小说—中国—当代
Ⅳ. ①I247.5

中国版本图书馆CIP数据核字（2017）第279315号

苏武牧羊
SU WU MU YANG

作　　者　林　仑
责任编辑　黄　洁
封面设计　侣哲峰　高　薇
出版发行　太白文艺出版社
经　　销　新华书店
印　　刷　河北浩润印刷有限公司
开　　本　787mm×1092mm　1/16
字　　数　250千字
印　　张　14.75
版　　次　2018年2月第1版
印　　次　2023年7月第4次印刷
书　　号　ISBN 978-7-5513-1337-7
定　　价　45.00元

序

　　昨夜梦见了苏武。梦见了苏武那杆比生命还要珍贵的从不曾离手的节杖，以及北海狂野的风雪和百只陪伴苏武的公羊……梦见了岁月的明眸。

　　是有着两千多年因缘的牵引，还是梦神的旨意，仅在一个晚上，我就穿越了时空，走过了两千多载的路程。

　　梦以它令人费解的透明度，在人深沉的睡眠里，照耀，闪亮。人无法读懂，但到了历史的大脑皮层上，却有了别样的诠释和感悟。

　　我跟随着梦的足迹，翻山越岭，去寻找西汉王朝公元前100年被汉武帝授予国家使节，并以中郎将身份出使匈奴的那个名叫苏武、字子卿的陕西关中汉子。曾经在匈奴国的大北方，因匈奴发生内乱而受到牵连被扣押后，无论匈奴单于以一人之下万人之上的高官厚禄作为诱惑，还是将其扔进冰天雪地的露天地窖，用尽了常人无法忍受的刑罚对其百般折磨，甚至将他流放到北海蛮荒之地牧羊，也无法改变苏武那一颗忠君爱国之心。这位陕西关中生长起来的铁骨硬汉，以一位汉朝使节的大无畏气概，在漠北，在北海，谱写了一曲令人荡气回肠、让历史永远铭记的英雄篇章。

　　苏武牧羊的故事，穿透了历史的重重雾霭，以彰显民族气节和一个汉朝使节的忠烈情怀，已渗进中华民族子孙后代的血骨之中。

　　所以，有了梦，就有了敬仰；有了膜拜，就有了传承和追溯。

一

历史在中华大地不断回眸,苏武的英魂激励着华夏儿女的爱国情怀,一代一代薪火相传。

那是两千多年前的公元前 100 年,也就是汉武帝即位后第 41 年的天汉元年的春天。大汉帝都长安城里,柳树娉婷,蕴蓄着绿意,枝条上凸起的苞芽随时准备迎接一场春风的荡漾,已经很撩人地在旭日的光环里摆动着迷人的舞姿。熙熙攘攘的人流穿梭于叫买叫卖的大街小巷,热闹非凡。帝都长安未央宫里,金光闪闪的宝座高筑,鲜艳红亮的擎天巨柱无一不彰显着一个王朝的恢宏气象。

"天子出朝,商议讨伐匈奴之大计,百官出朝了!"

声声高唱,道出了汉王朝的威仪。

刘彻在一群宫娥和太监的簇拥下上殿,落座后,摆了摆又长又宽的衣袖。殿阶下擎天巨柱间排列有序的文武众官员,一边山呼"吾皇万岁,万岁,万万岁",一边甩袖齐齐跪下。

"众爱卿平身!"

刘彻一声令下,宽厚的余音顿时在深邃宽阔的大殿内回荡,久久不息。

"谢万岁!"众文武大臣齐声谢过,个个手执笏板,以宝座为中心,分列两旁。

刘彻望着下面的众官员,声音洪亮地说:"今日百官出朝,主要商计讨伐匈奴一事。"

帝王的气势随着声音在偌大的殿堂里蔓延。

"自我大汉开国以来,世代祖业辉煌。朕即位之后,蒙祖宗恩惠,秉承先帝遗愿,整饬南越,建九郡;取东越,移江淮;平西南,建益州;败楼兰,制大宛,使周边得以安定。现只有北方匈奴可恨,不断侵犯我大汉疆界,扰我民众，还扣我使节……今我大汉兵强马壮，又适逢春意渐浓，春草蓬生，朕欲发兵讨伐匈奴，众爱卿以为如何？"

就在众文武官员齐声高呼"万岁圣明"之际，一位中年汉子从队列里趋前一步，一字一板地奏道："万岁，臣以为在讨伐匈奴之前，应先释放那些被我大汉扣押的匈奴使节。这样一来，既显示圣上的博大胸怀和我大汉捐弃前嫌的坦荡风度，也可以此举麻痹匈奴。如此形势下，更利于我方击败匈奴。"

听完这一番话，大殿上的刘彻不由得问道："谁？"

"中郎将，该死之臣苏武。"苏武回应道。

刘彻忽然变了脸色，对着殿下的苏武喝道："大胆苏武！北方蛮夷匈奴屡犯我疆界边关，杀戮我边民，可恨至极，理当即刻讨伐！匈奴还扣押我使节路充国、郭吉等人数年不放，我大汉扣押他匈奴使者也理所应当，何言放归？如今春光明媚，我军雄兵百万，朕掌天下定要横扫漠北！哈哈哈哈……"

"万岁圣明！"众文武大臣齐声高赞。

苏武还想再次发言劝阻，刚刚说了一声"万岁……"就被刘彻的不屑打住了。

"少卿可在？"刘彻如炬的目光在大殿内搜寻着，大声问道。

只见一年纪稍长于苏武，名叫李陵的英俊汉子出列应声答道："万岁，臣在。"

"十万精兵，你可准备到位？"刘彻威严地发问。

李陵声震朝堂，回禀道："养兵千日，重在用兵一时。臣率领的精兵强将，冬练三九，夏练三伏，个个身强力壮，骑马射箭，百发百中。只等圣上下旨，我李陵将一马当先，率部横扫漠北！"

"好！喜我兵精将锐，先帝遗愿指日可遂。爱卿不愧为大汉将军李广之孙啊！"刘彻信心倍增，对着殿下的李陵下旨发令："爱卿听旨——"

李陵刚一跪下，就见一宫侍急慌慌地从殿门外奔跑上来。

"启禀万岁，大喜啊！使臣路充国从匈奴回来了，就在殿外等候。"

"什么？怎么回事？谁回来了？"刘彻睁大双眼，惊异万分地连声问道。

"大汉使臣路充国！他从匈奴那里回来了，正在殿外候朝。"

刘彻的双目放射出喜悦的光芒，急对侍从喊话："啊呀，朕三年未见路充国了！快，传旨，让他快快上殿！"

有大臣即刻忧虑地劝道："万岁，您应三思而行啊！当下正值两国交锋的紧要时刻，应防路充国回归有欺诈之嫌。"

"难道路充国还能投降了匈奴不成？"刘彻眉宇间即刻拧出了两道疑云。

苏武见状连忙又进言道："皇上，既然路充国急匆匆回来求见皇上，必有要事相禀，不能不见啊！"

刘彻听罢，一甩长袖："传——"

一脸胡须的路充国风尘仆仆地奔上殿来。

"参见万岁，万岁，万万岁！"

刘彻抻长脖子，说了一声："爱卿平身。"

"臣死罪在身，不敢起立！"路充国跪地不起。

"朕赦你无罪，快快平身！"

"谢万岁！"

路充国起身后，望了望殿堂上等候他回话的刘彻，就听刘彻忍不住先发问起来："爱卿，你是如何归来的呢？"

路充国忙回禀道："万岁，我们护送匈奴使者遗体到了匈奴后，乌维单于枉认为贵人是我们所害，我们有口难辩，他就将我等扣押了下来。现在，老单于乌维去世，且鞮侯单于继位。新单于有新的策略，他很敬佩圣上您，还以晚辈自称，一心想与我大汉言和，重修旧好，所以，就放了我等使节回汉。为了表达和好的诚意，新单于还委派他的亲弟弟于轩王带了厚礼亲自来我中原觐见皇上。于轩王要亲口对皇上表达敬意，言归于好，从此化干戈为玉帛，和平相处。"

"于轩王现在何处？"刘彻忙问。

"就在殿外等候。"路充国应道。

刘彻还未应允接见，就又有大臣向他奏道："万岁，千万不可召见！想那匈奴必是惧怕我大汉之威,才来耍这一手,以实现他们的缓兵之计。咱们还是以出兵讨伐为上策!"

应和的大臣也纷纷进言:"就是,就是,还是讨伐为上,以绝后患!"

圣殿内顿时起了杂声。苏武忍不住大声疾呼:"万岁,千万不可啊!眼下这种形势,是和番难得的机会啊!万岁如不见来使,不仅于理不通,还可能使匈奴产生与我大汉死拼之念。还望圣上三思呀!"

刘彻面露难色。路充国见状,忙进言道:"皇上,和番之意也是先帝生前的愿望呀!今遇大好时机,还望万岁能从长计议,速速做出决策。"

众大臣齐声奏道:"还请吾皇定夺!"

刘彻沉思良久,突然下了决心,一声令下:"传——"

只见一位意气风发、年轻英俊、气宇轩昂的匈奴特使,在宫侍的引领下,来到了殿堂。

他就是匈奴且鞮侯单于的亲弟弟于轩王。

于轩王作揖下拜。

"于轩王拜见万岁!"

"免!"刘彻挥手,下令赐座。

殿堂内静得几乎能听见每个人的呼吸声。

刘彻看着匈奴于轩王,问道:"单于派将军来,一定有非同一般的使命吧?"

精干英武的于轩王刚坐下身又站立起来,他望着富丽堂皇的大汉天子宝座上的刘彻,声调匀平、气宇轩昂地说道:"皇上,汉番两家言归于好,从此化干戈为玉帛,互不侵扰,使双方百姓免遭征战徭役之苦,实乃上合天意、下顺民心的大好之事。为了表示诚意,单于让臣下亲来大汉,送羊一千只,牛五百头,上等皮毛两万张以及冰油丸三万盒。单于同时承诺,愿意在往后的日月里,年年向大汉朝贡,以表友好之意。"

说完,于轩王双手向刘彻呈上了礼单。

"大胆匈奴于轩王!"殿堂之上,刘彻突然龙颜大怒,狂风一样吼叫起来,"在我圣殿之上,你还想摇唇鼓舌,蛊惑人心!想你们匈奴杀害朕无数边关子民,使我大汉多少无辜百姓惨遭杀戮。来人,绑了! 把他拉下去,斩!"

见龙颜突发其变,众臣大惊,个个丈二和尚摸不着头脑。匈奴首领于轩王也惊异万分地睁大了双眼。

时间仿佛在这儿停滞不前了,紧张的空气里,似乎只要有一丁点火星就能即刻燃爆一样。

当于轩王回过神来时,他才慢慢地对大殿上的刘彻说:"我原以为大汉天子的心胸似草原和大海般宽广,看来是我想错了,高估了! 我本是带着北国万众的殷切企盼来寻求和解的,却不料,大汉这宝座上的人目光竟如此短浅,心胸是如此狭窄! 如果杀臣能唤醒圣上的英明,改弦易辙,我死而无憾!"

众大臣哗然,众口一词怒斥匈奴于轩王:"大胆! 竟敢在这里顶撞圣上!"

苏武见势不妙,立刻跪倒在地,声嘶力竭地喊:"圣上,不能啊! 万万不可杀来使呀!"

"哈哈哈……"刘彻的大笑一如刚才突然怒发冲冠时的咆哮一样,惊得在场的大臣们个个呆若木鸡。

刘彻一边笑,一边走下龙椅,来到于轩王面前,亲手解下捆绑着他的绳子,对他说:"让将军受惊了。朕只是想试探一下,看看匈奴求和究竟是真情还是假意。"

刘彻说着,一转身,看见还跪在地上的苏武,又大笑了一声,说:"苏爱卿平身吧!"

大踏步回到宝座,刘彻对于轩王说道:"将军,单于的一片心意,我大汉心领了。咱们从此废刀弩之战,熄边关烽火,永世交好,和睦相处,你说怎么样呢?"

于轩王见汉朝皇上态度由阴转晴了,忙问刘彻:"那,皇上,之前扣留的匈奴使节,何时能放归?"

刘彻仿佛忘记了此事一般,沉思着"哦"了一声。

这时的路充国立即上前奏道:"万岁,既然双方要和好了,扣押的匈奴使节理应放回。当然,圣上可派一名精干得力之士,护送其归去。礼尚往来,咱们也应送一些礼品与单于,以示诚意。这样一来,才显示我大汉的皇恩浩荡!"

刘彻赞赏路充国的建议,又反问道:"爱卿之所想,也正是朕之意。依爱卿之见,该派谁去更合适呢?"

路充国回禀道:"恕臣直言,此人远在天边,近在咫尺,他虽此前默默无闻,却忠心耿耿,铁骨铮铮。若派此人前去,定能不辱使命,马到成功。"

刘彻似有所悟地说:"爱卿是指……"

"中郎将苏武!"路充国声音铿锵地回应道。

"唔,不错,让朕再做一番考虑。"刘彻说完,转身离殿而去。

"退朝!"殿上一声高宣,众文武官员散去。

二

这是公元前 100 年。大汉帝国的长安城，里里外外都飘散着一个王朝新的辉煌已来临的生动气息。那些谋生在城内的百姓们，挎篮挑担，穿梭于街巷集市，在买与卖的吵吵嚷嚷中，开始了日复一日的平常生活。郊外的乡野，人们日出而作，日落而息，在土地上耕作着，一家家烟火稻谷的生活，也自有一番农耕人家的惬意在其中。

无论是草芥平民，还是官宦之家，所有人都在各自的圈子里做着各自的事，享受着各自的人生乐趣。

官拜汉廷中郎将、年刚逾四十门槛的关中咸阳汉子苏武，深知因父亲苏建在朝担任代郡太守一职，所以兄长苏嘉、弟弟苏贤和自己才能在皇帝身边任职侍官。

阳光照耀在苏武家的门庭，大院内一派鲜活之气。门庭墙头上，仅凭落进瓦垄夹缝里的些许灰土就长出来的几株茅茅草，正鲜嫩嫩地在春风中摇曳，给这个庭院平添了几分喜悦的景象。

苏武披一身太阳的光芒，满脸生辉，双目炯炯。他为自家的两女一子讲解了"忠、义"二字的精髓所在，讲得激动时，连他自己都满面放光，胸中似有万马奔腾。

苏武来到院中，被墙头上一抹一抹的绿色生命所感动。株株的茅茅草从夹缝里，从争取到尘世的星点灰土中挣身而出，并借助着春的大好时光，给人带来一份份惊喜，给春以无怨无悔的回报。

刚步入中年门槛的苏武，在感慨茅茅草年复一年为自家庭院添色增彩、为这个温暖的季节不负使命的同时，他的浓眉间不由得凝聚起一种敬仰的神情。他知道，这几株茅茅草能够在春风春雨里得以绵延重生，靠的就是一种内敛的精神，这样的绿，更有一种让人无法用语言表达的气节。

苏武面对着太阳，对着庭院墙头上的茅茅草，深深地出了一口长气。

风在嫩绿的草苗上蹁跹着，茅茅草怀揣着倍加珍惜时光的感恩，像天使一般，仅需春的一声召唤，就在尘世俗缘间渲染起一场烟火的梦。

苏武的眼里闪动着希望之光，和绿色相遇，与春天相融，跟着季节贯通了一个男子汉应有的血性。

屋顶上的蓝天干净又柔美，几片小巧灵秀的白云在静悄悄地游弋着。一群家鸽由屋背后的皇宫那边翩翩飞来，洒下一阵悦耳的鸽哨声，给刚刚从懵懂里挣扎着苏醒过来的万物带来了安静和吉祥。

凝望着鸽子渐飞渐远的倩影，直到在视野里变成星星点点的状态，最后消失在长安城外的原野里，苏武一甩宽袖，禁不住由衷说道："天佑我大汉啊！"

云儿就像轻纱一样，将薄影从苏武的身上移过，一刹那间又从他的肩头掠去，苏武的心不自觉地跟着头顶的天朗亮起来。

大汉之臣苏武，心揣国家之安危、民族之兴盛，时时刻刻想着边关的战况。他知道，尽管这些年来，对于北方匈奴无数次的进犯和骚扰，皇上曾屡派卫青、霍去病等强将领兵远征，并以势如破竹的凌厉攻势，屡挫匈奴铁骑，打得匈奴单于乌维溃败而后撤，苍莽荒原才归于寂静，一直处于狼烟战火中的北方大漠，艰难地得到了几年来难得的一段平静，但卫青、霍去病死后，匈奴的野心又开始膨胀。苏武心里很清楚，在短暂的安宁背后，新即位的匈奴单于且鞮侯迫于无力与大汉再燃战火，时时担心汉朝再次打击，便一次次地派遣使节带着厚礼来朝见，并带来他的口信，说出"汉朝天子是我的长辈，是我的尊神"等谄媚话语，其实他内心深处，仍一直将吞并中原作为一代单于的大抱负、大梦想，他定当随时随地付诸行动予以进犯的。

匈奴不断地派来使者，一边讲和，一边实则是在侦察汉朝的情况，伺机刺探一些秘密。皇上也曾多次派出大汉的使节出使匈奴。对于汉朝的使节，匈奴单于虽口里讲和，行动上却又扣留了汉使。汉朝以牙还牙，也扣留了匈奴派来的人。

皇上见匈奴单于阴阳两面，怒不可遏地在朝堂上对着群臣再次发威："匈奴单于，蛮夷之辈，想对我大汉玩奸耍计，我皇皇汉朝，堂堂汉血男儿，怎容得蛮夷欺瞒！"

朝堂之下，群臣们齐声高呼："为了大汉的尊严，出兵痛击匈奴！"

大汉朝堂上上下下，一心要打败匈奴的热血在每个汉朝男儿的胸中激荡，似要拔山撼海一般。

匈奴单于且鞮侯凭着独特的嗅觉及在汉朝安插的内线刺探得到消息，汉皇帝对自己明一手暗一手的做法非常恼火，欲再次发兵，以扫平匈奴荒漠之势对匈奴地域实行横刀而过的打击。且鞮侯立刻派出一队出使汉朝的人马，带着大批牛羊等厚礼来到中原求和，并随匈奴使者放回了之前扣留的汉朝使节。

尽管皇上对且鞮侯一阵黑一阵红的做派很是反感，但见匈奴放归了大汉使者，还是以礼尚往来之仪，派使节带厚礼出使匈奴，并要放回扣留的匈奴使者。

······

想着大汉和皇上目下面临的境况，苏武面对着朗朗天空不由得仰天长叹。春天的阳光像喜悦的鸟儿一样，展开双翅，飞落到他的肩上，飞落在他那只有黄土地才能够养育出的关中汉子于倔强中又透逸出一股豪气的四方脸上。

"愿上天保佑我大汉江山永不受侵扰，代代兴旺昌盛！"

"爹，您在跟谁说话？"小儿子苏元从房屋里出来，跑到了苏武的面前，仰着小脸问。

还没等苏武回答，小儿子又抢着说："爹，我长大了，也要做一名像你所讲的忠义志士！"

苏武呵呵呵地笑了起来。他一把抱起儿子，在儿子的小脸蛋上猛亲了一口，说道："好，不愧是我苏武的儿子！"

父子二人一粗一细的话语，在纯净的蓝天下，在安宁的庭院里，久久萦回。

两个女儿也一前一后地从房屋内跑了过来，像两只翩翩起舞的蝴蝶，绕着苏武的身躯跑来追去，满院落滚动起女孩儿玩耍嬉闹的欢快之声。

这时，一队人马由左边的路上过来，腾起一卷卷的灰土。到了苏武家门前，官士一声长喊："圣旨到——"声音响彻了天宇。

苏武忙偕年轻的夫人及子女们，一甩宽大的袖笼，掸去身上的灰尘，齐刷刷地跪了下去。

苍苍天穹，茫茫大地，一卷黄锦绫绫圣旨在苏武的眼前熠熠生辉。绫卷圣旨，它就是苏武心中最为神圣的令旨——它不仅是大汉的骄傲和威严，更是指点江山的圣物。

行云将自己的梦想交给了蓝天，苏武将自己的未来寄托于圣旨上。他以百倍虔诚之情，等待着传旨人手中符节甩动，绫卷在他的头顶展开的最为庄严的那一刻。

喳喳喳，一串珍珠落玉盘样的喜鹊鸣叫，从屋子偏旁一棵婀娜多姿、风情万种的柳树上滴落下来，并且带着某种天意，带着春天特有的植物生长和太阳的气息，给这庭院洒落下阵阵欢喜。

锦绫圣旨一展开，宣读圣旨的人声调尖细得像针尖扎在春天的脊背上。但这种怪腔调，在苏武听来，很是不同凡响，犹如天之遣命一般，令他心生敬畏。

"奉天承运皇帝诏曰，封中郎将苏武为和番正使，张胜为副使，持旄节率使臣常惠等人马，携带财物和被扣留的匈奴使节，出使大漠匈奴。择吉日授节启程，不得有误。钦此——"

宫士宣旨时，拉得又长又细的声调，在庭院内外飘拂。

"苏武接旨！"

"臣苏武遵旨！谢皇上隆恩！"

苏武接了圣旨，虔诚地举过头顶，直到传旨人马离去行远，他这才叫起了年轻的夫人和子女们。

呱呱呱，乌鸦从庭院上头掠飞而过，丢下阵阵怪鸣，苏武一家人瞬时有一种不祥的预感，整个院落弥漫起难以言说的郁闷之气。

夫人一边忙着为苏武拾掇出远门该准备的衣物之类，一边却不由得暗自流起了眼泪。不知道什么原因，当听到夫君将带着大汉的重任出使匈奴时，年轻的女人就被一阵紧似一阵的空落感箍扎了起来，且越箍越紧，让她几乎无法承受。对于苏武的这次远行，她的内心起了从未有过的惶惑，一下子挖空了她一生一世的守望。

内心的难过不时地袭击着女人，她每收拾好一件夫君远行需用的物品，就会有种无形的东西在她体内敲打，击得她惶恐不安起来，像被人偷走了心思一般，大脑陷进一片空白之中。泪水不由得如断线的珠子，不停地往外滴落,以致让她无法抑制。

温馨的阳光从门道、窗棂间照进来,在屋里的地上晕染出一坨又一坨橘红色的光,荧荧的,仿佛鸟儿的羽毛片,欲飞还休的样子。阳光把野外花草泥土从沉睡中醒来时带着的特有的腥气夹杂着香气一股脑儿地投到了房屋里,使人恍若进入到另一个崭新又陈旧的世界中。

苏武在左面的偏房里忙着收拾木匣,不一会儿,他隐隐听见卧房内传来夫人轻微的啜泣声。起初,苏武并没太在意,以为是自己听错了。可是,没过一会儿,随着阳光在屋内地上渐渐隐去,光阴也结束了它一天当中懒散的踱步,那边房里的抽泣声一点一点在加重,且不断地放大了起来,由刚才的尽量压抑一下子变成了无法控制的哭泣。苏武忙放下手中的活路,出了这厢屋门,拐了个小弯,走进了夫人忙碌着的卧房。

妻子正抖着双肩,已经哭得红了鼻子,湿了脸颊。看见进屋的苏武,更加难以抑制自己的情绪,突如开闸的洪水,放长声大哭了起来。

苏武一看,心里就明白了一切。他轻声笑了,上前一面为夫人轻拭泪水,一面说:"瞧瞧,你的夫君是受皇命执行任务去,又不是让断头,有啥难过的呢?"

年轻的女人泪眼迷蒙地望着夫君的脸,带着哭腔回应道:"俺也不知道怎的,自从听到圣上要夫君带队出使匈奴的消息,心里就慌得难受……"

时间从人的思绪间穿过,它赶着土里的萌芽快快生长,也催着太阳忙活地在尘世走一遭,同时,又生发着人世的生离死别……鸟儿归巢了,丝丝春风梳理着树杈上的窝,摇一摇,晃一晃,将白天活动的生命轨迹摇进了甜蜜的梦中,将又一个夜晚的星辰唤醒了过来。

天一黑下来,夜空就蓝得犹如玻璃罩,把星星也染蓝了,就连小风也似乎浸透了天的蓝光,一绺一绺地吹。吹在城外的田野里,禾苗噌噌地拔节;吹进城里人家的庭院,心境也变得蓝莹莹一片。油灯火苗在打闪,映照着床上儿女们甜美稚嫩的小脸,一个个像玩累了的猫一样,香香地做着好梦。苏武最后爱怜地对夫人说:"你劳累大半天了,也早点歇息吧。该给你交代的都交代清楚了,安安稳稳地睡吧!"

夫人躺下了,苏武却怎么也睡不着。他翻来覆去地望着夜色下的顶棚,好像在那一片黑暗之中隐藏着无穷尽的秘密,让他无法解释清楚。一种莫名的感觉袭上心头，让他的睡眠逃得无影无踪。虽然有着说不清道不明的缘由在脑部迷蒙，但苏武始终在内心深处有着坚定的信念，那就是此次出使匈奴，肩上的重担比任何时候都要沉重，比之前哪一次任务都重大。

"出使漠北为和番，为两地百姓不再遭受战争的苦难，不再受到刀兵的伤害……"黑暗中，苏武暗暗为自己鼓劲加油。

屋外的猫突然乖戾地嘶鸣起来，这声响，在静悄的夜里，显得格外古怪离奇。苏武知道，猫在怀春，也在抓紧春天的好时辰，求偶觅佳音。而人，除了跟着季节点瓜种豆、抢时抢收外，还要选择最佳时候，与邻国谈国事，议和平。

夜鸟呢喃着春的信息，时辰在苍茫的夜色里送走又迎来。屋子里的灯火忽忽闪闪，苏武独坐灯前，望一眼熟睡中的夫人和儿女们，在家人均匀的呼吸声中，怅然地写下了一首《留别妻》：

> 结发为夫妻，恩爱两不疑。
>
> 欢娱在今夕，嬿婉及良时。
>
> 征夫怀远路，起视夜何其？
>
> 参辰皆已没，去去从此辞。
>
> 行役在战场，相见未有期。
>
> 握手一长叹，泪为生别滋。
>
> 努力爱春华，莫忘欢乐时。
>
> 生当复来归，死当长相思。

一首词曲浸满了将要离别亲人的万般柔情，渗透在对时光的每一秒的珍重里。

打鸣的雄鸡一声长长的呼叫，咯咯咯，又一个白昼就这样带着威仪君临天下了。

今天是个春光朗照的吉祥日子。

大汉帝国的长安城圣殿外，恢宏雄伟的建筑，彰显着一个王朝应有的气势。在林立的建筑群中央，宽阔的大广场上，文武百官齐聚一起，气氛甚是庄重肃然。外围的众乡亲，喊喊喳喳地谈说着。

"说是皇上要亲自为出使匈奴的官员授旄节呢。"

"好像是派一个叫苏武的人带队的。"

......

就在众百姓谈论间,忽然,一阵响彻云天的鼓乐声鸣起,接着,刘彻在宫女和宫士的簇拥下,来到了殿前广场的高台之上。

恢宏雄伟的气势,感染了第一缕阳光,当太阳刚从东方升起时,就给这宏大壮阔的场面披上了一层明媚的光纱。

大殿前的广场上,顿时响起百官的山呼声:"参见吾皇!吾皇万岁万岁万万岁!"

刘彻宽宏的声音在大广场上久久回荡不息。

"众爱卿平身!"

如同神灵下凡,广场内外的官宦庶民皆惊奇地睁大了眼睛,等待着神的恩赐一般,静候着,不发出一丁点的声响。

刘彻一挥宽大的龙袍袖,仿佛这一挥,就将整个世界都装进了龙袖。他用炯炯目光扫视着广场上的文武百官,扫视着外围的老百姓,以横贯天地的气魄颁布旨令:

"春光丽日现美景,朕特选今天为吉日,给苏正使壮行。来呀,将龙头旌节呈上来!"

百官肃立,鼓乐激昂。刘彻整袖,从侍者手中接过一杆长约八尺的红缨金杆的龙头使节,庄重地握在手中。

此时,新鲜明亮的阳光显得格外有活力,如同裹上了一层透明的圣灵福气,铺洒在大汉的圣殿广场上。

"中郎将苏武,恭接节杖!"宫士一声喊叫,惊得树上的鸟儿扑棱棱飞起。

苏武大步走上高台,跪下了身子。

百官肃穆静立,整个场面鸦雀无声。刘彻将手中红缨金杆的龙头使节授给了跪着的苏武。

苏武双手接过使节,恭敬有加地高举过头顶,静听圣上的授节旨令。

"一杆使节,它象征着我大汉至高无上的权威和尊严!红艳艳的牛尾毛,它是壮士的胆!八尺节杆,它是忠臣英勇的魂!苏正使,拿着使节,务必时刻牢记自己身负的使命!"

刘彻说完,目光如炬注视着面前的苏武。

节杖上的牛尾毛,鲜亮红艳,与早晨的阳光融合一体,恰似火焰在猎猎燃烧。

苏武一字一顿地应答道:"八尺汉节重千斤,苏武肩头担重任,此去北国息战尘,我定不负民心与皇恩! 顺利完成任务后,立即持汉节返回复命。"

说完,苏武拜谢而退。

刘彻满意地哈哈哈大笑了起来。随后,对着高台下朗声问道:"匈奴于轩王可在?"

"圣上,卑臣在此!"一位英俊年轻的匈奴首领,一面从百官群里站了出来,一面回答道。

"你可再多留几日,游览一下我大汉的春色美景。"

于轩王听了刘彻的美意,连忙答谢。

"谢圣上! 卑臣心里明白,匈奴臣民们在漠北正翘首企盼,所以,不敢久留。"

"既是这样,也就不勉强你了。"刘彻显露出宽广的胸怀,对于轩王说,"那你就随苏武一起,返回漠北吧。"

"谢皇上!"于轩王英武的身姿在阳光下鞠躬谢恩。

隆重的授旄节仪式一结束,苏武就匆匆往家赶。

天色在这里一拐弯,大地之上顿时没有了大清早的清明朗亮,从南面过来的大堆灰云瞬间遮住了光芒。风趁势刮起来,还带着草木动物散发出的青涩的腥气。

门庭外的官道上,苏武同妻儿在作别。

"我不在家的日子,就靠夫人了。"苏武在一阵阵诡谲的风中对夫人交代道,"好生照顾你们,完成任务后,我会即刻返回。"

年轻夫人眼含泪花,在一片尘土飞扬的天色里,一言不发。

"爹!"儿女们一声接一声地唤着,留恋之情在张张童稚的面颊上洋溢着。苏武将孩子们的脸和头齐齐抚摸一遍后,一扭身,离去了。

一股风带着夫人和子女们的哭声快速地追撵了上来,像一根根尖针刺进了苏武的心。

"爹,早点儿回来……"

几年来,苏武曾多次离妻别子出外去执行任务,唯独这次不同,他这次是要离开中原,去遥远的北方大漠,去游牧蛮夷之邦和番。

黄土卷起上一年的残枝腐叶,在长安城的上空,在苏武出使匈奴的征途上,像不散的阴魂一样,从前前后后飞旋飘掠起来……

　　无论怎样古怪的天象出现,该出征的队伍依然要出发,毕竟,时节已进入仲春了。

苏武牧羊

三

柳树、杨树、榆树等植物都好像和人一样,似乎听到了皇命的召唤,仅在一个时辰里就彻底伸展开了叶片。风虽然没有再出现狰狞的可怕之相,但一吹起来,还是浮尘漫天,落在行人的头上身上,灰白一片。只有树木蓬起的旺绿,在路畔上、田野间为人擎起一派生机,令出征的人心旌飘荡,热血沸腾。

苏武带领着副使张胜以及年轻的随员常惠等百余人,和一群匈奴使节,并携带一批绸缎织造等丰厚财物,浩浩荡荡地踏上了去匈奴地域——漠北的征程。

队伍经过的田园村落,总要腾起一股黄尘。无论是在田间劳作的人们,还是正在赶路的行人,都被苏武这一庞大的队伍所吸引。田间地头的,个个直起腰身,抹一把汗,注目好一阵,眼里都放射出惊奇和疑惑。偶有几条在庄稼地里打闹嬉耍的狗,看见长长的人马队伍也觉得好奇,前前后后攮呀追呀,一会儿在左面汪汪汪地叫嚷,一会儿又跳到右面跟着狂吠,一直叫嚣到队伍过了那片地界,它们才备感无聊地顺着来时的土路,悻悻地往回返去。

将皇上亲赐的节杖看得比自己的性命还要珍贵的苏武,一路上不论是在人困马乏歇息的时间,还是队伍喝水吃饭的间隙,从不会使节杖离开自己的视线半步。被他紧紧攥在掌心的这根节杖,已经在他的心目中得到了更进一步的升华,他视它为无上的荣光,深知节杖维系着浩荡皇恩。节杖虽没有树木般的高大身躯,但在苏武的眼里,它上能通天,下可融地,是苍穹之下最为神圣的宝物。有了这根节杖,苏武备感沉甸甸的使命担在了肩上。这节杖,不仅承载着大汉的尊严,还凝聚着先祖的圣德。

辘辘车轮,一圈一圈转动;人马队伍,一步一步前行。踏着春天的明媚,踩着季节的朗照,将皇恩遍洒在每一条官道上,布满每一座村落间。当苏武的大队人马渐渐走出关中平原,欲踏上黄土高原时,人马行至古道边的一棵大榆树下歇息下来。

随行的人里，负责吃喝的，立刻架火煮食；饮马喂牛的，赶紧扯草料找水。没事做的，或仰面或侧卧，摆着不同的姿势，倒在大树底下，打起了瞌睡。

这时的苏武，一转身，来到一处绿草茵茵的高台土岗上，面向南方的汉朝长安，深深地鞠了一躬。然后，将红艳似火的节杖高高地举过头顶，一字一顿地说："苏武一定不辜负我大汉的神圣使命，保证圆满完成皇上交给的任务，持节返回长安，向皇上复命！"

太阳西斜，人影、马影都被阳光不断地在拉长。正是春日好时光，土地上的所有生命都抓紧时间伸展腰身，抽叶生长，空气中弥漫着青草的香气以及泥土特有的腥气。

苏武深情地向走过的路途凝望了一阵，之后将目光落在匈奴首领于軒王的身上，扭头对随员下令道：

"拿酒来！"

"是！"随员立刻从马背上的货物兜里取出了酒，递给苏武。

"往前行，马上就要离开我大汉热土了。于軒王，咱俩把酒对饮，也算是关中故地对咱们的一个饯行吧。"

于軒王得到苏武的诚恳邀请，英俊的脸上绽开了笑容，一对有神的大眼仿佛灵动着草原的精气。

"好！"于軒王从苏武手里接过酒樽，豪气冲天，一仰脖，咕一声，一饮而尽。苏武跟着也一口饮了。

甘醇的美酒像雨露同时滋润着两个人的心。香甜的味道由两个人的口中散发出来，醉了南来的风，醉了鸟儿的歌喉，醉了关中平原淳厚的大地。

阳光是那种橘红色的，如同流水一样，斜斜地由天边泼洒下来，给人涂上一层格外亲切的气色。

几樽酒下肚，微醺之中，苏武的心里越加清晰纯粹起来，像有了特异功效，一下子洗清了凡尘俗事，让他变得神清气爽了。这时的于軒王，也似乎超凡脱俗了，豪爽的性情越发澄明了。

"我在这里要感谢苏正使在圣上面前替我求了情，不然，哪还有我于軒王今天与您对饮畅谈的好事！"

苏武牧羊

苏武听罢,哈哈大笑起来。

"您要谢,还是先谢我大汉君主的英明吧,那是我汉朝皇上心怀宽广、心地仁慈的结果。"

于軒王一双深陷在眼眶内的眸子灼灼闪光,被美酒晕红的脸膛在他的肩上飘扬着匈奴人生动的贵气。

"也是!也是!"于軒王一边赞同地连连点头,一边对苏武说,"但愿苏正使此次之行能如愿地完成皇上交给的任务,然后顺畅地返回中原大地。"

"借将军吉言,苏武定会遂愿,遂大汉之愿,遂两地边民百姓之愿,完成此行的使命!"苏武说完,再一次举起酒樽,和于軒王碰了碰,二人同时仰面一饮而下。

"大地之神会保佑您和您的部下,平安吉顺!"于軒王情绪激昂地对苏武说道。

"祝愿咱们一路顺风顺水!"苏武咂了咂美酒的余香味,同于軒王相互祝福。

风跟着渐渐变淡变薄的阳光到处飞舞,仿佛怕错过了每一秒的好时光一样。吹在树的枝丫上,树叶儿就摇身一变,嫩绿鲜活地伸展开水一样的生命;风拂在阳面的土地上,花呀草呀都睁开了打量这个世界的眉眼,把惊喜给了吹舞的风,把企望留在了成长的过程中。

夕阳如血一般,泼在南面的关中平原上。在晴朗的天际下,犹如闪闪发光的宽阔河流,梦幻似的,让人心生眷恋之情;光涂抹在北面嶙峋的黄土高原上,仿佛在平地里燃起了一疙瘩一疙瘩的火,在沟沟岔岔间旺旺地烧。

当夜色平铺到大地上时,苏武的队伍已经走出关中平原很远了。南边的原野被傍晚时分特异的暮色遮盖住了白天所有的希冀,疲惫的牛马骡羊跟着辛苦劳作了一天的农人,吃了晚饭后,就安静地歇息下来。牛还在反刍着犁铧给予的羁绊,一堆白沫在嘴角久久停留,生命的万般苦焦和甜美都在这一夜夜的咀嚼中,化为春天播种的喜悦,在梦里,在天涯,走过一程又一程的轮回。北边那参差不齐的高岭沟岔,此刻也都被夜色填平了,像无一点忧愁的人家的生活,静谧起无尽的安康。

苏武的队伍在夜晚休息下来,一摊摊篝火燃亮了每一个人的心事,张张脸膛映现出种种不同的心情。

苏武立在关中平原与黄土高坡的分界线上，感受着不一样的人文气息。天空清明，不见月光，星星却很晶亮。一声声高亢且如泣如诉的秦人唱腔隐隐地顺着来路传了过来。在这即将远离故土的时刻，听到这唱声，感到更加亲切又亲近，又夹杂些许的遥远。这长长远远的秦声唱腔，那么厚重又悠远，仿佛能撼动山河、摇落星辰一样，使人有种对人生中的无常和苦累的过往爱得深又恨得远之感。

另一边的高原，虽是隆起的黄土，却和关中平原形成了截然不同的文化腔调。这里的唱声一出口就缠缠绵绵、柔情如丝，撩拨得羊群咩咩地跟着发情寻偶；沟沟壑壑、峁峁墚墚上的花花草草摇曳生姿，就连在草叶尖上的露珠也纵身一跃，到尘世殉了情。在白天，穿羊皮袄的牧羊汉子，唱着唱着就忘记了坡坡上的羊群，瞅着对面山梁上的女子，一路连滚带爬地跑了过去，拉起了脸颊通红但又企望来者永不放弃的女子的手……

这是一方纯净昂扬的土地，细面面一样的土质，养育了一代又一代温柔多情的男女。在烟柴饮食人家的窑洞里和茅草屋下，生命在生生不息，繁衍悠长。

这是一处多么令人神往的高原之地啊！

走出黄土高原，又走过了一段大漠，苏武的队伍行至一片空旷地带。

天近傍晚时分，天空呈现出一种即将送走白昼迎来黑夜的庄重又神秘的气象格局。这里的大鸟似乎比中原多了许多，鹮鸟、鹤类以及大枭等都是成群结队飞行的。有时它们一来，简直就是遮天蔽日，嘎嘎嘎、呱呱呱，叫声响彻云天，让站立在地上的人，看不清天空是晴朗的，还是阴暗的，甚或使人感到身处白天却如同夜晚来临一样。

汉朝将士们还对这里的大小怪兽很惊奇。这些动物千奇百怪，不但长相奇异，而且它们都有一副不怕人的大胆量。看到浩浩荡荡的队伍，动物们不仅不躲避，还驻足凝视，时不时还会站立在队伍的偏旁，定定地出神。人们在思考，觉得这里的野生动物胆子大，是因为大漠的圹埌之地养育了它们的大气魄，培育了这种不拘一格的心性。动物们却没有这样的思维考量，它们只是感到新奇，这么庞大的一支队伍，进入大漠腹地，到底想要干什么？

人困马乏了，苏武一声令下："全体将士，就地休整歇息！"

顿时，一支蜿蜒的人马车队，悠悠地停住了行动，原地休息了。

于軒王一直和苏武一前一后地行进着。此刻,队伍暂作休整,他便跟着苏武走向一处高地。

　　风由南面轻吹过来,夹杂着中原的气息,苏武更加感到手中的节杖沉甸甸的,如千斤重担挑在身上。

　　"苏正使呀,您日日夜夜手不离节杖,是对皇上的旨令不敢懈怠的原因吗?"于軒王亮晶晶的眼眸很友善、稀奇地看着苏武手中紧握的那杆红似火焰般的龙头节杖,饶有兴趣地问道。

　　"将军,这您就不明白了。"苏武一开腔,声音厚重又宽阔,"这杆节杖,它不仅仅代表皇命难违,更重要的是,它代表着我们大汉的尊严,凸显着一个民族的气节!它也是汉朝父老乡亲们渴望和平、希望熄灭边关战火的殷殷心愿啊!同时,这杆节杖也象征着汉朝壮士的胆略。您看它上面牛尾毛飘飘的气势,就是飘扬着忠臣为君为民的魂呢!我握着它,丝毫不敢懈怠,时刻不敢忘记身负的使命,时刻牢记大汉的皇恩浩荡啊!"

　　"苏正使不愧为汉朝的忠勇之士啊!"于軒王双目闪光,不无敬佩地感慨道。

　　两人一路风尘仆仆行走,一路不断地进行着思想的交融,于軒王被苏武身上散发出的人格魅力所深深感动。他将一只脚踏上一块青石板,放眼远眺,将目光落在远处的一条河流上,深情且备感幸运地对苏武说:"大汉有您这样的忠臣一定会兴旺昌盛的,这是贵国的大幸啊!但愿您和您的随员们,到了大漠,到了大草原,能够如愿以偿地完成皇上钦定的使命,也祈愿您的这次漠北之行顺风顺水,祈愿咱们两族握手言和,永结友善,祈愿边关不再起烽烟,使两地百姓从此能够过上平安幸福的生活。"

　　苏武转脸看着于軒王,被眼前这位匈奴首领诚恳的语言打动了。他拍了拍于軒王的肩头,说:"咱们的心愿是一致的,苏武感谢您!"

　　两人的目光在这里相互交融,思想的火花碰撞在一起,心头同时燃起了熊熊大火,燃尽了一路的劳顿和疲惫。

　　队伍休整一阵后,继续踏上北行的坎坷路程。

　　人马车辆辘辘前行,道路在脚下车轮下甩过又延伸。夜色逐渐浓稠厚重起来,大地在一瞬间就陷入一派黑暗之中。

　　脚下阴黑了,天空却一片星花,在茫茫大漠为行进的队伍照路。夜色里,这支肩负着神圣使命的车马人的队列,显得那么富有活力,他们每前进一段路程,身后就留下了出使匈奴的深深辙痕以及对大汉的无限忠诚。

星星在头顶很灿烂、很绚丽,让个个中原的汉子们仿佛行走在汉朝的热土之上。星星总是和善的,神的眼一样,从不分地界,慈悲地照耀着芸芸众生的每一张脸。

和苏武形影不离的于轩王同苏武并肩走着,声带里夹裹着漠北潮湿的夜气,对苏武说:"苏正使和您的人马到了那面的草原,可要做好应对突变天气的准备。那里的天,就是小孩子的脸,说变就变。你看着太阳刚还红红的,眨个眼可能就会下大雪,或落冰雹。即便是六月天,也丝毫影响不了它古怪的脾性。"

星空下于轩王一张英俊的脸更显得具有一种特别的魅力。他还向苏武详细介绍了北方大漠地域游牧民族的风情和一些特别的生活习惯,苏武一一记在心底,很感激于轩王的善意。

经过一路颠簸劳顿,苏武的队伍终于深入漠北的大草原了。

汉朝将士们个个被大草原宽广无垠的景象震撼了,他们忘记了一身的疲惫,一下子投入到异域优美的景色里。

天空刚刚放亮,一层铅灰色的云在无际的草原上面慢慢涌上来。鸟儿总是一天当中苏醒得最早的灵物,它们似乎也和人类一样,分着种族、分着部落似的,而且也是喜欢群居生活的。苏武他们站立在原野一处凸起的高坡间,俯瞰着那些叫不出名的鸟儿。此刻它们正迎着清早的第一缕光亮,一伙伙、一群群的,呼儿唤女、叽叽喳喳叫喊着,从林子那边呼一下飞过来,落在地上,蹦蹦跳跳,欢快地在草丛中寻找着可食用的小虫草籽之类的东西。这些鸟儿,有的灰头黑身子,肚子却是红艳艳的;有的脸红通通,脊背却是蓝莹莹的;还有的群鸟清一色的藏蓝……各种色泽,在鸟儿的身上显得丰富多彩。它们的体型也很特别,有的大如筛,有的小似人的耳朵。但无论是什么形状的鸟,也不管它们是什么样的色彩,这些生灵一个个漂亮得令汉朝的将士们惊奇不已。

草原上的花还正贴着地皮,怀揣着小女孩一样的心事,羞答答地在清晨的光亮下摇晃着一枚枚小小的花骨朵。生长在漠北旷野里的这些花花草草也许还不知道,扎根在中原土地里的同类,早已身处姹紫嫣红的大好季节了。

清晨的第一抹霞光来到草原时就被一层云影遮住了本有的鲜活光亮。但草原毕竟迎来了新一天的初始时刻，所有生命还是抓紧时间都挺直腰杆，准备迎接快速成长的时节。远远近近的毡房顶上，渐次升起了袅娜的炊烟。白色烟雾一起，野性十足的大草原，立刻有了非同一般的气息，原野一下子变得富有活力，有了生动的迷人相貌了。

点点毡房，像一盘盘大大的蘑菇，坐落于无边无沿的草场间，点缀起游牧民们多彩的梦想。牛粪马粪燃旺了一个民族魂牵梦萦的希望，灰白色的炊烟，间或夹裹着马奶的幽香气味，水雾一样在大地上轻漫开来，恰似大汉土地里飘扬的悠扬笛声，在将士们的心头飞扬、缠绵，久久不息。

过了没多大工夫，如烟似梦的草原上，零零星星地出现了牧羊犬奔跑吠叫的身影。这些忠实的看门护院的动物很生动地在牧野间连蹦带跳，又叫又咬，尽管撒着大欢，但狗却始终不离牛羊群的周围。正是因了牧羊犬具有忠心耿耿、尽职尽责的精神，它们便成了游牧人最贴心、最为信任的可亲近的家养动物。汉朝将士们知道，他们看在眼里的狗，一直是草原牧民家里不可或缺的一部分，和自家的孩子一样重要。

大草原总是以宽厚仁慈接纳着每一个来这里生活的生命。无论是天上飞的，还是大地上爬的，都会在这里寻觅到可供养生息的地方。

炊烟唤醒了大牧场又一天的生活。群群羊儿一出圈，犹如天空的朵朵白云降落到了人间，咩咩咩的叫声悦耳又动听，撒满了草原，荡漾出游牧民欢喜的盼望。啪，响彻云天的牧鞭一甩，马背上的希冀就在草原上飘扬得很远很远。

最令汉朝将士们新奇的还是那披着一身长毛的牦牛。牦牛一出场，草原就轰轰烈烈起来。瞧它们一副不慌不忙的样子，长得几乎拖到地下的毛在晨光下一抖，然后慢条斯理地顺着它们熟悉的觅食路线，一路啃食着好吃的酥油草，不加思考地走去。尤为好看的牦牛大尾巴，被拖着来到高处的坡地上时，风就将那粗长的尾巴当作草原的旗帜一样摇来摆去，煞是撩人。

"嗬，蛮夷匈奴生活的地方原来这么美啊！"年轻的常惠总是活跃着这个年龄段不安分的思维。他揉了揉刚刚还困顿的双眼，受到水草肥美景色的感染，不由得又惊又喜地蹦跳了起来，大声喊叫道："简直就是仙境啊，连做梦都想不到呢!"

清晨在不懂得来者是本地土著牧民还是他乡异客的时候,一如既往地向着一天之中的深处行进着。

灰青色的云遮盖住了太阳光的温暖,漠北大地一会儿就被冷峭的空气制约住了,甚至连常惠的大呼小叫声一出口腔,就可以看到白白的一缕气流。

说不清是什么缘由,面对异地他乡的奇特景象,苏武不但没有一丝一毫的兴趣,反而望着这辽阔无垠的空旷原野,心情沉重得犹如压上了一块大石头。冷飕飕的风由北往南穿袖而入,让人有种猝不及防的感觉。那一片片刚刚起身离开地皮的小花小草,似乎也经不起这突然而来的怪异气候的打击,一株株斜着倒着,无奈又无助的样子。

"将军,以您的经验看,这乖戾的天气会出现什么情况呢?"

于轩王神色略显紧张地对苏武说:"苏正使,我觉得今日这天怕是要落冰雹的样子。还是让队伍快速前行,起码行至一处可以避冰雹的地带。"

苏武听罢,转身向着长长的车马人队伍大声喊道:"全体人员,打起精神,快速前进!"

车辆辘辘,嘎吱嘎吱作响,马儿打着响鼻,嘚嘚嘚地跑了起来,人的队列顿时紧张地跟着车马一路奔跑而过。一支由人畜及财物构成的队伍,在茫茫的大草原上,在异地他乡的旷野之上,快速地前行着。

苏武手握艳红牛尾毛的节杖,仿佛握住的是自己的心一样。节杖随着人的身体移动,像火焰似的,猎猎飘扬,呼呼起舞。

从不知道忧愁为何物的常惠,一边跑步,一边望着苏武紧紧抓在手中的节杖,舌头一吐,嘴角向下一坠,又往上翘起,诙谐幽默地说:"一杆节杖,金贵如命,连吃饭睡觉、拉屎尿尿都不会离身。见过怪人,没见过这么怪异的人!"

"比命还要紧哩。"张胜嘿嘿笑了,一插嘴,一股冷气就灌进了口。

苏武抿嘴笑了,对常惠和张胜意味深长地说:"你们年轻人,是看不懂的……"

说话间,草原就变了脸色,灰蒙蒙的天,似要倒扣下来一般,加上不断涌上来的狂风,连吼带叫,瞬间改变了原野以及河流那令人赏心悦目的面貌。

点点毡房，也不再诗意盎然了，所有的景色都在乌云和大风下，如同披头散发的女人，疯了一样，东一倒西一歪。

黑云压顶，以要掀翻这个世界的凶猛势头狂吼乱叫，苏武的队伍有些惊恐不安起来。"大家不要慌乱，快把御寒的衣物拿出来穿上！"狂风肆虐下，苏武、张胜和常惠等人的喊声被风撕扯着在荒原上乱飞。人马车辆在一阵忙乱躁动过后，把在中原只用于寒冬穿的衣服都掏出来套在身上。

"这是什么鬼地方呀！"常惠冷得直发抖，刚刚穿上毛皮棉袄后，边搓手跺脚，边犯嘀咕，"说变脸就变了，连一点预兆都没有。刚才还羡慕生活在这儿的人呢，呸！看来，还是咱们关中比什么地方都好！"

尽管张胜这会儿也被突如其来的寒冷袭击得嘴唇发青，但还是改变不了他一路和常惠调侃的情趣。大风下，他的声音颤抖着："就是，这里的天不讲情面，变脸色时应该先给你常惠打个招呼嘛。"

常惠本来大大的一双眼，这会儿却让狂风刮得眯成了缝："噢，就是呀，是应该先向本人请示一下嘛。"

黑云越压越低，压得人有点喘不过气来；风还在狂翻乱滚，草原一下子处在一派动荡不安之中。这个世界好像用什么东西充满了，但又空荡无物，到处尘烟四起。时隐时现的毡包房，如同遭到了魔怪的诅咒，摇摇晃晃的，有的甚至被风哐的一声，跟着刺啦刺啦撕裂的声响，就被掀翻了顶盖。

狰狞的天气，把草原上一切美好的东西都破坏了，整个大地陷入了恐怖的境地。人在这样的天气里，显得无能又无助，不仅在瞬间丧失了听力，就是眼前的事物也一派模糊。

"娘的，草原就这胸怀啊？用这种方式迎接我们汉朝使者？"张胜一面用长而宽大的衣袖遮脸挡风，一面断断续续地发声抱怨。

于轩王从狂风的吼叫声里，听到了张胜的牢骚，他用胳膊挡着风，背对着风笑了，说："你们来不来，天该变时一样地变呢！"

呼——，又一股强劲的风刮了上来，呛得人都不吭声了。接着，一股寒冷之气趁势跟了过来，大家手忙脚乱地一会儿扯住被风吹起的衣服，一会儿伸手压住头顶的帽子，想嘟哝埋怨的，也无暇说一句话了。

无端变幻的漠北原野，给人下马威似的，充分展示出暴戾乖张的特性来。

逆风艰难慢行的队伍,远远望去,恰似一条缓慢挪动的毛毛虫。

嘭,嘭嘭嘭,突然,厚厚的衣帽被随风甩下的东西砸得暴响,驮财物和粮草的车辆也遭到同样的敲打。

"大家尽量将能盖住头和身子的东西裹在身上,天下冰雹了!"于軒王转身逆着风,对大家喊话。

在冰粒粒一阵狂敲乱击中,等到人们趁机能缓一口气,稍稍睁开眼时,个个都一下子被面前的景象惊呆了,只见远远近近的草丛中,蹦蹦跳跳地活跃着大到小孩子拳头、小至豌豆粒一样稠稠密密的冰雹。

队伍里的人忍不住发出了责怪声。

"草都这般高了,还下冰雹呢,奇了怪了!"

"一方水土养一方人,在这么怪异的天气里生活,匈奴人还能不多变,不野蛮成性吗?"

"疯了,疯了!这儿的天简直是发疯了!"

……

抱怨声、惊奇声蔓延开来,敲敲打打往下倾倒的坚硬冰雹,搅乱了中原来的这支队伍。尽管大家有一时难以适应天气的情绪,但在苏武的鼓励带领下,还是缓慢而坚忍地前进着。

刚刚还阴霾密布,仿佛要将世界都统治在冰雹的天地里,这时,却在人一眨眼的工夫,风先戛然而止,接着,倾倒一样的冰雹也跟着不见了踪影,所有搅得人和原野一派凌乱的景象,瞬间就人间蒸发了。天像被洗过一样,瓦蓝瓦蓝的,安详地铺展在人的头顶。

一轮黄红色的太阳,正往草地的西地平线上,缓缓地,使人无法相信地滑行着。

茫茫原野,绿草之间,落满了如银子一般大小各异但又个个晶莹剔透的冰珠珠。这些天上来客,透亮得仿佛要照亮每棵草的芳心,似要映透草原宽广的胸怀。

草原一刹那间进入到绿色透明的童话世界里了,一下子将异地他乡的队伍带进了肩负神圣使命的远征路途中。

将士们纷纷卸下包裹身体用的物什,心也跟着天色晴朗了起来。

"真奇怪,一时三刻能过四个季节。"有人欢喜地说道。

苏武牧羊

"也算咱们经了世事,开了眼界了。"

"世界很奇妙,天比谁都厉害啊!"

将士们一面前进着,一边海聊起来。

一列雁队从蓝天上飞过,成为恶劣天气过后最为优美的景象。阵阵雁鸣,在空旷干净的绿色原野里显得很悦耳,令人顿感这个世界的可爱。

苏武的队列在清澈澄明的天气里,在雁阵优雅的队形下继续前进,每个将士的脸上都挂着惊喜和欢快。

丝路之魂

苏武牧羊

四

漠北的夜晚是迷人的,是具有无限的魅力和诱惑的。宽广无边的沙地,像海洋一样连接着天的尽头。一钩新月,空旷地悬在高空,全然没有了大中原月夜的亲近与温馨。星星像银珠,遍布天穹之上,一闪一闪,像有许多的心事无法倾诉一样。

还有那远远近近的小沙包大沙堆,绵延不绝,一直铺到天尽头,给人的感觉似乎整个世界除了沙海什么都不存在似的。放眼望去,冷冷淡淡的月色下,什么都没有,只有沙子在默默地讲述着亘古不变的道理,还散发出令人绝望又令人满怀希望的气息。

旷野以能够包容所有生命在这里生息又在这里消亡的荒凉给人看,给夜晚、给星辰弯月看。前面后方绵延不绝的沙丘,活像一堆堆坟茔,冷峻地升腾起畏惧。还有那被风抚摸过无数遍的沙岭,虽柔韧有致,却叫人想到了死亡。

沙海在苏武带领的队伍脚下喇喇喇地响着,人和马的不断前行,引来了马儿时不时地响鼻,人群传出急促的呼吸声。

沙粒对着天空的星星述说着风一般稠密的往事,同时,也在指责着千百年来不息的战火的侵扰。星星不言语,但却一直庄严地注视着所有经过沙漠地带的车马和人的队伍。

"这回真的完了,连个人毛都看不到,还想找个驿站歇脚哩。"常惠好像泄了气,一抱怨,队列里就炸开了锅。

"是啊,你看这沙地,无边无沿的,啥时能走出去呢?"

"连牛马看了都会发愁。"

"唉,真是走入鬼地了,不是冰雹,就是一望无际的沙漠荒野……"

星光淡薄,沙海茫茫,有干死的怪树在远处高堆上鬼魅似的直挺挺立在那里,令人不由得毛骨悚然。

苏武为了鼓舞士气,一手高高擎起毛茸茸的节杖,一手挥舞着拳头,对

27

着车马大众的队列高声喊道："将士们，我们是大汉的英雄，面对困难，从不畏惧！大家鼓足勇气，再加把劲，出了这片沙漠，肯定就会有咱们歇脚吃喝睡觉的驿站。"

于轩王也向将士们说："翻过前面这座沙山，就有一家脚马驿站。"

没有风，苏武和于轩王恢宏的声音在夜晚的沙漠里久久轰鸣，给人和车辆送上了一股力量，于是，队伍明显加快了前进的速度。

张胜虽然也跟着为将士们加油高呼，实际在心里却捏了一把汗。他望着这无边的沙海荒原，内心深处不自觉地产生了恐惧。他四处一打量，星月之下，沙丘连着天际，天空衔接着沙漠，看不到尽头，望不见人烟，连一只动物都找不到。整个沙海之地，简直就是一片死亡之海。

队伍行进了大半夜，也没碰到有丝毫生机的东西。

常惠打了个哈欠，之后又发了一通牢骚。

"他娘的匈奴人，生存能力咋就这么强呢！连鸟都不拉屎的地方，也能一代一代活下来？真是不可思议。你看那草原，怪美的，一不留神就狂风四起，冰雹块子乱砸，像个泼妇，随时翻脸不认人。再瞧瞧这沙漠地，干欸欸的，想找口水，跟做梦一样……真是服了这里的匈奴人了，不但活得惬意，还不断地想拓宽领土，进犯我中原呢。"

残月不知什么时候悄声隐去了，大漠浑浑噩噩地延伸着。星星尽管不住地眨巴着惺忪的睡眼，还是能为行军的队伍洒下些许微光。

天亮时分，苏武的队伍终于将死亡之海的沙漠甩到了身后，眼前出现了富有生机的景象。只见一堆堆用作祭祀的石头被人垒砌在一处处高地上，象征着一个民族的信仰，在猎猎飞扬的彩色条状物的指引下，为异乡的人们带来了新的活力。

天色还未大亮，匈奴人的祭祀堆令人肃然起敬。一处一处的石头堆，长长短短的祈福彩条，维系着游牧民族每一个人的心愿，点缀在漠北的大地之上。

敬天畏地，祈福祝愿，是每个民族相同的信仰体现。苏武放眼望去，茫茫旷野，点缀其间的祭祀石堆，有的大如山包，有的小似儿时玩过家家堆砌的石头。但无论大小，无论形状如何，在苏武的眼里，都是那么的沉重与庄严，那么的令人心生敬畏。这里的每一处石垒，每一绺彩条，都承载着民众对幸福生活的渴望和无尽的企盼。

清晨在阵痛中让黑夜得以涅槃。苏武感到了新一天到来时的担当和责任，在这崭新的大清早，他分明看到了自己此次之行肩上所担承的重任。

大地在一派祥和安宁之中，给人以母亲般的和蔼之气。徐缓的小风，很温柔地轻抚着人的头和脸，让人有种绵柔的幸福感和温暖的亲昵感。小花小草们在晨曦的照耀下，幸福的天使似的，摇摆着身子，为中原来的客人营造出友好的氛围。

刚刚跋涉过的沙漠荒野，在苏武的队伍背后传来一阵阵的驼铃声。这悠扬悦耳的驼铃声，顿时点醒了沙漠和草地。清脆的铃声在空旷的黎明时分飞扬而起，在天宇间回荡不息，给人一种古老遥远且生生不息之感。

驼铃声摇撼着驼峰上经商人的追求。一匹匹负重的骆驼，在渐渐明亮起来的晨光下，排列成一条逶迤的队伍，蛇行向西部前进。一包包凹凸起伏、大小不一的沙堆，在驼队的脚下，呈现出一派蜿蜒的美好曲线，远远望去，仿佛一幅远古的剪纸画。眼前这美妙的景象，令汉朝将士们不由得心潮起伏，心境变得宽阔起来。

这时，有几匹个头矮小但壮实的野马，突然从一架沙山背后闪了出来，一下子惊艳了清晨的时光。野马蹦跳到那边几座毡房背面的一条清冽的河的岸边，打闹嬉耍起来。饿了，它们就低头啃食一阵还贴在地皮上的青草；渴了，就伸着脖子饮吸河里甜美的水。那姿态、那惬意的神情，仿佛比生活在天堂的圣灵还要优哉游哉。

张胜和常惠几乎同时喊叫出了声。

"瞧那野马，腿又短又粗，个头又矮又壮实。如果和咱们中原的马匹交配，定能生出优质的战马！"

嘻嘻，跟前的匈奴使者轻蔑地笑了几声，然后，将披在身上的皮袄一扯，趾高气扬地冲着张胜和常惠撇了撇嘴，小眼睛诡谲地一眨巴一眨巴，一张烙印着游牧民族特征、显得又长又宽的脸，黑红中还透逸出一些沙漠的黄颜色，窄窄的额头上满是被风沙雕刻出的道道皱纹，深深地嵌在岁月的剪影上。

似乎是到了匈奴人生活地域的缘故，匈奴使者一改在中原的谦卑，变得傲慢十足，语气也显得狂放起来。

"大汉的勇士们，这下明白其中的道理了吧！上天早已为我们造就了战胜一切的神物，所以我们才能够战胜所有的进犯者，这就是我们能够世世代代独居一方繁衍生息的秘诀!"

匈奴使者的话带有骏马般的自豪,他们仿佛远离自己熟悉的生活太久,刚一踏进故土,就神采飞扬,得意忘形了。

"马,是我们草原的神,战无不胜的神!是老天的恩赐!是拯救我们的无量神!你们中原汉人,做梦也不会得到这样的马!你们瞧瞧,草原神马的腿多么粗壮强健,身量矮,但多么有耐力。一旦飞奔起来,载着主人势如天马!这个世界上,没有谁能够战胜骑在这样的马上的骑兵!"

常惠看不惯了,他一挥胳膊,对匈奴使者叫道:"得意什么呢?既然草原的神护佑着你们,为什么还被我们秦时的骑兵赶出了水草肥美的河套地带?"

常惠的话一出,匈奴使者个个瞪大了眼,无语了。

接着,常惠以教训的口气告诉匈奴使者们说:"别以为把你们送回来是讨好谁。这一举动,只因为我们大汉是重情义的民族,我们大汉的天子是重情懂礼之君。你们单于派人送回了我们的使者,出于礼尚往来,我们才将你们送归的。"

霞光不管人间的爱恨情仇,仍把慈悲化作淡淡的橘红色的轻纱,披在草地里的每一棵草身上,抚摸着花骨朵羞涩的面颊,给游牧生命以甜美无边的希望。草原上各种动物都在这个好时辰里活跃起来,新的一天在各类动物飞跑跳跃的激情里,拉开了序幕。

鸟儿们飞离巢窝,唧唧啾啾叫嚷着来到了草场上,寻寻觅觅,不仅为吃食,也找寻着生命中最为珍贵的情缘。老鼠兔子之类的动物们,则一副慌慌张张的样子,东一藏,西一躲,时不时探出骨碌碌转动着眼睛的脸,快速地嚼着食物,香香美美地吃起来,享受着春日清晨的大好时光。

草原的大爱一直是所有生命的天堂所在,不论是天上飞的,还是地下蹿的,它们在这里,在花与草之间,都会找到生活的无穷乐趣。

飞鸟在这儿把理想交给了这片有水有草的土地,马儿羊儿以及兔子鼠类在这里尽情地撒欢,让一生一世的向往在这里得到安放。就连头顶的云彩,似乎也禁不住草原的诱惑,将它们曼妙的影子游弋在草坡上,钟情于树梢的摇曳里……

五

经过数十日的艰苦行进,经历了漠北一日似四季的洗礼,苏武和他带领的队伍,终于在暮春时节的一个午后,到达了匈奴单于且鞮侯和他的部落驻扎的营地——龙城。

风一个劲地吹,刮得周围的军营帐篷发出一片呼呼的响声,刮到人的脸上,如同鞭子抽打一样。

苏武将带来的匈奴使者们交给了接管人员。和于轩王暂时分别之后,苏武和汉朝将士们被匈奴人安排着吃了一顿牛羊肉大餐,然后被分散到几个帐篷里休息。吃饱喝足的随员个个倒下身子就呼呼大睡了。

苏武、张胜以及随员常惠被安排在另外一顶帐篷内。苏武眼看着张胜、常惠都甜美地睡了过去,他虽然也备感疲乏,却一点睡意也没有。但是苏武还是躺下身子,将这些天来的劳累放下来。他怀抱着大汉的使节杖,又一次想起皇上在未央宫前的大广场上亲授节杖时的情景,他还想起了自己的双亲、兄弟姐妹以及妻子儿女们。

帐篷顶子在风中嘭嘭嘭作响,震得苏武的耳鼓有些发麻,听得他一会儿就心烦意乱起来。苏武翻了个身侧面睡下,双手将节杖下意识地搂得更紧了。

帐篷外的风显得有些狂躁,像本土的胡人一样,随性随意地发作,以一种乖戾的脾性,从远处野马一样飞来,肆意地横行,想撕扯什么就撕扯什么,将草野里浓浓的青涩味道,还有马粪牛粪的气味到处传播。尽管到处都是风的响动,还是将苏武的睡梦呼唤到了跟前,他眼睛困乏地闭上了,在异国他乡做起了第一场懵懵懂懂的梦。

苏武梦中的雪片大得如石碾盘一样,但却轻盈得比蝴蝶的翅翼还有灵性。

"汉官中郎将苏武!"这片大得惊人的雪花居然会说人的话,惊得苏武瞪大了迷惑的眼。他痴痴地望着在自己面前上上下下不停飘飞的大雪片,一时无语又不知所措了。

"你骑上我,我能送你上你想去的地方。"

雪片又开口说话了,而苏武此刻似乎失去了语言功能,只有大张着嘴,专注地望着。

混沌一派,分不出天与地的界限。看不到太阳,也望不见星星,灰蒙蒙一片,万物都在这一刹那间隐退了。昔日看到的草原、树木、河流还有飞鸟等都不见了踪迹,人世上的万千景象都被不断变大的雪花遮盖住了,整个天地间只独独剩下苏武和那片大大的雪花了。

"你,你到底是什么怪物啊?"在挣扎中、撕扯中,苏武终于脱口而出,大声质问道,"随我一起出使匈奴的将士们,他们都在哪里呢?"

苏武没等到雪片的回话就焦急地四处寻找起来。这阵子,苏武觉得自己的身体像在空中悬着一样,没有脚踏地面的感觉。这时,他听到一声不男不女、不老不少的大笑在头顶响起。

"走吧!跟着我走。"

苏武一急,忙大声呼叫起来:"张胜!常惠!"

……

一缕阳光正好从帐篷帘子的底下穿进来,将苏武看得见的一方地面照得晃人双眼。

张胜、常惠被苏武的大喊声惊得一骨碌翻身蹦跳而起。同时,苏武也被自己的叫喊声吓醒了,他忽地坐直了身子。

"哎呀,瞧你做的梦,我以为跟匈奴人打起来了呢。"张胜睁大惊恐万分还带着血丝的双眼,惊魂未定地嘟哝了一声,准备倒下去继续睡的样子。

常惠这次却镇定了许多,他哧哧地笑了几声,一句话没说。

刚刚还在地面明晃晃耀人眼目的阳光倏地一下溜出了帐篷,毡房内顿时跌进昏暗之中。

"汉使苏武,我们大单于有请!"这时,帐篷外传来一声长长的叫喊声。

苏武手持节杖站了起来。他整了整衣冠,拢了拢高高束起的发髻,那一头又黑又亮的发丝将一位血性方刚的秦地汉子应有的凛然正气同时顶在了

32

发髻之上。

苏武一甩长长宽宽的袖笼，对张胜和常惠叮嘱道："叫起我们的人，将皇上给单于的财物抬拉上，跟着一起走吧。"

张胜、常惠先一步出了帐篷，苏武再次对自己的衣冠和发髻进行了整理，同时，将节杖上红艳艳的牛尾巴毛也仔细地理了一遍，之后，深情地紧握在手，掀起帐篷门帘，大踏步走去。

军营帐篷外，苏武看到一轮犹如一团硕大的火球一样的夕阳，正缓慢地向西边的草地下移动。此刻连一丝风都没有，天地安静得像跌入一个人迹罕至的境地里了，整个天地间唯一的声响就是来自群群麻雀的叫嚷。这些小精灵，似乎厌烦了在草场上的生活，或者是吃饱喝足了，便在军帐之间来来回回地飞掠穿梭，叽叽喳喳，如同草原的幽梦。不远处的树林，棵棵树木亭亭玉立，披一身夕阳的霞晖，让人一眼望去，恰似从远古走来一位心怀美好的夫人，内敛典雅，有种不同凡响的气质。

"胡人生活的地方，是仙境啊！"苏武在内心暗暗赞叹眼前这美妙的景色。

那边驮载财物的车辆牛马，在苏武随员的赶喝下，揽一身夕阳的光辉辘辘而来。

"跟在我身后，一块儿走。"苏武用目光扫视了一遍聚集而来的人和拉财物的车辆，见一切准备停当，就对随员们说了一声，领头走去。

由百余人组成的汉朝队列，在匈奴唤差的引领下，从一顶顶军帐前穿过，又拐了个大弯，便来到了匈奴单于的议事大厅。

一列鸿雁啊啊高喊着从苏武他们身后的空中一掠而过，飘落下的鸣叫，在漠北的大地上滚动，久久不散，令中原的汉子们更觉游牧地带的奇异。

苏武领头跟着匈奴唤差大步走进了单于的议事大帐里。

偌大的游牧人的议事军帐里富丽堂皇，除了各种毛皮织就的漂亮图案作为装饰外，还有真身的雄鹰、豹子、老虎之类的标本，栩栩如生地挺立在大帐篷四周。每一件标本鲜活的气势无一不在彰显着草原霸主的熊心虎胆，有种战无不胜的威严之气。

长长的厅廊引导着苏武和他的队列不断地向里而行。单于且鞮侯见苏武他们气宇轩昂地走来，他飞舞起一头浓浓的长发，将穿在身上的棕色带有

苏武牧羊

33

斑纹的皮袍一甩,大跨步来到了苏武他们的面前。

"你们好啊,中原来的客人!你们辛苦了!"

单于且鞮侯以匈奴人的礼节,右手往左下腰的部位一扣,弯了弯身子,行了大礼。苏武见势,忙以同样的动作向单于回礼。

见面行礼仪式一结束,单于且鞮侯就回到他高台的位子上了。大大的议事厅两旁,站立着匈奴的各路王侯。在这一张张匈奴王侯们兴致勃勃的脸膛之间,苏武还是看到了那张令他备感不舒服的熟悉的脸,这就是之前被皇上派来出使匈奴的使节,后来背叛汉朝做了匈奴丁灵王的卫律。

之前苏武就知道,卫律当年出使匈奴,是受协律都尉李延年的举荐才成行的,后来卫律出使匈奴任务完成后回大汉时,正赶上李延年被皇上灭族的局势。卫律怕自己受到牵连,一不做二不休,连夜逃往漠北,投降了匈奴。他禁不住匈奴单于高官厚禄的诱惑,做了匈奴的丁灵王,成为单于的重臣。

苏武从内心深处瞧不起卫律,当他的目光与卫律相碰时,苏武有意识地挺直了身板,手中的节杖在面前呼呼摆动,如同一把永不熄灭的火炬,威武雄壮地从卫律的面前一扫而过。

到了厅堂中间,苏武对手下的人大声招呼道:"将大汉圣上回敬给单于的礼物抬上来!"

随行的使者们快速地将一批丰厚的财物礼品摆到了单于且鞮侯的面前。

看到琳琅满目的财物,且鞮侯一下子变得狂妄起来,他一双大而深的眼睛滴溜溜地转动着,并散发出桀骜不驯的光束。接着单于且鞮侯哈哈大笑一阵,他的笑声在宽大的议事厅内嗡嗡震响。不一会儿,他三两步冲上来,一把抓起明晃晃的珠宝锦罗,手扬得高高的,对着站立在两旁的匈奴将相王侯们说:"看吧,大汉皇帝还是惧怕我们草原的铁骑,要不然,他怎会奉献给咱们这么丰厚的财物呢!咱们胡人的骑兵,是战无不胜的!"

单于且鞮侯绷在额头上的金色飞马图腾跟着主人的得意忘形,不时地闪烁出刺人眼目的光芒。

苏武强压住心中的怒火,走到自己的位置上坐了下去。

单于且鞮侯傲慢放肆的大叫声,顿时让两旁的大将王侯们躁动起来,他们一面高呼胜利,一面大口大口喝起了酒。一时间,议事厅里,喝酒干杯声、张扬的吵嚷声搅成了一团,似要将议事帐篷掀翻一样。

酒过几巡之后,已是一身匈奴官员装束的卫律穿过人群来到了苏武跟前。

"苏君,异地他乡遇故知,真不容易,来,我敬你!"

"无耻!"苏武眼中放射出怒气,他恨恨地骂了一句,一甩长长宽宽的袖笼,手持节杖,拧身向大帐篷外走去。

夜不知什么时候已降临到漠北的大草原上了,月牙儿清瘦地挂在高空中,像极了思乡人的眼。星星们好似大大小小的银珠,镶嵌在草原的上空。周围远远近近的毡包房里,朦朦胧胧的灯火似乎一下子将苏武的思绪带到了遥远的天尽头。

夜鸟在左边那片树林子里缠缠绵绵、唧唧啾啾说着夜里的情话,阵阵青草香,熏染得游牧民族特有的生活气味远了近了、浓了淡了,这飘飘忽忽带着野性的气息使苏武第一次感到从未有过的孤独。

尽管草原的夜显得那么安详,但在苏武看来,这暂时的安宁里,仿佛还藏匿着说不准的刀剑寒气。

一种本能在告知苏武:此次出使匈奴,或隐藏着天大的不吉! 可问题会出在哪儿,苏武自己也说不清了。

嗷——,一声长长的野狼的嗥叫从旷野里响起,令人浑身一颤。苏武听到这一声长嗷在不远的地方飞扬而起,接着响彻了整个草原。空旷的漠北地域,不由得让人感觉自己就如同天外来客一样。天上的星星也似乎嗅到了大地上野狼的血腥之气,不停地眨巴着眼,时间在山坡上缓缓滑过。

忽然,一颗流星由南向北从天际划过,在人眼里留下一道闪光后落到某处无人知晓的地方了。

小时候,常听大人讲,天上一颗星,地下一个人,每个人都有自己对应的星。苏武不清楚,一颗星陨落了是不是地上就会有一个人离开了这个世界。

此时,又有一颗星发出最后一道耀眼的光从头顶的夜空划过,在苏武不平静的内心绽开了一串难以湮灭的记忆……

这一夜,苏武是在辗转难眠中熬过的。

第二天一大早,苏武刚刚洗了把脸,就见营帐门帘哗地一掀,于轩王挺拔英俊的身影就出现在了苏武的面前。

"苏正使,漠北的生活还过得习惯吧?"

于軒王总是一脸文雅的笑容,给人带来一种天下太平的气息。

苏武忙抓起节杖,连声对于軒王说:"还好,还好!将军可好?"

正在这时,令苏武备觉反感的汉人——叛降匈奴且做了匈奴丁灵王的卫律也跟着来到了营帐里。

卫律一进来就告诉苏武:"今天,于軒王是专程来和您辞别的。他要回他的领地北海去了。"

"哦,将军要比我先行一步了。"苏武说。同时,苏武在心里也盼望着被自己带出来的弟兄们也能够早日平安地回到中原大地与亲人们团聚。

于軒王一眼就看出了苏武的心思,他朗声笑了起来,安慰苏武道:"我明白苏正使的心情。不过,说实在的,咱们一路相伴,从大汉中原到大北方草原,相扶相携两月有余,突然一下子分开了,还真有些不舍。"

"是的,是的。"苏武感到于軒王说的话也是自己的心里话,便连声应道,"你我今生有缘分,真的难舍难离呢。可是,咱们各有使命在身,也只能天各一方了。我等来此,贵邦上上下下对我们盛情有加,苏武感激不尽。您于軒王更是百般照顾、嘘寒问暖,关照我的弟兄们如亲人一般,将军的大恩大德,我大汉将士没齿难忘啊!"

于軒王哈哈哈的朗笑声在大营帐里久久回荡不息。

"苏正使,感激的话就不说了,这都是我应该做的。你我今日一别,还不知何时再相见呢,咱们且以歌舞酒宴作为饯别吧。"于軒王说着,扭头向身后的卫律下令:"丁灵王,叫人摆上酒宴,我今日要同苏正使痛饮话别。来呀,传歌姬上来助兴。"

卫律出了营帐不大一会儿工夫,酒宴就摆上了,歌姬们也鱼贯进入大营帐。

于軒王在一阵阵曼妙的歌舞声中,在歌姬们云霞一般轻盈的舞姿下,手把酒樽,对着和自己面对面坐在一起的苏武说:"苏正使,来,干!"

"干!"苏武举起了酒樽。

悠悠的歌舞乐声在身前身后、在军营帐里翩翩而起,醇厚香甜的草原美酒弥漫起悠远的思乡情韵。

酒过三巡之后,于軒王向众歌姬问道:"你们中间,谁的歌声最悦耳动听?"

众歌姬一哇声地回答："云朵！"

接着，一位美丽如山脊梁上一株独放的野刺玫一样的胡人少女被姐妹们推拥着走出了歌姬群。

"云朵姑娘，那就请你为苏正使高歌一曲吧。"于轩王向那位叫云朵的歌姬下令道。

"遵命，大王。"姑娘的应答声犹如天籁，"云朵在这里献丑了。"

云朵说完，立刻进入舞动的状态里。她一边扭动着柔如柳丝一样的腰身，一边跟着响起似泉水淌动的歌声，歌词清新婉转又令苏武备感激动。

> 没有架子的毡房不能支立，
>
> 不敬美酒怎能表达我们的心意？
>
> 尊贵的客人哟，
>
> 请喝下这樽美酒，
>
> 这才是我们款待您的开始……

歌舞声中，苏武对于轩王说："希望两族言和之后，于轩王再到大中原，苏武陪将军去看洛阳的春花、西湖的美景、长江的三峡、华山的怪松……"

"后会有期！后会有期！"于轩王满脸通红、激情澎湃地连声答应。

苏武同于轩王推杯送盏，一直持续到天色向晚。

晚霞如血，泼洒在漠北的旷野里，熏染得每一寸土地、每一粒沙石、每一株花草也都心怀别离之情，悄悄地挂上了莹澈的泪珠似的露水……

六

　　草原的夜格外安宁,连平时喜欢在晚上用人听不懂的话语说悄悄话的鸟儿也没有了一丝的动静,这种令人感到窒息的静谧叫人心发慌、发堵。夜下的那条河流恰如一条柔软的绸带,弯弯曲曲地在一枚冷色的月下闪动着冰一样的光。一顶顶的帐房点缀在夜色里,仿佛草原的梦,洒落在每一处避风的地方,有种模糊不清的沉闷气氛。

　　内心有些慌恐不安,苏武下意识地抓起从不离身的大汉节杖,走出了军营帐房。

　　来到外面,苏武放眼展望,只见朦朦胧胧的茫茫原野混沌一片,他已无法分清哪里是天,哪里是草原,天和地只是一个无边空洞的世界。星星也晶莹得有点怪异,大大小小连成一片,在头顶、在地的边缘分布着。苏武好像又觉得这颗颗星辰是那么冷清,还显得那么孤独,无声地眨巴着无助、无力和无奈的眼睛。

　　苏武长长地出了一口气,思忖道,来到漠北已过二十多天了,怎还不见且鞮侯单于传来让他和他的队伍返回的旨令? 这到底是什么原因呢? 苏武一想到这里,心就不由得一阵阵地紧缩,他一会儿陷入迷茫之中,一会儿又心中没底地捞着希望。他喃喃自语道:"来到匈奴,万事皆顺,没一件差错事发生。许是单于近期太繁忙的缘故,所以迟迟不召见和签发国书,延迟了归期……"

　　夜在繁星点点的空旷下,艰辛地往自己该去的时辰节点上缓慢地转去。

　　就在后半夜降临到这片被匈奴的军营帐篷占据的地方时,苏武抑郁地回到了宿营帐篷内。

　　正当苏武躺下身子准备睡觉时,一个人影从苏武刚刚站立的地方鬼魅一样唰地闪过,并以飞快的速度绕过几顶帐篷之后,钻进了张胜的帐篷。

　　常惠早已枕着草原异乡的牛粪马粪味儿,香甜地做起了回故乡的梦。

张胜却怎么也睡不着,他和苏武一样想到了且鞮侯为何迟迟不发让他们回归的旨令的问题。夜越来越深,张胜的睡意全无,他翻来覆去地思考着,就是揣摩不出其中的缘由。按照常规,外来使节在完成了所有的出使任务后,出于礼节,对方安排这支队伍休整一段时间后,就会签发国书发令放行回归的。可眼下,他和苏武来到漠北的日子早已超出了预期,还不见有放他们回去的消息。张胜想到这里,禁不住小声嘟哝着骂了一句:"他娘的且鞮侯,葫芦里到底卖的什么药?"

张胜刚翻了个身,就见一个人影幽灵似的,裹着一团野外的草腥气闪了进来,一晃,就到了张胜跟前。

张胜忽地一跃而起,本能地抓住了放在身旁的尖刀。

来人立刻上去按住了张胜的手腕,分明怕惊醒了跟前的其他人,他尽量压低声音对张胜说:"兄弟,别怕,我是你昔日的好友虞常啊!"

朦朦胧胧、模模糊糊中,虞常高大的身影一蹴,声里带有草原游牧人的特质。

"走,咱们出去说话,我有要紧事和你商量。"

对于往日好友虞常,张胜心中自有一本账。他清楚,眼前这位旧友,曾经作为卫律的部下被皇上派来出使匈奴。卫律禁不住单于以美女财物作为诱惑,背叛了大汉朝,他的手下虞常等人也一同归顺了匈奴,并分别被单于任了职务。

张胜迟疑了一会儿,对虞常说道:"咱俩虽是故友,但如今,我是大汉的使者,你已是匈奴的官员,咱们还有啥话可说呢?你还是走吧,咱最好是井水不犯河水,各走各的道,各为各的主。"

虞常再次压低声音,尽量不让夜气将话语传播开来:"你这样想就不对了,我可不这么看。如今,我虽在匈奴当差,但我的家人、亲戚们都还在大汉的土地上生活……"

虞常说到这儿,声音涩涩的。他突然截住了自己的话语,一把抓住张胜的手,如同抓住了所有的希望一样,使劲往外拽去。

草原的夜此刻安静得恰似一位老者,地上不见了风的影子,天空也看不到弯月的容颜,只有布满头顶的星星晶莹地悬坠在高空,像给莽原戴了一顶银光闪闪的王冠,显示出一派神秘莫测的景象来。

苏武牧羊

张胜跟在虞常的身后，从一顶一顶稳坐在地上的军营帐篷前溜过，来到了一面土坡的脚下。河水就是从坡前的弧形地带拐了个大弯后，流到这里的，夜色下看过去，好似一位被命运折磨得筋疲力尽的女人，迈着缓慢而无力的步子，轻轻走去，小声地哼着无奈的曲子，去了自己并不知晓的地方。

张胜丝毫感觉不到草原夜景的迷人，他更操心的是他和苏武带来的随员何时能够平安顺利地返回，堂堂正正地向圣上复命。

虞常的脸在夜幕下被草坡一衬托，显得大如斗，不由得令张胜紧张起来。他在暗夜里，尽量睁大双眼，看着好友不清晰显得模糊的脸。

"卫律这畜生，被单于收买后，就成为单于的重臣，当了丁灵王。这还不算个啥，最可恨的是这个卖国贼做了匈奴的高官，不仅对咱汉朝兄弟不照顾，还时时处处找咱们的麻烦，对汉人格外苛刻，他就是以此来向匈奴人展示他的忠心……可恶至极！可恨至极！"

虞常说着说着，不自觉地放大放粗了声音，气愤的情绪难以抑制，在张胜听来，如同一块大石由高空坠落一样，又重又沉地砸在了脚下。

"我虽然在卫律的手下做事，可我的心一直都在汉朝！"虞常的双眼闪动起了狼一样的光。他继续说道："我觉得，你来到这里，是天意，咱俩可以联合起来干一件大事！"

"什么大事？"张胜惊异地问道。

"只要咱俩配合得当，我有办法先杀了卫律，再将单于的母亲阏氏给绑架了，然后，押回中原去。"虞常激动万分地说，"这样一来，杀掉了卫律这个大叛徒，一是为皇上出了一口恶气，二来也解了我的心头之恨，咱俩也算为大汉立了一功。"

张胜的心地不自觉地被虞常的话语一块一块地撬动了。他有点抑制不住地急问道："除掉卫律，你有多大把握？"

虞常见好友动了心，一下子得意起来。

"这个，你尽管将心放到肚子里。我要收拾他，哼，叫他做梦都想不到！"

一阵猫头鹰怪异的嘶鸣声从旁边的树林子里滚动着传了过来，那种不阴不阳的腔调令人禁不住毛骨悚然。

"若真能如你所说的那样，做成这件事，就再好不过了。"张胜被虞常的计谋打动了，他诚心实意对好友交代道，"不过，一定要记住一点，把事情做得严密再严密，万不可走漏半点风声！"

虞常听了张胜的话，立刻显得兴奋起来，声音都有些飘忽了："我对他们的行迹早已烂熟于心。再说了，这么多年，他们中间还能没有我虞常的几个知心人？你放心，不会出半点差池的。"

草原的夜沉甸甸的，就连天上的星斗也仿佛有了无限的重量，似要坠落到原野上来一样，令地上的河流、树林都不堪重负地垂下了头。万般景象此刻在张胜的眼里都变得模糊不清，成为一片怪异的影子了。

当又一个不晓得预谋是何物的黎明莽莽撞撞地来到漠北大地上时，一层白蒙蒙的雾正轻纱一样遮盖住了草原本来的面目，久久难以散去。

张胜怀着满腔的期待，夹杂着一些纠结，在朦胧的新一天到来时的光色下，甩了甩宽大长长的衣袖，同好友虞常分了手，各自向着各自的军营帐篷风似的溜去。

苏武牧羊

七

秋季的漠北草原,被五颜六色的植物装扮得美丽若端庄的贵妇,整个原野看上去赏心又悦目。季节把一处一处的草木渐次涂抹上黄色再夹杂一些红色,间或还晕染些半紫半绿的色彩,整个草原展现出迷人的魅力来。

远处的羊群,云霞一般游弋,这些食草动物,它们虽不懂得人的密谋,但它们却知道抓紧时间啃吃一年中最后时刻的鲜草。牦牛是草原上最让人动心的景象,它们总是豪气冲天地将各自长长的拖曳到地上的毛发在某一处高岗上让自然的风来梳理,于是,飘飘的样子成为大原野最显豪迈的潇洒形象。

牧羊犬在这个季节里最懂得游牧人的心声,它们尽职尽责地轮番看护着羊群,再怎么贪玩,也不会让一只羊离群走丢。它们在早晨活跃得像重生了一样,一会儿撒着欢,飞奔到羊群的左面,一会儿穿到羊群的右方,追赶着羊儿去某处低洼地带,因为那里的水草正肥美、鲜嫩。经验告诉牧羊犬,这个季节的特征,就是越低洼的地方,青草越是不会遭到西北来的风的摧残。

太阳明显比前些日子淡了,温度也降低了许多,光束变黄变浅起来,照在植物和动物身上一样没有了热力。树木开始向地下抛撒着零零星星的落叶,风一吹,给人一派萧瑟的感觉。时节在改变着旷野里一切生命的气场,就连鸟儿的歌喉都显得拘束干涩了,原来长长绵绵的后音,如今变得短促又没了韵味。

今天,是单于且鞮侯与匈奴各部王侯商议大事的日子。

淡薄的阳光从大大的议事帐篷的窗和门以及天窗洒下来,辉煌的大厅内洋溢起匈奴贵族们永远激昂的斗志。单于且鞮侯在和部下商榷完了各部落的相关事宜后,将他的皮长袍一甩,对有关人员下令道:"过了这几天,赶在冬季来临之前,你们务必将汉使苏武等一行平安护送回中原去。"

"是!"领到旨令的臣属一面应答着,一面右手搭在胸前,退出了议事大帐。

颁完旨令，单于且鞮侯腾腾腾地走出了大厅，来到了外面。

这时，只见西北方向的天空中，忽然就涌上来一团团黑色的云，转眼就遮盖住了草原的美景，紧跟着，一卷卷呼啸的狂风在整个原野发作而起，吹得单于且鞮侯的长发甩来甩去。

结实的军帐被桀骜不驯的风震慑得摇摇晃晃，发出怪异的响声。那边的树林，更像是着了魔，疯了一样，披头散发，捶胸顿足，东一倒西一歪，吓得栖息在上面的鸟群惊叫不已，树叶一般飞起落下。

恶劣的天气让人在数十米之外几乎看不到任何物什。云层越压越低，越积越厚，似乎要压到地面上来一样，使人有种喘不过气的感觉。尽管牧民们已经习惯了草原各种怪异的天气，但像今天这样，清晨在一瞬间变成犹如黑夜到来一样的莫测境况，还是令他们有种猝不及防的惶恐。

黑沉沉的天幕下，军营外方圆数十公里的地方，牧民们的鞭梢噼噼啪啪炸响，远远近近的毡房迷蒙在一派凌乱之中。羊群咩咩叫，狗儿汪汪咬，野兔野鹿野老鼠之类的动物东碰西撞，仿佛世界要坍塌似的，天和地已经分不出边缘，混沌交织到了一起。

出现这种诡谲的天气，万物都在撕扯中惊恐不安地藏来躲去，而对于虞常，这种天气仿佛是专为他的预谋设下的最佳时机。

自从虞常和张胜商量好计谋之后，近几天的时间里，张胜背着苏武和所有的人，暗中帮助虞常实施计划，陆陆续续给了虞常许多财物，让虞常收买有关人员。

有了丰厚的财力做保障，虞常更加信心百倍，心劲空前高涨。每每想到此次以自己为主的谋划得以成功之后，不仅可以暗箭射杀这些年一直和他作对、视他为敌的卫律，解除多年来的心头大恨，自己还可以重新回到中原。对立了大功、除了叛徒的自己，皇上必会犒赏，之后还可被封个一官半职，也能让生活在汉朝的母亲和弟弟过上丰衣足食、光宗耀族的日子……想到这些，虞常就会激动不已、心跳加快，恨不能向老天借来一段有利于实施计划的时光，快快地遂了他的心愿。

今日，天赐良机，终于盼到了阴霾狂风的好机会。

狂风肆虐下，云雾遮天蔽日，人们什么也看不清，什么也听不清。虞常猫着腰，一溜烟蹿至匈奴缑王的帐篷。

对于匈奴猴王,虞常很清楚他那一波三折的命运。猴王本是匈奴昆邪王姐姐的儿子,曾经和昆邪王一起出使中原又一起投降了汉朝。后来,在跟随浞野侯赵破奴讨伐匈奴时,吃了败仗,就又重新陷入胡地,和虞常一样夹在卫律统领下的投降队伍之中。

风在大帐外号叫,吼声一会儿像从天外甩下来似的,一阵子又仿佛是由地底下冲出来的,疯狂地摇晃着军营帐篷,摇动着山坡河流,撕扯着祭祀堆上的彩条,似要将这漠北大地掀翻一样。

猴王的帐篷里弥漫着匈奴人特有的牲畜皮毛以及怪怪的肉食味道。听了虞常的一番话,猴王本就黝黑的脸膛上颜色更加浓重起来,小眼睛紧紧盯着虞常的脸,注意力非常集中地听虞常继续说下去。

"这是咱们一次难得的机会,也是天赐良机。这次从中原来的使者里有我昔日好友张胜,他在这次的行动中从财力上给予很大的支持,只要咱俩配合紧密,百分之百大功告成!"

虞常的这一点拨,使猴王紧锁的浓眉顷刻间就舒展了开来。

"愿草原之神保佑咱们一举成功!"猴王和虞常同时站起了身,两樽鲜甜热辣的酒液一齐灌到了两个汉子的肚中。

"此次行动成了,你我共赴大汉之地。咱们是立了大功的人,皇上定会重重赏赐咱们!到那时,美女如云,享不尽的荣华富贵……"虞常更进一步对猴王说道。说得猴王的心里热乎乎的,一樽樽酒水像牛饮似的,倒灌而下。

微醉的意念里,猴王得意地说:"你们那个卫律,平时比叼了一块肥肉的鹰还要张狂,动不动给我们扬手挥剑的,似乎跟着他干的弟兄们前世都欠了他什么似的……咱们也受够了,杀了这畜生,为咱们解解恨……这样,也正合大汉朝廷的心愿,一箭双雕啊!哈哈哈……"

猴王满口酒气,仿佛他已看到了自己的出头之日。

虞常见猴王开始发酒疯,立刻上去一把捂住了猴王大笑的嘴,然后,压低声音说:"酒是在咱们开始行动之前、执行计划之时喝了壮胆助威的,万不可在还未实施之前就撒酒疯,说酒话,走漏了风声!一定要注意保密!保密是第一要事!"

猴王睁大带血丝的双眼,愣愣地望着虞常过于严肃的脸。他略顿了顿,止住了笑,旋即,又一把拨开对方堵在自己嘴上的手,显出一副轻松的神气:

"瞧你,还没干个啥就紧张成这样,跟做了贼似的,有那么夸张吗?"

草原不管人间将要发生什么事情,它将今夜的命运已交给了狂风。整个大原野此时柔弱得如同静卧的羔羊,任野狼一般嗥叫不息的风肆意抽打,疯狂发作。

在同一时间另一顶帐篷内,苏武紧紧握住皇上亲赐的使节杖,心神不宁地听着外面风的狂号,在军帐里来来回回地转着。他说不清什么原因,今晚的天气怎么会令他这般心烦意乱。隐隐地,苏武觉得仿佛有什么事情将要发生一样,但,无论他怎样思虑,也想不出会有什么不好之事会降临……

头顶帐篷上的天窗,在风的撼动下,不住地发出咯吱咯吱的响声,总给人一种不祥的感觉。苏武抬头望一望帐篷顶,朦朦胧胧中有些许的微光在虚幻地晃着,晃得他的头晕晕乎乎,疼痛不已。

漠北的旷野,季节总以威严的气势指挥着一切,指点着花草树木的繁荣与衰败。秋天时常让生存在这里的生灵,几乎来不及仔细品赏一下这个季节的滋味,就会在一夜之间一闪而过。甚或,秋季的一个转身,只需一场风的到来,就彻底结束了所有的行程。

夜深了,苏武刚刚侧躺下身子,突然却听不到帐篷外的风声了。他握紧节杖,又起身坐了起来。

人在他乡的日子是最难熬的,等待的时间成为折磨人的光阴。苏武心慌得思绪有些凌乱。黑暗中,他默默地祈祷,希望大汉之神伸出援助之手,保全他和与他一起出使匈奴的百十号人不落下一个,平安顺利地回到中原,圆圆满满地完成圣上交给的使命。

苏武立起身,轻轻地挪动脚步。他怕惊醒了熟睡中的副使张胜和随员常惠,慢慢地摸索到帐篷的门帘处,黑暗中,伸手掀开帘子,走了出去。

外面的世界在刚刚经历了狂风的袭击后,突然一下子呈现出一种令人心里发毛的安静。整个军营,除了远处影影绰绰、来来回回不停走动的哨兵,大原野的万事万物都沉浸在一派静谧无声的状态下。仿佛刚才发生的那场浩劫般的暴风盗走了所有的生命,四处都呈现着死气沉沉的景象。河流在西北方的野地里弯弯曲曲、悄无声息地淌动,到了坡根下,陡然回眸,形成了一汪椭圆形的水潭后,又好像人不平顺的命运一样,趔了个身,跟着坡道的路线,往北行去。

苏武凝视着夜幕下的河水，不知道水是追寻自己梦中的伊甸园去了，还是草原的地势造就了水流必然的改道。苏武收回目光，他仰头看天，只见天空那繁密晶亮的星星，像宝石，还跟人很贴心的样子，镶嵌在头顶的苍穹。这景象让苏武想到了中原。他扭头向南张望，他清楚地知道，那边的天空是大汉的。目光所到之处，他好像看到了圣上殷殷的期盼，还看到了亲人们的翘首企盼。思念在深厚的夜色里蒸腾，弥漫在异乡人的心田。

啊啊啊——突然响起一连声乌鸦惊慌的嘶鸣，黑暗中砸在人的面前，如同勾人魂魄的鬼怪，使苏武不自觉地浑身一颤。

这种会给人带来不祥的黑鸟每每一叫，就让苏武想起了自己出使匈奴时同样碰上乌鸦狂叫的情景。这似乎没有什么，但又好像隐藏着什么难以说清的预兆。苏武不清楚，为什么在汉民族文化里会将这样的黑鸟视为不吉祥的飞禽。是在漫长的岁月里，人们在经历了太多的苦难之后得到的经验总结？抑或是这一身黑衣的乌鸦鸟，本就具有通灵的天性，能够嗅到人间一些不祥气味而发出警示的叫喊，意在提醒世人？

无论怎样，目下乌鸦一声赶一声的叫嚷确确实实撞到了苏武某根预感神经上了，他不由得心慌意乱起来。黑暗中，苏武愈加心神不宁了。

正当苏武被巨大的惶恐笼罩心头之时，东方的天际如同刚出生的婴儿一般，慢慢地睁开了微微亮的一条眼缝。像被什么东西绊了一下，苏武不但没有感到黎明到来的欣喜，反而在渐渐明亮的天地里，吃了一惊。

晨曦下，苏武第一眼看到的是一夜间就落光了叶子的树林，棵棵树木的枝枝权权一下子就裸露在外了。那远远近近的草场，昨天还绿意盎然，转个身就苍黄干枯得如同遭受了万般磨难的人，显出一派凄惨的神情来。看着这里瞬息万变的景色，苏武不由得想到了生活在漠北这方古老土地上的游牧民族。他们多变的性情就和这草原的秋天一样说变就变。秋季，在这里，只需一场风，就会两重天。

苏武在莫名的预感支配下，不由自主地朝着家乡的方向，喃喃地说道："圣上的神威天地可鉴，保佑我和我的随员们快快归回！"

八

漠北的秋天没在旷野里多停留几日,就毫无留恋地从树林草场以及游牧人家的毡房前匆匆扫过,为树木早早地挂上了光秃秃的荒凉景象,为草场提前涂抹了一层枯萎的衰败色彩。这些都丝毫影响不了出使匈奴的中原汉子们盼望回归的心情。在他们的胸中,企盼回到家乡,与亲人们早日团聚的心情依然如春风一样日夜在心田荡漾。

草原上所有绿色的生命都将自己的运气交到了季节的手中。所以,一场狂风摧残,剩下的就是凋零。

前一日还媚态十足的各种花卉,一下子就枯萎了,干瘪的样子令人看了心疼。那一张张娇艳的面容,一眨眼间就被吹枯了,丢失了昔日娇羞明艳的容颜。此刻,它们无奈地倒在山坡间,倒在平川里,倒在河的沿畔,等待着时光为自己扯起祭祀的彩带。那些在春夏季节青翠欲滴的草,哧啦哧啦地在风中东摇西晃,一副魂不守舍的样子。

草原在一派苍茫萧瑟的景象里迎来了大清早跃出地面的太阳,所有枯萎的生命都在明亮的阳光下重见新的希望。

单于且鞮侯被今日格外晴朗的天气洗去了多日来笼罩在心头的"雾气",他早早地换上了匈奴首领特有的皮袍,长长的散发被梳理得顺顺溜溜,翻毛的皮靴踩踏在枯黄的草窝子里,有种威武的感觉。且鞮侯一对浓眉总是向上翘起,犹如宽广的草原上空飞翔的雄鹰。天空蓝得像水洗过一样透亮,匈奴单于感觉茫茫大草原就是自己自由翱翔的宝地,是神赐的地方。几朵白云,正载着新鲜的阳光,向他这边游弋过来。

且鞮侯一时兴致大发,双眼闪动着猎鹰一般的光芒,对他的群臣指着远方的天地,声音洪亮地说:"草原虽然是我们游牧民族的天堂,但我们还要像雄鹰一样,飞出草地,翱翔到大中原土地的上空去!"

单于且鞮侯的一声号令,叫喊出了匈奴民族继续进犯大汉的野心。这一声喊叫，得到了单于部下的万般迎合。

雁阵在点点毡房的上空呀呀地叫，整齐的人字形队列在蓝天上像神话一般，给人以心驰神往的感觉。

"今日难得这般明媚的好天气，正是我草原雄鹰叼猎的大好时光！丁灵王，你立即召集各部下，随我外出围猎去！你就不必跟随了，在家留守。"

且鞮侯心情大好，吩咐声里都显露着高昂的兴奋情绪。卫律一声应答，很快就见一支庞大的队伍被集结了起来。顿时，人喊狗叫马嘶鸣，一派沸腾的景象，队伍跟着单于浩浩荡荡地向着西北方向的草山另一端奔腾而去。

打猎的匈奴骑兵大队像流动的潮水。人人座下的各色战马，一得到主人的催促，立刻变得狂傲不羁起来，仿佛憋足了一生的劲头，只等这一时刻的到来。

马飞人叫，猎犬飞奔跳跃，在水草肥美的秋后草原，单于且鞮侯的这支庞大的围猎队伍，惊得野兔野鹿和一些旱獭之类的动物四处乱窜。阳光如水，被铁骑踏碎，飞溅后，在队伍过后的瞬间又快速地合拢到一起。

围猎的大队人马飞奔过树林时，树木生风；驰骋过河流时，清水哗哗飞溅。站在山头俯瞰，且鞮侯的骑兵，个个如同展开翅膀的雄鹰，在天地之间，纵情驰骋，并以势不可当的气势，横行于漠北的大草原上。

就在且鞮侯忘乎所以，将自己所有的实力都展示在茫茫大原野间的时候，他做梦也想不到的事在他的军营腹地悄然地发生了。

单于且鞮侯带队外出打猎的当天晚上，在他的军都府，一支由虞常、缑王以及情愿跟着他们和被他们收买的人员组成的队伍快速地集结到了一起。

草原的夜美丽得令人心跳加快，满天的星斗像各路神灵的眼，一眨不眨地看着地面将要发生的一切。

草原静静地躺在烟火人家之间，静心地等待着。牧场总是以不谙世事的表情，不动声色地、默默地注视着大原野里的一切。

忙碌又紧张的虞常和缑王早已忘记了此时月亮正冉冉地升起，明晃晃地照耀着漠北大地。在匈奴的一个毡房外，虞常急切地对缑王说："咱俩组织起来的人，一共有七十多。单于的重臣大部分都跟着外出围猎了，现在大营里只剩下且鞮侯的母亲阏氏和单于的子弟们。咱二人各带一半人马，兵

48

分两路，一前一后迂回着围堵上去。安排精干手下，先控制住阏氏，绑了，押上车马先行。至于卫律那边，我自有办法射杀了他！"

缑王听完，眼里放射一道凶光，声音沉沉地吐出两个字："明白！"

月亮又黄又圆，一副怏怏不快的神气，仿佛对于人世间的谋杀早已疲惫了一样，将黄晕晕的光，不悦地洒在原野上。

这时，夜鹰突兀地惊叫了几声，所有的人顿感毛骨悚然。

就在虞常和缑王分兵点将之时，朦胧的月光下，一个人影悄悄地溜出了队伍，猫着腰，顺势滚下了土坡，夜猫子一般往阏氏和单于子弟们生活的大帐飞奔而去。

当虞常和缑王等带着必胜的信心，风似的逼近匈奴重地单于母亲阏氏及单于子弟们的大帐时，一下子被做好防御准备的单于子弟们突如其来地刀剑猛袭，谋反的队伍顿时乱了阵脚。双方进入不可开交的混战之中。混战中，缑王被人一刀砍下了头颅，血溅如喷，瞬间染红了月光。

刀似风，箭如雨。厮杀声，刀剑相交声，劈出的火花四处飞溅，一场生死恶战，在漠北的大草原上，残酷血腥地上演着。

月亮不忍心看这一幕，快速地向西边天际滑落下去。圆月躲起来了，星星们则被吓呆了一样，一眼不眨地盯视着这场在野心的操纵下盲目的杀戮。

兵器的相撞相碰声震彻天空，刀剑器械飞溅的火花映红了漠北大地。草原在一片喊杀声、惊叫声里，动荡不安地过着一个极不平常的秋后即将入冬的夜晚。

正当战斗进行得难解难分时，得到消息的卫律率领一群军士气势汹汹地杀了上来。厮杀的战场刀光剑影，纷纷落地的人头如风吹树叶一样。过了一阵子，身受重伤的虞常被抓，他所带领的七十余人，也在激烈的砍杀战斗中死得只剩下了五个人。

黎明前的草原，在阵痛过后，安静了下来。被血染红的土地一片狼藉，原野似乎还未从惊恐中挣脱出来。对于暂时的安宁，仿佛只是做着片刻的喘息，以便随时迎接更加疯狂的战斗的来临。

卫律亲自指挥军士很快结束了战斗，在东方天际泛起鱼肚白的时辰，打扫了战后的场地。

一直被震耳欲聋的厮杀声、刀剑相交声吓到的各种鸟儿们缩到一起不敢吭声，似乎憋得太久了的缘故，一见天色放白，又立刻叽叽喳喳大叫起来，吵得脱光了叶子的树木惶恐不安地静立在野地里，纹丝不动。

这时的张胜，双眼布满了血色。这一夜，对他来说，是一生当中最难熬的一夜，漫长得令他心神难安。一夜没合眼的张胜，一会儿风似的旋出帐篷，来到野外，向阏氏的住地张望，一会儿又心焦如火地走进原野最为隐蔽的沟坡底，暗暗安慰自己：不会失败的！虞常对匈奴贵族的生活规律及周围环境了如指掌，不会出现什么差池，一定能成功的。

这一夜，让张胜尝到了时间折磨人的滋味。它不仅在关键时刻像火一样不住地对人进行炙烤，还在每一秒钟经过时，犹如针尖一次次扎在人的心上。张胜有生以来，第一次感到时间比煎人的滚油锅还叫人难以忍受。他觉得，自己在这样的一个夜晚，每时每刻都受着光阴的刺扎、撕咬，他的心不断地被一种无形的东西撕裂着……

天将破晓时分，一个令张胜魂魄飞散的消息像地震一样传了过来——虞常被活捉，谋反以彻底失败而告终！

张胜在一瞬间，脸由热变冷，由黄变白，他脚下的土地似乎在这一刻变成了无边无际也无底的深渊。而他自己，分明是被什么东西倒着吊了起来，头发在深渊中飞散。夜里的天空，一会儿翻倒在他的脚下，一会儿似乎又看见草场、牛羊、树木等都扣在了头上……

天塌地陷，张胜彻底蒙了，脑袋嗡嗡炸响。他都不知道自己的手脚、胳膊腿、身子是否还存在着。

张胜一屁股跌坐在土包上，仿佛已跌进万丈深渊，一阵阵的冰霜冷气，顺着脊梁骨不住地往上爬，让他不寒而栗。

张胜知道，谋反失败，就预示着他和苏武这支出使匈奴的队伍将迎来难以想象的灾难。

"怎么办？"张胜一遍遍地问着自己，满脑子充塞着惶恐和不安。

哇！正在这时，一声惊叫，从并不太远的北方像鞭子一样抽了过来，抽得张胜惊惧万分地朝着发声的地方看去。他看到一只早起的乌鸦，正从林子那边往这边飞来，在空荡荡的黎明时分嘶叫着、飞翔着，声音特别嘹亮，沉重得似乎要将这个世界砸穿一样。

张胜孤零零地站起发麻、发冷、发抖的身子，半天不知道怎样才能将痴呆的目光收回来,直到那黑鸟的影子在苍莽的原野上空,变成一个黑点,慢慢地消失。

大脑一直处于空白,张胜憋了许久许久,连他自己也不晓得到底有多久。像傻了一样,他漫无目的地游走着,东一倒西一歪,踉踉跄跄地摇晃着。

有小风从天的尽头吹来,吹在张胜的脸上,他这才梦醒了一般,对着苍茫大地,嗷嗷地大号起来。

没有谁能在这一刻品尝到一位出使匈奴的副使的心情。在一心想为大汉铲除叛徒,为汉朝震慑时不时进犯中原的匈奴而出把力的时候,迎来的却是失败的结局,张胜感到心在一点一点地往外渗血。当他清醒过来时,想到此次行动的失手,肯定会让单于且鞮侯发怒,必将连累这次出使匈奴的苏武及其随行人员,他们的命运……张胜被一次次袭上心头的懊悔憋得几乎喘不过气。

孤独无援地迈着沉重如铅的脚步,张胜低垂着脑袋,罪犯似的,一步一步向苏武的住处慢慢靠近。

初冬的漠北草原,一层扯起的薄雾让游牧地域的点点毡房和草场以及坡地河流统统披上了神秘的白纱。有勤快的牧羊犬已开始了新一天的自觉训练,在朦朦胧胧微亮的天色里蹿来蹿去,欢快地展示着看家护羊的本领。

又过了一阵子,帐篷上空袅娜起的炊烟将牛粪的青草气味混合着牛奶的喷香一齐飘散开来,草原旷野顿时弥漫起了游牧人家浓浓的别样生活气息。

苏武手执使节杖,挡住了迷迷糊糊走来的张胜。

张胜猛一抬头,看到苏武那张严峻而又亲切的脸,觉得恍如隔世一般。他迟疑地看了苏武半天,再看看苏武手中紧握的节杖,差点就腿一软,要跪倒下去了一样。

"你……你已经得知事情彻底失败的消息了?"张胜的脸色蜡黄,声音嘶哑,无望地问。

"什么事彻底失败了?"苏武如洪钟一样的声音一响起,更加重了张胜内心的愧疚。

此时,天光大亮了,常惠从军营帐篷那边快速地走了过来。见状,就一声不吭地站立在苏武和张胜的一旁,睁着惊奇的大眼,看看这个,又瞧瞧那

51

个,一副疑惑不解的神情。

张胜不得不将这次和虞常的密谋一五一十地说给了苏武。最后,张胜说:"怪只怪我的脑瓜想事太简单,一心只想着如果成功了,咱们回去,也算是有史以来出使匈奴功劳最大的一支队伍。同时,也为咱大汉消灭匈奴做出不可磨灭的贡献。哪料想结局会是这样……"

听完张胜的述说,苏武浓浓的双眉凝成了两团黑云疙瘩,他半天没能说出一句话来。

喜好多嘴的常惠,这会儿也听得发蒙发怵了。他不自觉地倒吸了一口冷气,呆呆地看着苏武和张胜。

旷远无垠的草原,在渐渐明亮起来的晨光下,将枯黄凄凉的面目呈现到了苏武他们的眼前。

"这次事件,定会牵连到咱们的队伍。"一直没开口说话的苏武停了好长时间,这才镇定有加地对张胜、常惠说,"我作为这支出使匈奴队伍的领头人,肯定要受到单于的羞辱、刁难,甚至作践。我是大汉的官员,与其让胡人那样对我大汉国的使节大不敬,还不如我现在就干干净净地去死!汉朝官员是不能容忍匈奴蛮夷的任何欺凌的!"

苏武说着,唰的一声从腰间拔出了佩刀,欲行自刎。

张胜、常惠见状,忙上前抱住了苏武。

常惠几乎要哭出来了,他大声喊叫道:"千万不可呀苏大人,您走了,留下我们这支队伍可咋办呀?"

张胜将夺过的刀紧紧地攥在手上,心在一滴一滴地流血。

背后的太阳不知什么时候升起来了,从薄雾笼罩的草莽原野上晃晃地照过。牧民在马背上长鞭一甩,啪啪地,甩出了对新生活的希冀,群羊如云一般拥向鞭梢指给的方向。

草原像什么也没发生一样,照旧过着一天又一天重复的日子。

一场西北风来了,阴冷的气势令原野上的一切都感觉到今年的冬天一定是个不平常的冬天。

风胡乱地在牛羊的身上翻动着,将这些草原生灵搅动得毛发翻起。

冬季,就这样在汉朝使者们毫无准备的境况下,在漠北大地上,安营扎寨了。

九

议事大厅里,匈奴单于且鞮侯听完卫律的汇报,两道浓眉锁在了一起,双眼闪射出鹰一样的光,绷在额头上的金色飞马图腾的两只翅膀似要腾空而起一般,跟着主人在厅堂之上来回走动。

"丁灵王卫律听令!"单于且鞮侯突然停下来,转身大叫一声,命令道,"立刻审讯虞常!"

"是!"卫律接了旨,向大厅外退去。

单于且鞮侯像受了伤的狼一样,风似的又旋转了几圈,声音嗡嗡炸响叫起来:"汉人就是那喂不熟的狗!虞常在我漠北草原,好吃好喝没少了他的……成了俘虏,还贼心不死,想谋反……草原之神荫庇我游牧天圣,岂能容一区区小汉民的野心存在!"

议事大厅外,枯草发出欷啦欷啦的声音,一片摇摇晃晃的干草将初冬季节的萧条苍茫一直铺展到天地连接的地方。

原野的风,一会儿撕扯光裸的树木,一会儿又将长长的手臂伸向每一个军营帐篷,有种盛气凌人的样子。尤其是当冷风蹿进匈奴人的军队审讯毡房时,那冷峻的气息更犹如幽灵,在帐篷内明目张胆地肆虐。

手持刺杖的卫律,对被捆绑的虞常阴冷地哼哼怪笑了两声,然后,一扬手上带刺的刑具,从牙缝间挤出每一个字:"眼亮些,还是尽快招了吧!想和我卫律作对,哼,告诉你,绝没有好下场!"

话音还未落地,卫律猛地以飞快的速度将铁质刺杖高高甩起,雨点般恶狠狠地抽打在虞常的身上和脸上。

虞常撕心裂肺般地啊啊啊惨叫起来,那瘆人的声调冲出军营审讯帐篷,在草原上满地滚动。

云很快由北面涌上来,不想让太阳看到人世间恶毒的场景一样遮住了太阳金光闪闪的面容。原野此刻只有云的影子在草地上疾行。昔日烂漫的花花草草一旦将自己的生命交给大漠北的草原，就让梦想顺应着季节的轮回，或繁茂，或妖娆，或枯萎，或凋零。

审讯军帐里的虞常已经被卫律折磨得浑身上下血肉模糊，连眼睛都无力睁开了。卫律则已脱去他的官袍，气喘吁吁、大汗淋漓地等待着虞常开口说话。

"我……我……招……"

虞常满嘴鲜血，终于难忍毒刑拷打，有气无力地说道："是我……我和……和汉使张……张胜商谋，决定先杀了丁灵王你……然后再绑架……绑架单于母亲阏氏……到……到中原去……"

卫律一听，阴冷地笑了笑，随后丢下带血的刑具，重新穿上自己的皮袍，扭头对手下的人吩咐道："看好这个犯人，他对我很重要。给他舀口水喝。"

手下人立即取上一瓢水来，递到虞常的嘴边。

卫律一挑军帐门帘，跨出了审讯帐篷。

此时，天上已换上了白云的身影，长时间处在暗室里的卫律，一下子难以适应外面的朗亮。看到白云，他感到自己仿佛是从另一个世界走出来的，云白得叫他头晕。阳光是从白云背后照射到漠北旷野的草原来的，地上的每一株干草和枯萎的花都借机揽一怀灿灿的光束，在风里，在初冬的季节里，摇晃着不知去向的惶惑时光。

当卫律将审讯的结果报告给单于且鞮侯时，且鞮侯的脸像被熊熊大火烤焦了一样，他立刻召集来了所有的部下，并向他们气势汹汹地宣告："将所有来北漠的汉使节全部斩了，一个不留！"

一群飞鸟不知从什么地方集结起来，组成了一支庞大的鸟的队伍，嘎嘎啾啾大叫，黑云一样遮天蔽日，将匈奴的军营连同附近牧民的毡房以及草坡河流一起阻隔到一派黑暗之中了。

议事大厅瞬间跟着草地跌入昏沉的境地。

单于且鞮侯立即命手下燃起了一堆堆篝火来。一张张在火焰的忽闪中黑红的贵族脸膛动荡不安，躁动而起。一个叫秩訾的佐伊，忙躬身向前，走到离单于更近一步的地方，对怒发冲冠的且鞮侯提议道："大王，我认为杀了他们不合适。与其杀了他们，不如纳降他们，为我所用，岂不更好？这些使节，都是汉皇帝精心挑选的得力人员，咱们若能收降了，对汉皇帝的打击会比让他吃一次败仗更加猛烈！"

秩訾的话得到了众贵族的热烈应和，一致表示佐伊说的有道理。

在一片呼应声中，单于且鞮侯的披肩长发一甩，与此同时，外面鸟群一直狂躁大叫的声音也渐渐飘移到远处去了。鸟过之处，丢下稠稠密密的灰白色粪星，天色忽然就大亮起来。

单于且鞮侯即刻命令卫律道："丁灵王卫律听令，马上传唤汉正使中郎将苏武接受审讯。"

初冬的阳光明显没有了前些日子的温暖感，白惨惨的光束无论是抚摸在失去活力的草棵之间，还是照耀到人的脸上，都有种冷峻之色。

卫律和他的随员一行，骑马绕过一片树林，又翻过一架岭坡，就来到了苏武他们的驻地。

居高而视，马背上的卫律将复杂的目光放射出去，看到一座座军营帐篷圆圆的样子，很像一团团蘑菇降落到了草场上。

自打卫律投靠了匈奴，在这片陌生的土地上过上了锦衣玉食、一呼百应的惬意生活，这种感受还是第一次。这圆圆尖尖的匈奴人居住的毡房，现在有了一种奇异的感觉。此时面对小土坡下面顺着地势而搭建的帐篷，卫律似乎闻到了自己前世的气味，他不由得暗自感叹：人活着，都是个命！

命运将卫律带到了漠北的荒野之地，成为与匈奴人同呼吸共生存的丁灵王，恍惚之中，卫律觉得眼前的情景和场面，依稀似在多年前的梦里遇见过。卫律不由得深深猛吸了一口这到处都充斥着牛羊马等畜生的浓重味道的空气，一只手紧握马缰绳，另一只手狠狠地在马后腰间拍打了下去。

"驾！"他的马儿如同离弦的箭，带头向坡底下飞奔而去。几匹马背上的人，个个长发飘飘，牦牛的长尾巴一样，从旷野里飘过。

远处的几群牛羊，没有因为这里血腥的争斗和阴谋的弥漫而受到丝毫的影响，它们散漫悠闲地生活着。阳光下，群群牛羊正在抓紧时间各自寻找着低洼处还稍带些绿意的青草，享受着短暂的美好时光。

牛羊们也有自己的一套生存经验，他们不用人和牧羊犬的驱赶，就潮水一般涌向低洼地带。因为这些畜生们也清楚，长在低处的草总是枯萎得最晚的，尤其是临水边上的，在冬季来临之时还会绿汪汪的一片。牛羊们到了这里，尽管寒风唑唑地吹，它们却可以享用到最后一口美食。

卫律一行在拐了个大弯之后，一上坡地，远远地就看到了苏武手持节杖的身影。

苏武和常惠等几人见卫律带着人马由远及近，明显地感到有种不祥之气迎面飞扑了过来。

"这个卖国贼来了，准没啥好事！"常惠瞪大了眼，冲着在前方溜下马背的卫律一行的影子，对苏武和其他几位使者说。苏武没吭声，只是紧紧攥住毛茸茸的使节杖，等待着。

节杖上的牛尾毛，在漠北大草原的浅冬时节里，浮动起温暖汉朝使者的光芒。

"苏武接旨！"卫律故意使用汉朝礼节传唤苏武，"大单于且鞮侯召您即刻去接受审讯，不得有误。"

苏武稍稍顿了顿，一动未动。然后，他将目光收回来，投放到常惠的脸上，一字一板地说："如果大汉的正使屈节辱命，被胡人羞辱，遭到他们的作践，即便有活下来的机会，我苏武还有什么脸面回归中原，去面对汉朝的圣上和民众？我大汉的尊严岂能容匈奴蛮夷肆意践踏！"

洪亮的声音宽广有力，传播得很远很远，震撼了漠北草场上每一株枯萎变黄的草，震得每一粒土都闪烁起了光芒，震得周围几个人的长发跟着突兀而起的风猎猎飞扬。

一只灰色的野兔误入到人圈子里来，在苏武铿锵有力的声音里，惊得犹如地皮上的一道闪电，一晃就不见了。

谁也没料到，苏武话音刚刚落下，他就以风一般的速度，嚓一声拔出寒光闪闪的佩刀，对着自己的胸膛，哧一声，刺了进去。

常惠和汉朝使者还有赶上来的卫律等都大吃了一惊，见状，急忙奔上前，抱住了苏武。

"快去找大夫来！"卫律一边紧紧抱着苏武，一边大惊失色地对自己的手下高喊。

常惠已惊得失魂地跌坐进枯草丛中。他脸色一阵红、一阵白，连哭都不会了。

过了好一阵子，常惠才缓过一口气来，用哭腔诉说："您这是何苦呢？如果您这样走了，我们弟兄们该怎么办啊……"

风顺着地皮刮起来，一些根浅的小草禁不住初来乍到的寒风的侵袭，就离开了原地，翻滚一阵，开始了漫无目的的流浪生活，有的则被风带上了人的长发间，在那里感受人的复杂心情。

卫律的散发间也落进了几片枯草叶，他失魂落魄地盯着苏武蜡黄的脸以及渐渐发紫变白的嘴唇，他有些慌乱不安起来。

"连命都不想要了，还抓着这破节杖有何用？真是不可理喻！"卫律想将苏武手中的节杖夺下来，却不料，他使了很大的劲，也没能从苏武紧握的手中拔出。

"死心眼！"卫律恶狠狠地骂了一句。

不大一会儿，匈奴随员就领着大夫飞奔而至。

大夫翻身下马，立刻上前查看。没过几分钟，大夫就胸有成竹地对卫律说："赶紧命人在这儿挖一个土坑，在坑里点上火！"

士兵们在卫律的命令下，马上挖坑的挖坑，捡干柴棍的捡干柴棍。在大夫有条不紊地为苏武处理伤口的过程中，一个点着了火的土坑也很快完成了。

"将人架到坑上方！"

随着大夫一声吩咐，已经面色苍白没有了气息的苏武，被几个人架着，悬在了火坑的上头。

大夫用手不停地拍打苏武的背部，啪啪啪，这紧促又有节奏的拍打声，听得人心里一阵阵紧缩。

时间凝固了一样，常惠的双眼不敢离开苏武半会儿，似乎只要他的目光移开，苏武就会命归黄泉一般。

大夫紧张而有序地做着或拍打或轻按的动作，不一会儿，在大夫的努力下，只见苏武胸部的刀口处，开始向外流出黑色的瘀血来。血滴落在火坑里，发出哧哧的响声。

"只要瘀血一流出，他的命就保住了。"大夫这阵子松了口气，对卫律说道。

一直弯腰观察苏武状况的丁灵王卫律，听了大夫的话，这才感觉到腰眼酸痛难忍。他一屁股跌坐了下去，长长地嘘出一口气。

太阳不知是什么时候落下去的，西边天际已经抹上了血一般的晚霞，映

57

照得枯草遍地的原野通红一片,似要燃烧起熊熊大火来。

　　滴完了瘀血,匈奴士兵将苏武平放在一处有着厚厚干草的地方。这样过了好长时间,本已断了气的苏武,蜡纸一样的脸色渐渐地泛起了一些活色,鼻孔里也有了一丝微弱的呼吸声。

　　见苏武慢慢地恢复了生机,常惠的泪水一下子如泉涌一般,扑簌簌地往下淌。

　　卫律又气又无奈地独对大夫说:"给这犟驴留下些治创伤的好药。咱们走!"

　　卫律说完,翻身上马,带领他的随员,迎着最后一抹晚霞的余晖,消失到草场的坡下了。

　　常惠等人用车把苏武拉回到住宿的营帐里。

　　夜,降临了。

十

漠北大地已经进入到冬天,像今日这般晴好的天色十分罕见。没有一丝风,也不见云的影子,一座座军营帐篷幸福安然地蹲守在茫茫原野里。营地前方,河对面的游牧民已收起了他们的毡包房,赶着牛羊,转过山头,去了水草肥美的远方。这些游牧百姓在马背上成长,也在马背上遥想未来。野性的秉承让他们懂得,只要像马儿一样不停地飞奔不断地追寻,人就能够获得无穷的勇气和力量。

转场成为游牧民一生的惯性,哪方水土生长青草,哪方便是他们的家,那里就是他们向往的天堂,就是圣地。有了水草,就有了毡包房脊上富有万般生机、飘拂着马奶香的炊烟,那是一缕缕令游牧人日夜魂牵梦萦的栖息之气。那袅娜升起的白烟,有着使游牧民生发安谧的神奇力量,再勇猛的将士一望见炊烟,内心最柔弱的部位就会被触动。很多时候,漂泊的灵魂会在毡房上空那一缕缕青烟里找到自己的前世和今生。

天格外的蓝,蓝得叫人心里发颤,大地上的万物几乎能被高空那晶莹剔透的蓝色映照出本来的面目。尽管季节让大地已是一派枯黄,但在这样的天空下,每一株枯萎的草、每一粒僵硬的土,都会坦然地各自守护着内心的宁静,禅意地等待着下一个春天的轮回。

匈奴单于且鞮侯在议事大营帐里听了丁灵王卫律的汇报后,披散在肩头的长发猛地向后甩去,额头上绷着的飞马图腾似要跟着一跃而起的样子,随着且鞮侯的说话声一跳一跳地抖动。这种种举止,都在表明匈奴人草原一样的脾性,那就是对于自己从内心感到敬佩的人,他们会激动会敬仰,哪怕你是他们的敌手,也改变不了游牧人大原野般的气度。

此刻,单于且鞮侯被苏武宁死不屈的气节深深地打动了。

"这还不是个一般的人哪!灵魂如同我大漠上空翱翔的雄鹰!"

单于且鞮侯的双眼放光,他的皮长袍跟着魁梧的身躯走动,扇起一阵阵的风。

"丁灵王卫律听旨:立刻派最好的大夫给苏武治病,务必在短期内治愈。另外,派歌姬云朵姑娘专门为苏武调制药膳,照顾生活。一定要想办法让他归降!"

单于且鞮侯对卫律说完后,又下了一道旨令:"把副使张胜先监禁起来!"

单于且鞮侯吩咐完毕,大跨步走出了议事大厅,他嘘的一声打了个长长的呼哨,惹得鸟群哗一下飞来又飞走。顿时,大地在单于的呼哨声中,明亮开阔了许多。

听到主人的呼哨声,一匹色泽光鲜的黑骏马像一道黑色闪电,唰的一声就飞奔到了单于且鞮侯的面前。跟着,一只凭空而掠的猎鹰扑扇着长长宽宽的翅翼飞过来,落在了单于的肩头,还机警地转动着圆溜溜的眼睛,观察着四周的动静,仿佛随时听候主人一声令下,像"常胜将军"一样,扇起勇于献身的双翅,扑向猎物。

"趁着今日好天好心情,出猎!"

一列骑队,跟着单于且鞮侯,浩浩荡荡地飞奔在莽莽草原的腹地,身后卷起阵阵狂风。

漠北大地,宽广又深远,单于且鞮侯和他的围猎队伍一点一点远去,最后变成星星点影,渐渐消失在苍茫的草莽旷野。

冬季的色调正在加深,河流在一阵寒风下结上了一层薄薄的冰。

苏武和他带领的出使匈奴的随员们在异地他乡迎来了第一个寒冷的季节。

火盆里的火一直燃烧着,红通通的,给营帐里释放着暖融融的热气。苏武盘腿坐在火盆旁,望着火苗忽闪,他的双眼也跳动着火的光焰。

苏武心中清楚,自己受的是刀刺之伤,是硬伤,这段时间在单于且鞮侯的特别关照和云朵姑娘的悉心照料下,很快就好了起来。他伸手摸摸正逐步痊愈的伤口,感到又痒又热,再看一看握在手心里的节杖,痛苦的心情又一次将他的双眉拧成了两道疙瘩。

"就是死,我苏武也要死得堂堂正正!"凝望着火盆里跳跃的火苗,苏武咬紧了牙关,在内心对自己交代道,"绝不能玷污了手中这根神圣的使节杖,绝不能让我泱泱大汉的尊严遭受一丝一毫的损害！"

火焰呼呼，火盆里不时有噼啪作响的声音，这响声清脆有力，在苏武的胸中形成了一股强劲的力量。

草原的命运在季节中轮回，热了冷了，荣了枯了，苏武的命运却一直在战争的旋涡里受煎熬。

正在这时，帐篷外传来叫喊声："汉正使苏武，单于有令，出来跟我走一趟。"

喊话人掀开帘子进到帐篷里来。苏武一眼就认出来者正是卫律的部下。

苏武站起身子，整了整衣冠，抓紧节杖，走向门帘。

挑起帐篷门帘，一股寒气直逼过来，逼得身后火盆的火苗忽忽悠悠闪了几下。

"去哪里？"苏武一到外面，就问差役。

差役的两撇胡须向外扯动一下，脑袋一歪，回道："去了就知道了。"

苏武用手顺了顺节杖上的毛，对差役说："走吧。"

差役不解地笑了，嘟哝道："没见过当了犯人的人还把那一根破棍看得跟命似的。"

苏武不屑一顾，没吭声，跟在后面走去。

天阴得像要塌下来一般，厚厚的云层冷峻地给大地盖上了幕布。冷风比野马还疯狂，呼呼地叫着，带着愤怒的情绪，撕扯得早已光秃秃的原野混沌一片。风碰撞在营帐上，发出惊人的声响，仿佛要将漠北的土地掀翻一样。不远处的树林，影影绰绰的，遭受着冬季寒冷天气的无情摧残，呼一下东倒了，哗一声又西歪了，看上去如同一位落魄的贵妇人，一下子失去了昔日的尊荣，披头散发，狼狈不堪。

大草原没有了绿色的荫护顿显沧桑荒凉起来。万物的凋零更让人的一切活动骨感起来。

苏武脑后的长发不断地被寒风撕扯着，一忽儿倒向左面，一忽儿翻到右面，无论狂风怎样弄人，苏武始终紧紧抓住节杖不松手。在绕过了几处帐篷后，差役为苏武挑开了匈奴军营审讯帐篷的帘子。

"苏正使，请，我们的丁灵王在里面等着您呢。"

一走进这座营帐，首先映入苏武眼帘的是各种各样的刑具，有的躺在地下，有的挂在空中，每一件都张牙舞爪地浸透了人的血腥气。

刚刚对虞常动用了酷刑的卫律，见苏武进来，丢下手中的刑具，走过来对苏武说："苏君，先坐下，歇息歇息。"

与此同时，苏武还看到了被绑押在这里的副手张胜。

看到久未谋面的苏武，张胜一脸的愧疚，他的目光只在苏武的脸上扫了扫，就躲躲闪闪地低下了头。

那边已被打得血肉模糊的虞常，耷拉着脑袋，被悬在高空中，让人已经无法辨认出模样了。

苏武将这一切看在眼里，疼在心上。但他心中明白，卫律"请"他到这里，是想用人间地狱的惨景来恐吓他，使他心生畏惧，从而达到他丁灵王劝降的目的。

大得不见底的火盆上空，架着无数的刑具，比恶狼的牙齿还令人心惊胆战，再加上吊在高空中已奄奄一息的虞常，浑身上下都是血，使人看了恍如跌进了魔鬼的世界。

风在外面不减狂劲，到处号叫，四下里摇荡，似要将人间的惨剧湮灭一样。偶尔有一两声猫头鹰的叫嚣传来，被风甩起，又摔下，怪异得令人浑身战栗。

苏武强咽一口唾沫，仿佛吞下了千年的勇气。他将目光投放到张胜如纸一样惨白的脸上，想以此安抚一下受了惊恐遭到威逼的副手。狡猾的卫律一个箭步冲上前，对准吊在空中的虞常，扑哧就是一剑。血喷射而出，整个营帐里顿时弥漫起一股浓浓的、令人作呕的血腥气味来。

接着，卫律的叫喊声也开始发狂，如同被人撕破了喉咙似的。

"犯了谋杀罪就该你虞常是这样的下场！"

大声号叫、气急败坏的卫律，浑身夹裹着温热的人血腥气，紧握着还在不住滴血的剑，扭转过身来，对着张胜狂叫："汉副使张胜，你参与谋杀单于的阴谋，也同样犯下了死罪。但是，单于仁慈，对甘愿受降的人，赦免其罪。"

说罢，卫律举剑欲刺向张胜。

张胜的脸青一阵白一阵，恍恍惚惚间软软地从口中溜出一句话："别杀我，我愿意归降。"

此话一出口,张胜的身子就像软面条一样,悠悠地瘫倒下去了。

"张胜,你……"苏武看到张胜毫无骨气的样子,非常气愤,似乎有股滚烫的血在向头上脸上冲撞。他脸膛通红,紧紧盯着软成一摊泥一样的张胜,一字一顿地说:"背君叛族,活着和死了一样!一个人失去了应有的气节,就是一具行尸走肉,会遭到中原民众和漠北胡人的唾弃,将遗臭万年!"

张胜慢慢地睁开了双眼,抬头望着愤恨至极的苏武,惭愧地说:"苏大人,我连累了你,实在对不住啊!"

苏武听了扯动嘴角冷笑了一声,回敬道:"对不住我不要紧,你更对不住的是中原父老乡亲对你的期盼!你使大汉王朝为你而蒙羞!你作为皇上的副使,没有一点血性和骨气,你不但对不起圣上,你更对不起你自己!"

"来人,把张胜押下去!"卫律一声令下,上来两名彪形大汉,随着卫律的大叫声,一左一右架起张胜出了营帐。

无论野地里的花花草草以怎样谦卑的心态敬畏着天地,也改变不了冬季到来的寒流无情的摧残。早已干枯死亡的绿色生命,在漠北的蛮夷之地,被一层又一层的冷风撕扯成零星碎片,甚或连根拔起,像流浪已久的孤魂,毫无着落地四处飘荡,落在军营帐上,落在树林里,落在河流间。偶有一些幸运的柴草,被鸟儿叼住,从此成为树杈上遮风挡寒的窝巢材料。而人,虽不能如草一样落至不同的地方,但命运的飘带依然会引领着一双双脚,走向各自无法预测的去处。

苏武不知道,自己往前的路是黑还是白,但在他的心目中,永远有一盏灯在亮着,那就是和番,争取大汉和匈奴握手言和,熄灭战火,解除两地民众因战争带来的无穷苦痛。

苏武牧羊

十一

审讯帐篷内,火盆里的大火旺得火苗一蹿一蹿的,映照着虞常渐渐变僵变硬的尸体,种种迹象表明这里就是人间地狱,旮旯拐角都摇晃着鬼怪般的阴影。

卫律旋风一样来到苏武的面前,对着苏武的脸,发出的声音如同铅弹一样在脚下滚动:"副使张胜勾结狐朋狗友虞常,想谋杀单于,绑架单于之母,还在谋反中杀死单于的亲近大臣,他犯了大罪。而你,作为领队的正使,也逃脱不了干系,应当连坐受罚!"

苏武看到气急败坏的卫律紫青的脸上挂满了愤怒,他反而感到心静了许多。苏武字正腔圆冷静地回应说:"他们的计划和行动,我苏武根本就不知晓,哪来的罪?况且,我既不是张胜的什么亲属,就更谈不上要跟着一起连坐受罚了。"

卫律一看对苏武来硬的不起作用,于是又改变了一种方式。他将刚才冷风一样的面目和紧绷的脸皮放松了一下,声音也跟着柔和了起来:"苏君,本来单于是想全斩了你们的,还是我看在咱是大汉同胞兄弟的分上,实在不忍心眼睁睁看着你们死于人家的刀下,才说服单于手下留情给你们一条命的。但单于有个条件,那就是你们必须归降于他。今天,只要苏君改口愿意归降,我向你保证,定让你和我一样,高官任做,骏马任骑,有享不尽的荣华富贵……"

"够了!"苏武紧攥节杖的手随着卫律的劝降话语而发抖,他猛然大喝一声,把节杖往地上一蹾,气愤地对着卫律叫道,"你目无君主、叛族卖祖、出卖灵魂、求官求荣,此等可耻行为,是我苏武身为七尺男儿所不齿的!我就是死,也不会投靠匈奴!你想以此来献媚于单于,那你就死了这条心吧!"

大大的审讯帐篷,帘子在风中啪啪啪地甩响,这更加搅扰得卫律的心情烦乱不安起来。他从口中长长地吸进一口冷气,又狠狠地由鼻孔喷出了两股怒气,皮袍下的胸膛剧烈地一起一伏。

最后,卫律咽下一口唾沫,仿佛咽下了一直憋在喉咙的怨恨。他一步一步走到吊着的虞常的尸体前面,仰脖望了一阵,这才压住刚才几乎要爆发的情绪,一转身,双目定定地看着苏武,说:"沦落为罪犯,到了这广袤的漠北旷野之地,你觉得中原还有谁会记得你?何苦那么死心眼呢!你这样傻痴的行为,就是被单于杀了,做了这里的孤魂野鬼,成为这草原上的养料,又有何用呢?大汉不缺你一个苏武!"

卫律说到此,见苏武一言不发了,以为对方被自己所说的话打动了,忙脸上堆着笑意,继续说下去:"像我,一落到敌方的手中,就明智地选择了归顺匈奴,不然,死都不知咋死的,哪还会有今日咱兄弟相劝的机缘啊!投降了匈奴,单于对我恩宠有加,不但赐我高官爵位,还赏封我领地和用不尽的财富。如今,我不但管理着数万民众,还享有满山岭的牛羊马群。这种既富又贵的生活,难道不是我们人生追求之大幸吗?难道这不是一个正常人一辈子想要得到的吗?苏君如能听我相劝,在异国他乡,咱俩以后携手共进,就是亲如一家的好兄弟了。"

一直没发声的苏武,突然对着卫律啐了一口,痛斥道:"呸,从你口中说出我的苏姓,都让我感到羞辱,令我作呕!你身为大汉臣子,不顾恩义,背叛君主,抛弃父母,投降蛮夷,当了敌方的走卒和鹰犬,又反过来对付汉朝,不知廉耻!和你在一起,我感到脸发烧、心发烫。在这个世上,稍有点良知和道德的人,都不会与你这样的人交往,更别说什么结为兄弟!你当初是作为和番使节来这里的,你背弃了你的使命,为了一己私利,挑拨皇上和匈奴单于的关系,以期讨好单于得到奖赏,让单于长期重用你,你好长久享用匈奴给予的荣华富贵,你不觉得这样活着,丢弃了一个人最起码的尊严吗?"

卫律的脸一阵红一阵白,继而又一阵青紫。

而这时的苏武却更加的镇定从容,他一句一句地接着说道:"想必你也清楚,当年南越杀死了汉朝使者,最终被汉朝消灭了,南越最后只能变成汉朝的第九个郡。还有宛王,也犯了斩杀汉朝使者的大错,遭到汉朝的围袭,同样以灭亡而告终,他的人头也被悬挂在北门示众。朝鲜杀汉朝使者,立即就被伐平了。现在,匈奴之所以还没有遭到这样的下场,是因为单于还没有将事做绝。今日,如果我的死会令大汉和匈奴开战,那匈奴的灭亡就从我开始吧!"

时光在漠北原野一直都是来也匆匆，去也匆匆，人和牛羊马儿几乎感觉不出前三季的缠绵就从炎炎夏日一下子跌入寒冷的冬天了。草原上的秋花还没来得及认真地在秋日下打理自己的生活，就被刺骨的西北风摧毁了对未来的美好憧憬，之后就像夭折的新生儿一样，懵懵懂懂地又转入到下一个轮回中去了。

审讯帐篷里的气氛像拉紧了弦的弓弩，一触即发的样子，空气里充满了浓浓的火药味。

卫律的脸不停地变换着色泽，他前面对苏武称兄道弟，这会儿已改变成了另一种腔调，以强硬的口气说："看样子，你是铁了心，要和单于对着干到底了？"

帐篷的帘子又一次被风啪啪啪地拍响，这强烈的撕扯人心一样的声音，在审讯帐篷内来回萦绕，久久不能平息下来。

"不是我要和单于对着干，"苏武的声音铿锵有力，"我作为一名使节，为求大汉和匈奴和平，为双方民众谋得安稳平静的生活，我是在尽我的使命和责任，我只是在完成自己的一项任务而已。"

听完了苏武的话，既有着胡人相貌特征，又有着汉人性情的卫律，两个眼珠在眼眶内滴溜溜地转了几圈，火盆里忽明忽暗的焰火照得他的脸一忽儿像魔鬼，一忽儿如天外妖怪。同时，他的大脑也跟着由热到凉、由红至黑地荡漾着反差悬殊的变化。

"苏武本就是一头犟驴，不会跟随我卫律转了……"卫律的思想在痛苦中挣扎、斗争，他在想："如果苏武此行的目的实现了，胡汉和好了，单于肯定也不会重用我了，到那时，怎还会有我卫律的立足、用武之地？大汉匈奴言和，我的功名利禄、荣华富贵等都将成泡影，美好的日子从此会一去不复返……"

想到这一切，卫律的心头恰似蹿进了一阵紧似一阵的冷风，令他不寒而栗。

"不可以！绝不能让苏武此行得以成功！必须想尽一切办法，除掉眼前这个软硬不吃的家伙！"

卫律的牙齿已经咬得咯吱咯吱响了好几阵子。他大跨步来到苏武面前，哗啦一声抽出了腰剑。就在卫律持剑的手欲刺下去时，却被猛然冲进来的一个人用身子挡住了。剑尖划破了来人的胳膊，血哗地淌了出来。

"住手！单于是不许斩杀苏正使的！"

"云朵姑娘！"苏武吃惊地叫了一声。

苏武快速地扯下一绺衣袍上的布，包在云朵受伤的胳膊上。

卫律已经到了气急败坏、怒不可遏的地步，他声嘶力竭地对苏武狂吼大叫起来："身为囚犯，你胆大妄为，污蔑单于的重臣，就是对单于的无端蔑视，罪大恶极！"

卫律双目要喷出火来似的血红。他接着又直指年轻美貌的云朵姑娘，仿佛捏着嗓门在说话："你只是单于派来伺候伤者的一个侍女，有什么资格管我丁灵王的事情？难道让你服侍苏武，还服侍出别的事情来了？"

"卑鄙！无耻！"苏武重重地将骂声砸在卫律的面前。

大帐门帘忽地被掀起，外面的风趁机蹿了进来，刮得火盆的火苗呼呼扯动。

进来的人对卫律传令："丁灵王，单于召见！"

卫律将剑往腰间剑鞘一插，气哼哼地跟着来人出了大帐。

留在审讯帐内的苏武担心地对云朵说："你千不该万不该不该来这里挡这一下子！你瞧瞧，多悬哪，要不是你有一身好功夫，恐怕难躲他这一剑！"

云朵姑娘忽闪着明亮的犹如蝴蝶一样的双眼回答道："没事的，只是划伤了点皮，这点小伤对我根本就不算事。"

望着云朵姑娘纯净无邪的姣好面容，苏武被眼前的这位女孩子感动了。他怎么也忘不了，他上次自杀未遂之后的日日夜夜，是云朵姑娘无微不至地照料他，精心地伺候他，还时不时地给他讲草原上的神话，逗他开心，才使他的身心渐渐得以康复。云朵姑娘天天为苏武煮奶煎药，一匙一匙地喂他，使得他对她有了深深的感激之情。后来，当苏武看到云朵姑娘骑马射箭身轻如燕时，他一下子震惊了。

"你一个年轻姑娘家，怎会练得一身如鹞鹰般的功夫？"苏武曾经问过云朵。

当时听到苏武的问话，正在煎药的云朵，抬起在药雾里被熏得红通通的如同原野里一朵时隐时现的花般的脸颊，一边滗药水，一边随意地回答道："不瞒苏正使您说，我为什么这样用心地伺候您，一是因为敬重您，您是为汉朝匈奴和睦来到我们漠北草原的；二是您的精神和品格让我打心眼里敬佩；三是在您身上有一种不同寻常的魅力，这种魅力不断提醒我，一定要将您照料好,使您快点恢复健康。"

云朵姑娘的声音,使氤氲着中草药浓浓气味的营帐里显得格外温暖。她一边将熬好的汤药端到苏武面前,一边忽闪着具有匈奴人特质的有点凹陷但明亮有神的大眼。将药递给苏武后,她坐到了对面,继续说着,只是音调比刚才多了丝丝惆怅:

"我的父亲和哥哥跟着军队到边界去打仗,三年没有音信,不知是死是活;我的母亲,因为想念丈夫又思念儿子,加上一直在担心,后来患病不治,去年离世了。如今,在这个世界上,我就是一只孤雁……打小我就被父亲驮在马背上,小小一点点就随着父亲驰骋在草原上。父亲教我拉弓射箭,教我围猎,让我像男孩子一样经历风霜雨雪。父亲说,天下不太平,女孩子必须练就一身硬本领,这样才能保住自身不受欺负……我恨战争,恨不断挑起战争的人。我多么希望,中原和漠北的君王官员们都能像您一样,求和睦,求平安,为两地的百姓能过上安宁正常的生活而奔走而努力……"

苏武被云朵姑娘的话深深打动了,他忙以父亲般的口气对云朵安慰道:"会的。姑娘请相信,战火总会有熄灭的那一天。两地的民众,一定会盼来和平和谐、共生共荣的日子!"

苏武一面回想着自己与云朵姑娘前些时候的情景,一面顾及着云朵胳膊上的剑伤。

"我就不明白,你们汉人的这个卫律怎么对您窝着那么大的火,一心想置您于死地!"云朵缠裹住了伤口,若有所思地对苏武说,"难道他过去和您有什么恩怨?"

苏武扯动嘴角笑了笑,回答道:"不是我和他有什么恩怨,是他这个人贪图荣华富贵,打心眼里就不想让中原与漠北言和。如果两地和好了,曾经出卖汉朝、出卖同胞的卫律,还能过上现在这种逍遥自在、权柄在握的生活吗?他为了一己私利,宁愿让大汉和匈奴就这样永远打下去。"

大漠原野不时地变幻着脸色,一会儿满天灰白一片,一会儿又昏暗无光,连群飞的小麻雀都非常不安地从树林那边密密麻麻地飞起,在光秃秃的地面上乱跳一阵,又呼一声飞去。只有猫头鹰还挺立在孤单的一棵老榆树上,哲人似的,俯瞰着下面的军营帐篷以及进进出出的各色人等,圆溜溜的眼睛里充满了对所有人间事物的深深思考。

十二

　　漠北大地,匈奴的议事大厅里,卫律盯着来回走动的单于且鞮侯,带着煽风点火的口气道:"大王啊,那苏武就是个冥顽不化的家伙。我用刺杀虞常的恐怖场景来恐吓他,给他看,他不但毫无惧怕之意,还张口骂我是匈奴的走狗。我以汉朝兄弟的情谊劝说他,并说您是个肚量大的君主,如果归降了匈奴,一定会给他高官厚禄和荣华富贵,让他享用一生……他听了依旧骂我,什么卖国贼呀,贪图享乐呀……这,简直就是个不通人性的畜生!"

　　且鞮侯刚开始时还在转悠,听到后来他突然定定地立在卫律面前,全身心地投入到倾听丁灵王的倾诉中,且随着卫律的讲述,单于的眉宇一会儿舒展,一会儿凝聚在一起。直至卫律说完,他才饶有兴趣地下了道旨令:"这苏武原来还是个软硬不吃的主儿。既然荣华富贵都诱惑不了他,高官厚禄也没有使他动心,没办法征服他了,就将他囚禁起来!我倒要看看,是他的骨头硬,还是我单于的刑罚硬!我要让汉朝使者好好尝尝我草原雄鹰制造的囚牢的滋味,不信他苏武会宁死不屈!"

　　不晓得从什么时候开始,茫茫原野已经飘起了今冬的第一场雪。

　　雪花很是迷人,优雅又美妙,一来到人间尘世,就像未成熟的女子一样,左顾右盼,凝眸生姿。每一片雪花都那么轻盈,飞呀,转呀,似在寻找自己前世的归途。一旦落下,或枝丫上,或干草间,或沙土窝里,该装扮谁,该在哪儿消融,一转眼,一拧身,便似轮回千年。

　　苏武昨天被扔进这座囚牢时,才知道匈奴人特制的牢狱原来是这种露天的地窖。被置于地窖的人,被断了吃的喝的,让人在这里眼睁睁地望着天空。陷在地坑,看高高的土壁以及和地窖口一样大的或晴或阴的头顶上的天空,让人有种已与这个世界彻底隔绝的感受。

　　地窖上方的一块天,昏暗得犹如阴曹地府。苏武不知道自己在这里经过了多长时间,感觉像过了一个世纪,有时又觉得仿佛是在做着一个长长

69

的梦。

就在苏武被饥饿和焦渴折磨得嘴唇干裂，口中连一星点的唾沫都没有了的时候，天空落雪了！这雪絮，像救命的精灵，由微到小，由小至大，开始只是一粒一粒，后来就变成了一朵一朵，由稀少继而稠密地往苏武的地窖里抛洒。苏武一手紧握使节杖，一手抓捧着雪花。初始时，他一星一点地往嘴里放，直到后来，他已变成了雪人，就用手抓，一抓一把喂进嘴里。

雪一进肚子，很快化成了冰水，焦渴解决了，跟着轮番上来的饥饿又将苏武的肠胃狠着劲儿地抓挠。昏昏沉沉，苏武本能地扯掉了穿在身上的皮袍的羊毛，一同咽下了肚，雪和羊毛填充着辘辘饥肠。在漠北苍茫的大雪天地里，在野蛮统治一切的匈奴胡人的露天牢狱里，羊毛承载着救命的力量，维系着一颗不屈的灵魂继续生存下去。

最初，苏武一被放置到地窖中，倔强的关中汉子心头的第一个闪念，就是要告诉匈奴单于，你们想用酷刑威逼我就范，我苏武偏让你们看看我大汉男儿的铮铮铁骨不是任人随意摆布的！

雪越下越大，越飞越狂，像有人专门往地窖里填一样。头顶上方，苏武只能看见一块惨淡昏暗的天，还有大片大片不停盘旋而下的密密麻麻的雪片。

漠北大地一下子被飞舞的大雪控制住了，白茫茫的原野，任雪花肆意地乱飞、狂舞，没多久，树林就白了头，山坡就披上了孝服，营帐就变成了白色的蘑菇，连飞鸟的叫声也被染得白惨惨的，掉进雪坑里，湮灭了。

雪原是凄凉的，不见了昔日牛羊马群遍地的热闹景象，也闻不到牧民家家毡房上袅娜升起的马奶香气。冬日的漠北原野，到处充斥着死寂般的气息，偶尔有野兔野鹿出没，也如同一道闪电一掠而过，留在雪地上的印痕，很快被飞来的雪花填平了。

地窖里的苏武，已经处于一阵清醒一阵糊涂的状态了。神志不清时，他连睁一睁眼睛的力气也没有了。灵醒过来时，第一个闪念，就是要紧紧抓住比性命还要珍贵的使节杖。

离开都城长安时，节杖雍容华贵，毛茸茸的，令人心旌荡漾！如今，苏武落难，使节杖也掉光了曾经亮闪闪的红色牛尾毛。呈现在苏武眼里的节杖那凄惨的面目，时常使苏武深感内疚和心寒。

雪还在不停地下，偶有一卷子风过来，将雪团从上面抛下，砸在苏武散乱的长发间，落进他破败成絮的皮袄里。

冷得发抖时，苏武就使出浑身的劲头攥握住使节杖，仿佛抓住这杆节杖，就能给他输入活下去的万般能量。饥渴难耐时，苏武吃雪，吃皮袄上的毛；嘴唇干得渗血，他就用雪揾在嘴上……

苏武蓬头垢面，不知道时间是个什么东西，日子为何物，他仿佛已置身于远古时期，到了天地初开的混沌世界。

雪依旧在酣畅淋漓中做着尘世的梦，下过雪的天地，一切都显得那么的美好。而苏武在迷蒙里，明显地感到死神正以无比温柔无比甜蜜的艳唇亲吻他的脸，蜜一样诱惑他上去，上去……

恍恍惚惚间，世界处在一派凌乱朦胧之中，天在旋，地在转，一个声音突然跳了出来，对他凝重而又坚毅地说："赶走死神！赶走它！睁开眼睛你才能够活下来！你一定要活下去，活着回到中原！"

苏武一个激灵，醒过来了，睁开只能看到一丝微光的双眼，刚才的声音仿佛还在耳边轰响。他渐渐明白过来，原来刚才呼唤他已经游走于漠北野地的灵魂重新回归到身上的，是他手中紧握的这杆使节杖！

这熟悉的声音久久地回荡在周围。苏武不断地回味着那个声音，过了许久，他才梦醒般地听出来了，原来那是皇上的声音！

苏武顿时浑身一热，他想立刻跪下去给圣上叩头，这才发觉自己僵硬的双腿其实一直就是顺着地窖的土壁跪着的。他还想喊一声"万岁"，可嘴唇干得无法张开，喉咙如同着了火，撕裂般疼痛。干裂的嘴唇只能微微翕动一下，半点声也发不出了。

使节杖被牢牢地抓在手中，与苏武的身体长在了一起似的。苏武感到另一只手还能动，就颤抖地用力并拢一下手指，捏一撮雪絮，一面往嘴里喂，一面给自己暗暗加劲："一定要遵旨活下去，不能倒在匈奴人的眼皮下，让他们看大汉使者的笑话；不能将尸骨撂在漠北荒野……只要活着，使节杖就能跟着我回中原，再见到万岁！"

就在这时，一团重重的物体从地窖的上方猛地砸了下来。苏武感到掉下来的东西从自己的肩膀落到了眼前。苏武使劲摇了摇头，定睛一瞧，心里不禁一喜，原来是只兔崽，怕是在这种迷乱的大雪狂风的天气里，它忘记了回家的路,不小心误跌到苏武的地窖里来了。

小野兔被摔蒙了,晕晕乎乎地一动也不动,软软地待了好大一阵子才缓过力气,颤颤巍巍地摇晃着身子,似醒非醒地趴在那儿,不能动弹一下。

苏武咧开嘴痛苦万分地笑了,笑得比哭还难受。他在心里说:"天不灭我,给我送上救命的食物了……"

丝路之魂
苏武牧羊

十三

疯狂的风雪从草原扫过之后，头顶的苍穹便如一块巨大的蓝色冰面，冷峻地面对着光裸的大地旷野。厚厚的积雪，让山河一律披麻戴孝，仿佛只要一出声，声音也会被冻在空中一样。

云朵姑娘挎着一只小篮，急匆匆地从军营帐群那边快速地往牢狱方向走来。咯吱咯吱，皮靴下耀眼的雪发出的叫声清脆间夹裹着姑娘焦急不安的心情。冬阳将她的身影投在雪地上，显得又细又长，她一直走进了匈奴的囚牢帐篷。

"苏正使！苏正使！"云朵姑娘一进到走廊，就大声喊叫起来。

"何人在此高呼？"一狱卒从帐房内跑出来大声喝问，一口口白气随之呼出。

"阿哥，我听说苏正使遭人迫害被关押在此。苏正使可是为汉匈和睦来到咱们这里的。他为人心地坦荡，一心为两族言和，他是为双方的百姓求安宁的生活的，求求阿哥告诉我苏正使关在哪处牢帐里。"

狱卒被云朵姑娘的话打动了，可仍迟疑地显出一副为难的样子："这……这……"

机灵的云朵姑娘见有机会，忙接上话说："我知道，阿哥您和我还有千千万万的父老乡亲一样，都盼着边关能够恢复平静，不再烽烟四起，不再有流血牺牲的父兄们……苏正使他就是和平使者，咱们不能眼睁睁地看着他遭人陷害，客死异乡啊！"

晴朗的天，阳光照得洁白的大地到处闪耀着冷灿灿的光，给人的身上脸上涂抹了一层虚晃晃的白。

狱卒四下张望了一番后，小心翼翼地领着云朵姑娘来到了监狱帐房的背面，指着一口地窖对她说："苏正使就关在这里面，已经好几天了，也不知是死是活。你从那边可以下去。"

云朵姑娘心一惊,倒吸了一口冷气,连忙顺着一处暗道走下去。

上面的狱卒压低了声音对云朵姑娘喊道:"你快去快回啊! 被人看见了,可是砍脑袋的事!"

云朵姑娘猫着腰,一步一步地走过一段黑暗的过道,这里除了有股难闻的潮湿霉味,还有死老鼠的气味。走完那段黑路,云朵姑娘才钻出来,到了苏武待着的露天地窖。

这里纯粹就是一个冰窖,云朵姑娘吃惊万分,她没有想到他们会将苏正使关押在这样一处人间地狱!

此时的苏武,死了一般蜷缩着身子,斜歪在一片腥臭味浓烈的地窖土壁上,身体周围的雪已经埋到了他的胸口。脸蜡黄枯槁,几乎只剩皮包骨头了。昔日威武的苏正使如今变得又瘦又弱,云朵姑娘无法相信,眼前覆盖着毡片、头发凌乱、看不到一丝活气的人,就是她心中敬仰的苏正使!

看到这般景象,云朵姑娘心如刀绞,她一头扑上去,"苏正使……苏正使……"她搂住苏武的头,哭诉道,"您为了两族和睦,为了双方百姓都能过上平安无战火的日子,您从遥远的中原来到漠北大地,受尽了百般折磨却不改初衷……您……您的忠贞无私,您的坚强意志,您的一颗如太阳般的心,上天可鉴哪!"

云朵姑娘一手抱起苏武的头,一手想随之把紧攥在苏武手里的节杖拿下来,不料,无论她怎样用力,都没能使节杖离开苏武的掌心。

狱卒听到云朵姑娘的哭声,忙跑到地窖上方,脸朝下喊道:"苏武死了吗?"

"阿哥,苏正使他还有一口气,您行行好,快下来,咱俩把他抬上去吧。"云朵姑娘带着哀求,仰面对着上头的人喊。

"哎呀……"狱卒略迟疑了一会儿,然后,像下了决心似的,一扭头钻进了地窖过道。

已没了人形的苏武,满嘴沾着兔毛和血,这些东西已经被冰冻住了,看起来活像即将毙命的原始人。

如梦似幻,在无任何知觉的状态下,苏武被云朵姑娘和狱卒抬出了地窖。

晃眼的冰天雪地,此刻在苏武的眼中,模模糊糊只显现一抹白。他的意识在慢慢地苏醒,他想睁一下眼睛,却无论怎样用力,也没能撬动如同灌了铅般沉重的眼皮。他还想张口说话,喉咙却像塞满了烟火,双唇也仿佛焊接到了一起,就是无法启开。

"不好,丁灵王来了,怎么办?"狱卒一抬眼,看见由远而近驰来的卫律,惊慌万分地忙对云朵姑娘说。

"您不用怕!"这时的云朵姑娘显得异常的镇定自若,"就说是我硬将苏正使弄上来的,与您无关!"

"丁灵王到!"身后另一狱卒大声传唤。紧跟着,卫律的皮靴有力又有节奏地走了过来。

"苏武死了没有?"卫律还没来得及看帐里面的情况,就向立在帐门外的狱卒问话。

狱卒连忙低下了头,一声未吭。

卫律见此,掀开门帘抬眼望去,他看到了正在给苏武喂马奶的云朵姑娘。

卫律的脸色大变,刚才还兴奋的神情,一下子就由晴转阴了。

一步跨进帐篷,卫律凶巴巴地对随身跟进来的狱卒训斥道:"谁下令将苏武押出地窖的?"

"没有谁的命令,是我擅自做主将苏正使背上来的。他们没能阻拦住。"云朵姑娘用自己的衣袖,一边为苏武擦拭着嘴角的奶液,一边对卫律说,"单于并没要置苏正使于死地,可眼见着苏正使快没命了,总不能违背单于的本意,叫苏正使死在地窖里吧?"

"你……你一个歌姬,有什么资格管这些事?"卫律的脸一阵青,一阵红,像被噎住了一样,说话结巴起来,"你可知道,这种擅作主张给犯人移监的行为,是要受到惩处的!"

云朵姑娘给苏武喂下最后一口奶液,站起来,一字一顿地对丁灵王说:"我云朵一人做事一人当。只要能救活苏正使,回头要杀要斩,随便!"

卫律气得半张着嘴,一时吐不出一个字来。稍一定神,卫律快速地眨巴眨巴眼睛,猛地对着云朵姑娘和狱卒大喝一声:"你们都给我滚开,滚出去!"

狱卒吓得兀自快速地躲去,云朵姑娘也不得不一步一回头地望着渐渐苏醒过来的苏武,无奈地慢慢向后退去。

卫律见监狱帐篷里只剩下自己和似醒非醒的苏武,伸手抓住腰剑,准备对苏武再下毒手,这时外面突然传来狱卒的喊叫声:"单于驾到!"

卫律忙插回腰剑,出外相迎。

单于且鞮侯一身威武又贵气十足地走了上来,额头上的金色飞马图腾在雪光的映照下熠熠生辉,映得单于潇洒的长发乌黑发亮,像黑色的瀑布一样。

"苏武怎样了啊?"

见单于问苏武,卫律忙回答道:"苏武怕已死过去了。"

一直待在外面的云朵姑娘听到卫律的话,急忙跑进来,跪倒在单于的面前,忽闪着大眼睛说:"单于英明,苏正使他还活着。"

云朵姑娘说完,接着又向单于禀道:"丁灵王一直将苏正使囚在地窖里,几天几夜没吃没喝了,雪下得那么大,也没一件盖的东西。"

单于听罢,对苏武历经百般磨难而不求死的精神更加心生敬意,他"哦"了一声,转脸向着卫律,显得有些不高兴:"我只是叫你囚禁苏武,并没让你将他撂进地窖里!"

卫律脸上的肉抽动了几下,赶紧弯腰回禀单于:"大王,常言说,要制服一个人,首先要摧毁他的意志。我见苏武不肯降您,就想用地窖酷刑使他降服。可是,他⋯⋯"

"地窖里囚了几日?"单于接着问。

"已经五天五夜了。"

听了卫律的回答,单于且鞮侯倒吸了一口冷气,惊奇地瞪大了双眼,似在自言自语,又像是对跟前的人说:"什么?五天五夜,没吃没喝的,也没有盖的?这么冷的大雪天,竟然还能活着,这不是奇人是什么?在冰窖里遭受这么大的挫折,这需要多么大的毅力和意志才能支撑住啊!神了!神了!"

单于且鞮侯双目放光,满脸的敬佩。

"这⋯⋯这苏武,实乃人中豪杰呀!几天几夜在地窖囚牢仍得以生还,这分明是草原之神在护佑着他。"

单于且鞮侯说完,满怀敬意地一边往外走,一边给云朵姑娘撂下话:"好生照看苏武,他对我有大用,让他尽快恢复健康!"

"谢单于!云朵一定不负您的重托!"云朵姑娘谢过之后,见单于和卫律已走远,急忙奔回苏武所在的帐篷里。

世界白茫茫一片,到处洁白又冷凝,原野如同大大的水晶球,任一切有思想的大脑放开想象,随意地幻想自己生命的意义。

远处,散落在雪原上的毡房,在银色雪光的映照下,如梦似幻,只有那帐篷顶上的炊烟依旧缥缈着古老游牧民族动人的生活气息。

飞鸟也稀少了,偶尔从原野上一掠而过的影子,扔下一串不清脆的沙哑叫声,将幻影从雪地里摇晃一阵,就算是对雪野荒原的一点安慰了。

单于且鞮侯和几名随从以及卫律,从监狱那边一出来就往北边的大帐走去。卫律跟在单于且鞮侯的身边,急乎乎但又故意放缓声调问:"单于,您觉得苏武该如何处置呢?"

单于且鞮侯毫不遮掩地说:"封他为右贤王,在我单于一人之下万人之上他都不干……"

单于且鞮侯说着,突然停住了咯吱咯吱踩雪的脚步,立在原地,盯住卫律:"以你丁灵王之见,该如何处置才合适?"

卫律一听,立刻计上心来。

"单于英明。像苏武这样的硬骨头,斩了吧,您敬佩他坚强的意志,不忍心;降服他,看样子也不可能。您有草原般宽厚仁爱之心,依我之见,将苏武贬去我边界地带的北海边去放羊,也许正合适。至于张胜、常惠等人,让他们分散开来,安置的地方距离远点,以防他们相互通风、勾结。这样也不会引起大汉以杀了他们的使节为由对咱们进行报复和进攻。"

单于且鞮侯听完,对卫律说:"此事就交给你去办吧。"然后,大手一挥,传令道:"等苏武恢复健康后,就把他流放到北海去!"

雪白的大地沉默不语,企盼平安的树林肃穆庄严,枝杈上的鸟巢在隆冬时月里正孵化着又一个春天到来时的温暖的梦想。

雪在严寒里望着散发出微弱热力的太阳,悄然捂住草原的慈悲心肠,默默地等待着下一个季节的引渡……

十四

时光在漠北原野一派银装素裹下一步步走着。高卧在树干枝杈上的柴草鸟窝,在冰天雪地里,显得亲切又温馨。出出进进的飞禽,像自由之神,令牢狱里的人望之而心生羡慕。

基本恢复了体能的苏武,静静地凝望着帐篷外的树林、河流以及雪原,他的思绪又一次跟着野地里的阳光,回到了大汉,回到了生他养他,铸就了他刚毅性格的长安城。

苏武长长地出了一口气,眼眸间游过思乡的波影。他暗自在心头对自己说:苏武啊苏武,你对不起皇上,更对不住和你一同来匈奴的弟兄们!你将他们从爹娘妻儿身边带走,却无力让他们跟着你平安回归……一时间,自责、愧疚笼罩住了苏武的心,他国字型的脸膛蓄满了痛苦,这个堂堂七尺汉子的一双浓眉再次拧成了疙瘩。

窗外的雪光很耀眼,投给帐里的人虚晃晃一抹白。想到同来的弟兄们,跟着自己一路吃苦受累来到异地他乡,如今个个生死不明,苏武的心如刀割一般;他觉得,自己更对不起的还有在中原腹地,日日夜夜翘首企盼亲人回归的百十余户老少妇孺那一双双焦急的目光……

"丁灵王到!"

一声高喊由外面刚钻入帐篷还没来得及落下,卫律的身影就像不散的阴魂一样,夹裹着一股寒气,闪了进来。

"哎呀,苏兄,怪只怪为弟我公务缠身,一外出就是多日,不能及时照看到你,让苏兄在地窖里受尽了饥寒的折磨……"卫律一上来就痛心疾首的样子,一副内疚的神情,还抬手擦了擦眼角没能挤出的眼泪。

"我卫律虽身在匈奴,可我明白,我所有的亲人都还在中原啊!在这里,尽管单于对我百般恩宠,但人非草木,孰能无情,咱兄弟能在异地他乡相遇,

78

看见你苏兄,我就如同看见了亲人一样。"

苏武一直毫无表情地看着卫律在他面前演戏,始终一言不发。卫律还在被自己的激情假装感动着,继续往下说道:"当为弟我听说了你的事后,我备感羞愧哪。苏兄的忠君报国情怀,在这世上无人能比啊,令我卫律震撼不已! 你的忠义,你的大义凛然,实在难能可贵……"

"好了,戏不必再演下去了。"苏武一直按捺着内心的情绪,这时,他实在忍无可忍,冷笑了几声,然后对演兴未尽的人,带着讥讽的语气回顶道:"难为你这么有'良心',是神是鬼,你知,我知,天知,地知。人,不必太聪明了,万事都要讲个度。过度了,就只能是玩火自焚。谁造孽,天有眼,一定会得到应有的惩罚! 男子汉大丈夫,要敢作敢为。阴一套阳一套,暗地里谋害人,这不应该是七尺汉子应有的做法。"

卫律早已脸色铁青,他撕下伪装,气急败坏地大喊起来:"来人,下了他手中的使节杖!"

两个随从立即冲了进来,可一看到苏武那充满血丝圆睁的双眼,眉毛根根耸起,两人吓得愣住了。

"我看谁敢!"苏武怒发冲冠,霍地站直了身子,大声喝道,"胆敢动一下,我就让他跟我同归于尽!"

"夺下!"卫律气得脸由红变紫,声调怪异地大声吼叫着。

空气绷紧了,帐篷里的每一个人的神情都紧张到了极点,个个胸部起伏,呼吸急促起来。

紧要时刻,云朵姑娘端着煮好的奶跑了进来,身后跟着一个人大声喊叫道:"丁灵王,单于有旨,议事厅里见驾。"

卫律将快要拔出的腰剑狠狠往回一插,对着苏武的脸,从牙缝里挤出几个字:"不识时务、冥顽不化的家伙!"

说完,一甩身,离去。

卫律出了帐篷,随后又进来一个人:"苏正使,走,你也一同去议事厅,单于召见。"

苏武长出了一口气,整了整衣冠,平了平愤怒的心情,之后,手紧紧握住使节杖,气宇轩昂地向帐篷外走去。

呱……呱呱,苏武刚一走出门就被黑老鸹一声接一声石头一样的叫声砸到了。苏武仰脖一望,只见左前方一棵古老的大胡杨树上,光秃秃的枝干间,一只黑黢黢的鸟在冲着他叫。苏武还看到了天边翻卷的青灰色云层,正挟持着一股一股强劲的冷风,不怀善意地往这边猛扑过来,整个草场一瞬间跌进一派阴暗之中。

枯草的味道搅和着牛羊马粪便的气息,顿时在天地之间弥漫,让人有种已到人世之外的某个陌生领域的感觉。

脚下的荒草欻啦欻啦作响,分明是吹响了冬天即将过去春天即将到来的号角。远处的林子,在风中东一倒西一歪,搞得鸟群唧唧啾啾乱作一团,呼一声飞起,在灰蒙蒙的黄色天空下,如惊魂未定游弋的怪物,不知所措地落在地上,又晕晕乎乎地飞起。

在一派凌乱不堪的天景气象下,苏武跟着匈奴传令使到了单于的议事大帐。

单于且鞮侯额头上绷着的飞马图腾老是闪耀着金光,映照得议事大帐的动物标本都跟着闪光,使得大帐内显现一派威武庄严又神圣的气势。

"汉正使中郎将苏武。"单于且鞮侯高声喊叫道。

"汉使节苏武在此。"苏武应答了一声,即刻行过大礼,静候在大帐下首。

"你既然铁了心不归顺我匈奴,那我就只能给你最后一次选择机会了!"

听了单于且鞮侯的话,苏武一动未动,一声不吭。

没见苏武有任何的言语和动作,单于且鞮侯深陷进眼眶里的一双眼睛散放出异样的光。

"目前摆在你面前的有两条路,一条是归顺我匈奴,这是一条光明的道路。只要你归顺了,就有享不尽的荣华富贵,高官任你做,官位可仅次于我一人之下,在百官贵族之上。还有另一条,就是去北海放牧,给你一百只羝羊,什么时候羝羊下羊羔了,什么时候放你回汉朝。其间,如果羊跑了一只,或者被狼吃掉一只,都会唯你是问!"

听了单于且鞮侯的话,苏武将手中的使节杖抓得更紧了,一股热血在浑身上下冲荡。他在一阵沉默之后,猛然抬起了头,目光如炬地望着大帐之上不可一世的单于且鞮侯,一字一字有力地回答道:"既然单于您铁了心不想让我回汉朝,那我苏武就遵您的命,去北海放羊。"

全场鸦雀无声,官员们个个惊得你看看我,我瞧瞧你,互相以眼神传递着不解的心情。

"哈哈哈哈……"单于且鞮侯一阵大笑,笑声在大帐内久久萦回。

"好,有胆量,勇气可嘉!"单于且鞮侯没想到苏武的选择这样坚定,他由衷地大赞了一声后,扭身一甩皮袍,离去了。

苏武牧羊

十五

匈奴漠北的边界北海。

几驾马车和十余名兵卒押着苏武和一百只羝羊,经过了几天几夜的艰难跋涉,来到了北海地域。这是一处被荒凉包围的土地,脚下是被冻得已经板结成硬石一样的地皮,人踩在上面直硌脚。兵卒们到了一面小坡底下,卸了羊和一些破絮一样的东西,扔下苏武孤零零一人,一粒粮食也没留下,一瓢水也没给,就赶着车马迫不及待地嘎吱嘎吱返回了。

苏武拄着使节杖,来不及看一眼周围的环境,就连忙先将要散开去的羊群赶到一处低洼地带。这方凹陷的地块,仿佛在很久很久以前,或许是原始时期,被人用石头块围成了一个不规则的坑窖。苏武只能暂时将羊赶到这里先圈起来,以免羊在这个陌生的地方跑散。

苏武一边哟嚯哟嚯地吆喝,一边东一奔西一跑,挥舞着的使节杖在冰天雪地里红艳得像一团火,在苍凉无边的旷野,成为唯一的希望之光。

紧张地赶着羊群,苏武头上已经渗出了一层微汗。见羊一个不少地被自己赶进了石圈,苏武又将周围的一些石块搬来,将原先有短缺的地方一一堵上了。忙忙碌碌不知过了有多久,苏武这才感觉到,原来自己一门心思地想将羊只先圈起来,竟然忘了自己已经好长时间没吃没喝了。这时,苏武的额头上已经冒出豆大的汗珠,汗水把在旅途中扑得满脸的灰尘冲出了一道道的污痕,看上去活像一只大花猫的脸。

抬起酸痛的腰身,苏武抹了一把脸上、脖子上的汗,这才抬眼向四周望去。四周,没有一点人的气息,除了被冰雪冻住的光溜溜的旷野,不见一丝儿生的景象。再放目远眺,正午的阳光照耀得雪原到处闪烁着光怪陆离的色彩,影影绰绰中,苏武看见了散落在不远处挺立的几棵老树,不知道它们是什么树,只感觉它们像鬼怪一样戳在雪地里,还活在这片荒无人烟的地方。

太阳移动,旷野里的光阴无边无际地跟着移动。风不问时间的动向,一味地呼呼叫嚣;太阳如同一只没有活力的红黄色瓷盘,默默地注视着毫无生气的北海一隅。

苏武一刻也不敢停歇地快步跑向老树。苏武已经看到,在此地,这几棵老树才是他唯一能够活命的依靠。他扳树干,折树枝,必须赶在天黑之前为自己搭建一处能暂时遮风挡雪的藏身住所。

渐渐西行的太阳告诉苏武没有半点休息的时间了。他快速地将树干拖拉至羊圈的南头,然后,从匈奴兵卒给他撂下的一堆破败的物什中,找到一些烂毡片和粗麻绳。有了这些东西,苏武搭建窝棚的信心就足了。

风显然对撞入这里的陌生人没有发起欺生的攻击,但还在一如既往地呼啸着。苏武顾不上拨去被风吹摆到脸上的发丝,他只能一边绑扎着木桩,一边不停地向后甩着头。

一汪水在北面的山坡底下,被厚厚的冰层封盖住了以往多情的面容,将一副冷酷淡漠的面孔对着天、对着地,对着山坡上的光秃石块,对着孤独的这方地域。

苏武经过了一番丢失了时间概念的强力劳动后,当一座不大,但在这片苍茫的原野里看起来还显得有些许温馨的帐篷耸立在他眼前时,太阳已经拽着时光,滑到西边的地平线上了。

苏武感到口渴难耐,想咽一口唾沫都成为很奢侈的事了。不得已,苏武又大跨步地跑向羊圈以西的小土岗的阴面坡地,抓起一把雪喂进了嘴里。

吃了几捧雪后,苏武的肠胃开始咕咕乱叫,又抓又挠地闹腾起来,这一闹,就好像肚子里有无数只猫爪在那里抠挖,抓得苏武心烦意乱,胃里烧疼烧疼的,仿佛着了火。

觅食成为苏武眼下最需要解决的问题。他的双眼在周围如同捕猎一样搜索,远远近近都搜了个遍。

就在西边的太阳滚落下去的最后一刹那,苏武借助夕阳的橘红光亮,被一只疾速跑着钻进不远处一个洞穴里的老鼠激动得心跳加快起来。他双目放光,三步两步冲上去,比饿急的狼还要迅猛地扑了上去。接着,一阵连抓带刨,不住地动用树棍戳一阵,挑一阵,终于挖刨到了老鼠藏食物的仓库。

一堆堆的草籽,一堆堆的野果,还有一些发芽的其他籽粒,呈现在苏武的眼前。苏武捧起这一堆堆可以让人活命的东西，如同捧着神灵一样，怀着敬意，怀着感恩，他小心翼翼地将这些食物从老鼠的仓库窝里掏了上来。

看着被老鼠储藏保管的籽粒，苏武双目放光，禁不住泪水扑簌簌地往下落。

乌鸦从高空呱呱甩下一串叫声，苏武抬起布满泪痕的脸，看到那一身黑的鸟，那被汉民族一直视为不吉祥的鸟，直直地往东南方向飞去了。苏武不知道生活在北海的这只乌鸦是否与中原大地上的乌鸦有关系，也不晓得它能不能像大雁一样飞越沙漠、高山、大河，去到中原，但见那只鸟是正朝着家乡的方向飞去的，苏武的内心不由得对这只鸟有了说不清的亲切感。

嗷——

突然传来一声长长的、令人毛骨悚然的嗥叫。苏武知道，这种瘆人的、有着某种嗜血腥味的声音是由饿狼的口里发出的，声音正从水潭的方向飘来。苏武略一迟疑，迅速将老鼠洞里的草籽等食物兜进衣服里，脚下生风般地跑向刚刚搭建起来的帐篷。

苏武用石块和树木枝杈等物什将帐篷的门顶结实了，这才定了定神，开始了几天来唯一的一顿煮食。

在星星缀满天空的时辰，苏武美美地吃了一顿煮得半生不熟的老鼠藏食。吃饱喝足的他，蜡黄的脸色渐渐有了改变，显现出一些活人的气色了。安静了一阵子后，苏武明显觉得血液在自己的体内开始汩汩地流淌起来，且有了温热的感觉，慢慢地贯通到了全身。

生着火的小小帐篷里渐渐暖和起来。虽然破毡片下面是厚厚的冰层，但苏武在之前还是将那些厚积的雪弄到了一旁，搭建的帐篷总算给了苏武一个安身之处，不至于让他被狂风暴雪和野兽们吞噬了。

苏武这时才真正体会到什么叫疲劳。他仰面腾的一声倒了下去，浑身疲软无力，像被人抽了筋一样。

尽管全身像散了架，眼睛也困得睁不开了，但苏武却一点睡意也没有。昏昏然不知躺了有多长时间，苏武猛地被一阵阵抓挠帐篷的刺啦刺啦声惊醒，他忽地坐起了身。仔细一听，他不仅听到了狼在使劲撕抓扯动帐篷的声音，还明显地听到了狼呼哧呼哧的出气声。刚开始时，苏武还心有余悸，他感觉到帐篷在饿狼的疯狂抓挖中在晃动，他不知道自己的小棚能不能经得住饿狼的进犯。狼抓啊抠啊,终是没能将帐篷弄倒。苏武听见饿狼一声长嚎之后,悻悻地离开了。随着狼的离开,他的帐篷顿时又陷入一派安静之中。提到喉咙眼的心,随之也安放下了,苏武又一次躺下了身子。

火光映照下,苏武透过帐篷顶上的天窗,看到了一颗两颗、三颗五颗甚至更多的星星,它们正对着他一闪一闪地眨巴着眼睛。苏武感到这些星星离他很近很近,好像就在他的面前一样。

来到北海的第一个夜晚,苏武在亲人般的星光的陪伴下,度过了一个无眠之夜。

放牧生活由此拉开了序幕,等待苏武的又将是怎样的命运呢?

苏武牧羊

十六

牧羊的日子就这样在苏武毫无准备的状态下，正式开始了。

他放牧羝羊，也在放牧自己的命运。苏武时常觉得像在做一场虚虚实实的梦。但是，这场梦还必须认真地做下去。

牧羊的日子，对于一位汉朝官员而言，心头是怎样的滋味，没人能清楚，只有切切实实做了羊倌的苏武才知道其中的味道。

放羊的同时，苏武一有闲暇，就会想起自己无忧无虑的童年生活。那时的自己，天真烂漫，经常围着做官的父亲追赶蓝天上飞翔的鸟儿，心也跟着鸟儿扇动起了翅翼。那会儿，苏武就常想，自己总有一天也能像鸟儿一样，长出一双可以翱翔蓝天的翅膀，飞越高山，飞越大河，去一个够远的理想的远方。

苏武一直是母亲眼里的宝贝，是在汉朝为官的父亲心中的希望。快乐的生活给了苏武天真无邪的心灵滋养，他在幸福与无忧无虑的环境里长大。之后，读书识字，与书中的英雄人物互通互融，达成共鸣。打小苏武就对历代英勇志士、忠义之君佩服得五体投地。他经常告诫自己，长大后一定要做一个爱国爱民、不畏强敌、不为名利的君子。

后来，苏武得到在朝为官的父亲的荫护，在朝做了官，一路顺风顺水，日子也过得顺心如意。苏武做梦也没有想到，自己会在出使匈奴时受到无辜牵连而落入此等境地。

陷入困境的人常常会在苦难的泥淖中一边挣扎，一边领悟冥冥之中的启迪。这个时候，苏武仿佛看见了自己从未谋面，但却一直引领他心智不断成长、一秒钟都未曾离开过自己的命运之神。

苏武也曾无数次地向天发问，为什么就在自己与一同来匈奴的弟兄们准备返回的当口，就发生谋反之事了？明明此事件与自己一点瓜葛都没有，却在这关口，偏偏碰上了自己最反感的以背叛大汉而谋得高官厚禄的卫律之流呢？这是谁在其中作梗？

苏武不明白，命运要将他带向何处。

北海的苍凉，能否让岁月在这里盛开别样的鲜花？还是这处苍茫之地，本就是他苏武最终的归属？

与野狼为伴，同一年四季不绝于耳的风为邻，苏武始终没敢忘记时时刻刻伴随着自己的汉朝使节杖。

绝望时，苏武看到使节杖，心里就翻卷起滚滚热浪；心境颓败时，苏武望着使节杖，心里又会涌动起无穷的勇气和力量。一杆使节杖，它的灵魂已与苏武凝结到了一起：人在，节杖在；人死，节杖仍要在！

使节杖跟着苏武，从大汉的殿堂下来，经过沙漠的淬炼，历经河流的洗涤，经受高山的锻造，一路走来，直至随着苏武下到"地狱"。所有的经历，都在千回百转中饱受磨砺，然而，究竟怎样才能峰回路转呢？

苍苍原野，一孔孔的老鼠洞穴，让苏武无数次地趴在雪地上，掏挖、挑抠，时常会将指甲抠出血来。

无论是在沙石滩里，还是在枯草丛中，甚或是沼泽地的边缘，苏武仿佛前世与老鼠结下了不解之缘，老鼠们好像是专门为他准备下了食物。每一处洞穴，都会让他有不小的收获。

通常情况下，苏武在挖到老鼠贮藏的食物时，总要在洞里留一些给老鼠。每每这会儿，他就会一屁股坐下，面对着老鼠洞，仰天长叹："鼠啊，你们和我一样，也需要活命啊！"

云影从僵硬的荒野里走过，从苏武的身上漫过，如同富含生命魅力的精灵，令苏武心生感动。

兜起一堆老鼠藏食，苏武木然地返回临时搭建的帐篷里。望着黄灿灿的野生谷类、草籽果核等鼠粮，苏武如同望见了亲人一样，有一种亲昵感拂上心头。

正如于轩王在苏武出使匈奴的路途上告诉他的那样，漠北的天气就是孩子的脸，说变就变。这会儿，还没等苏武外出打一瓢水回来，平静的草原突然就呼呼呼地刮起了大风，那声响，比野狼群在草野中飞奔的声音还要凄厉，有种要撕裂世上一切的气势。

大荒原上所有的生物都唰地陷入无边的黑暗之中了。

孤零零的帐篷似乎要被抓起来的样子,摇晃着,到处都发出啪啪的炸响。风恰似失去自控力的疯子,抓不住地皮上的东西,就在半空中拼命发威,撼天动地,使地上的任何物什都得不到安宁。

苏武被猛然袭来的大风狂叫声搅扰得心绪难安,他在帐篷内不停地转着圈子,不知道该干点什么。

就在苏武心情极度不宁时,灰暗的天空,骏马一样的云,趁着风的势力,向大地嘭嘭嘭地砸起冰雹来。那一团团、一颗颗大小不一的冰粒粒也发疯了,猛劲地往帐篷顶上摔,似要将帐篷砸穿一样。

苏武在帐篷里踱了好一阵子,走到帐篷门前一望,茫茫野地,一瞬间变成了冰雹的世界。那一枚枚小如指头肚、大如拳头鸡蛋的冰雹,晶莹剔透,不住地由高空往下抛扔,有的到了地上,还弹跳着,恰似一颗颗有生命活力的精灵,挨挨挤挤地在雪野里安了家。

苏武望着一地的冰雹,突然想到了还在半坡间散放的羊群,他疯了一样,什么也顾不得想了,抓起一块破毡,盖住头顶,冲进了大风呼啸冰雹飞落的野地里。

冰雹敲打着雪原,也敲打着苏武头上的破毡。苏武往前奔跑,不时被脚下的冰粒滑得一个趔趄接一个趔趄,有时会摔倒在地。倒下去了,他爬起来继续跑,满耳响彻着风雨冰雹混合起来的杂响声,他什么都不在乎了,一心想着只要自己的羊群还在,一切就都不是问题。

大旷野像是被上帝遗忘的一方荒原,任风暴肆意蹂躏,任冰雹疯狂发威。所有的生命都在这阵子躲藏起来了,唯独苏武还在这荒凉的地域里穿行。

当苏武气喘吁吁地赶到圈羊的那片凹陷地带附近的坡地时,他一下子惊呆了,茫茫冰雪地里,百只羝羊,一只都没有了,连羊的踪迹都看不到了。

苏武痴愣愣地望着一片空旷地带,大脑顿时一片凌乱。地上除了一层冰粒粒外,一根羊毛都没有。

苏武真的傻眼了。世界一片空白,苏武感到脚下的大地开始摇晃,仿佛是在向着无底的深渊跌落下去,他一下子就瘫坐到了冰天雪地里。

风还一个劲地发飙,冰雹却不知道什么时候停歇下去,偃旗息鼓了,北海的天空陡然间又出现了一轮又红又大、似乎人一伸手就可以够得着的太阳来。

此刻的苏武对天气的变幻莫测已经丧失感知了,他只知道一点,那就是跑丢了百只羝羊,对他这个牧羊人就意味着会有灭顶之灾来临。

苏武已不确定,自己是时空之内的人,还是已经穿越了光阴的界限,来到了一个没有岁月的空间?他木愣愣地呆坐了好长时间,这才茫然地站起身子,开始在阳光照耀的荒原里搜寻。

圹埌的北海野地,此时除过被冻得冷冰冰的大地和散落的冰雹外,苏武没发现一只羊的影子。

天气一转好,动物就开始出洞觅食了,鸟儿也唱起了悠扬的歌。刚刚从一派死寂的气象里穿越出来的荒原,又恢复了它十足的野性,让动物又开始灵动地活跃在了它的躯体之中。

苏武颤颤巍巍地站起像被人抽了筋的身躯,一摇三晃、漫无目的地走去。

苏武觉得自己已经没有了思维的活力,只是一具空荡的躯壳在游走。不知不觉中,苏武走到了自己的帐篷前,顺手拿起用树皮卷成的桶状器皿,又摇摇摆摆地走向山坡下的水潭。

一层冰封住了水的灵动,这方不算大的水潭是从四面流到这里的小溪流汇聚而成的。小小的溪水,到了这里,轻轻一跃,就积聚到一起形成了水潭,给这荒野增添了眼睛一般的灵性。

晶亮耀眼的水潭,不一会儿就发散出五光十色的光束。苏武似乎在慢慢地恢复意识,他明显地听到了冰层下面有悦耳的水流声响。这声音,犹如来自天上,又如同出自地下,分明带着一份美好的心愿,令苏武仿佛回到了长安。

再怎么艰险,毕竟,春的气息已经悄然伴随着遥远的跋涉步伐,安静地走近了。

十七

为了取水，苏武不得不利用水潭边上的石块。他挑了一个有棱有角的石头，可着劲，哐啷一声猛砸下去。

没想到，第一次用力，冰面上只被磕出一小团冰碴。苏武重新调整了一下石头与冰面的接触点，再使劲砸去。随着嘭的一声响，一股清凌凌的水就溢出了冰面。苏武趁势又接着在缺口继续用力砸下去，不大一会儿，一个大大的冰窟就出现在他的眼前了。周围的冰层，终是抵挡不住破了口的水力的冲荡，也咯咯嘣嘣地在水流里慢慢浸散开来。

一只乌鸦不知道由哪里飞过来，在苏武没注意到的时候，在冰面上一走一滑地摇晃着乌黑的身子。可能是冰上太滑了，这着一身黑衣的鸟有些惊恐地发出啊啊的叫喊。这种声音一响起，在这空旷无边的野地，像针尖一样扎在苏武的心上。这一幕，苏武看在眼里，不由得勾起了他思乡的念头。他想起了自己出使匈奴时，与妻儿告别之际，飞到头顶的那只乌鸦，那叫声让人心里难以安宁。

一阵揪心的思潮翻上来，湮灭了苏武的万般憧憬。他想，难道这黑乌鸦真的就如大汉民众俗念里那样，是一只不祥的鸟儿？自己由家乡走出时，它高声叫唤，果不其然，到了漠北自己就无辜受牵连，被囚地牢，又遭北海流放。那现在的这只黑乌鸦，来到面前喊叫，又将预示着什么呢？

想到这里，这个中原硬汉子也不由得双眼冒金星，他难以控制内心深处的悲伤，独自抽噎起来。

一想到匈奴人将自己放逐到这块天不管地不收，似乎一直就被人世抛弃的荒野放牧羝羊，还要让羝羊下崽，这明显是不想让他继续活在这个世上了。如今这羊群也遭到狂风冰雹的袭击，跑得无影无踪。所有这一切迹象都在表明，匈奴人是要置他于死地才肯罢休……

苏武越想越痛心，觉得自己已经走到了绝境。一时间，他神志模糊，似乎有水妖鬼怪在拉着他，一下一下，慢慢地往冰窟窿倒去……

如梦似幻间，苏武感到自己是驾着云彩在飞。一扑扇，他就飞到了中原大地。美丽的秦川热土一马平川，成熟的庄稼在幸福的境地里闪耀着金光。帝都长安，更是一派热闹景象，到处莺歌燕舞，鲜花布满了整座城。圣上在大殿的宝座上，以威仪庄严的姿态，向群臣们颁布着圣旨……

苏武惊喜万分，手执使节杖，迎着太阳般温暖的圣上的笑脸，迎了上去……

"罪臣苏武，前来复命！"

"苏爱卿，快快平身！"

圣上满面春风，走向跪着的苏武，扶住了他。这时的苏武，明显感觉到了圣上的呼吸气息在他的头上脸上轻拂，他还感到了圣上温暖的胸膛贴住了他的心口……

咮……咮……咮，吱——

朦朦胧胧中，一个怪异的声音像是从天外传来，又好像是由地底下冒上来的一样。苏武鼓足浑身的力量来调动自己的意识，想让自己快点知道他是已到了阴曹地府，还是一直就没离开过阳世人间，刚刚的景象只不过是在做一场美好的梦。

可是，几番努力都失败了，他还是无法睁开双眼看一看。

咮……咮……咮，吱——

又是一声长长的嘶鸣传进了苏武的耳朵。苏武明明感觉到这种声音一发出就有一股温热的气息在他的头间脸上萦回。苏武急得大张开口，一心想尽快睁起沉重如山的眼睛，看看自己是真到了圣上面前，还是已经魂归故里了。

经过几番挣扎，苏武的眼皮依然像灌满了沉重的铅般费力。后来，他感到又干又黏的口中像被人灌进了甘甜的汁液，才渐渐有了某种意识。喉咙似乎在冒火，他拼命地吞咽着，一股一股香甜如蜜的水汁一进口腔就被他咕咕地一饮而下，他仿佛已经有一百年没饮用到这样的水了，比天上的甘露还要鲜美。

喝过几口水，苏武以惊人的毅力努力使自己从混沌迷糊中清醒过来。他翕动着双唇，使尽了全身力气，眼睛终于睁开了一条缝。

没想到的一幕就这样呈现在他的面前！原来喂他吃喝的，竟然是一只野狼！

本想跳将起来的苏武，由于身躯的沉重没能如愿，他连坐起来的力气都丧失了，他鼓了好大的劲，也只是手和脚稍稍动弹了一下。

见苏武的双眼露出些许活泛之光，野狼兴奋地跳了起来。它立刻抓起一枚干果，递到了苏武的嘴边。

苏武在恢复了记忆的当口，一下子明白了眼前的一切。

"是你救了我，将我弄到这山洞里来的？"

苏武一边抬手比画，一边尽量使自己的肢体语言更加接近野狼。

嚇……嚇……嚇，吱——

野狼似乎通晓人性，见苏武的动作，忙仰头长长地叫了一声，算是它的回答。同时，苏武从野狼的眼神和行动上也看出了灵性动物内心的喜悦和宽慰。

阳光在山洞外很明媚地照着，将荒凉原野间还正在泥土中蠢蠢欲动的草根和一些虫子们的腥味布满了整个空间。光亮映进洞里，照在野狼的身上，苏武顿觉万分亲昵。仿佛有了某种前世宿缘，野狼成为自己今生的大救星。

野狼明显地因为苏武的死里逃生而欢喜不已，它扯动厚厚的大嘴，不时地表达出自己的激动情绪，同时，野狼还不断地用爪拍拍自己的脑袋，上前也拍拍苏武的头。

"啊呀！"苏武突然一声惊叫，一双眼睛惊恐地四下搜寻起来，接着，他哭一般对野狼说："狼啊狼，你救了我的身，却把我的宝贝给弄丢了啊！我的使节杖在哪里呢？还有我那群跑散的羝羊呢？"

野狼被苏武的举动吓得猛一愣，它痴痴地望着苏武，过了好一阵子，似乎得到了某种启发，它扭转身跑去。没过多大一会儿，那杆已经脱光了牛尾毛的使节杖，在野狼的嘴衔下，回到了苏武的跟前。

如同隔了几个世纪一样，苏武一把抓住清瘦萧条的使节杖，好像抓住了自己的生命一样，两眼立刻放射出不同寻常的光芒。

野狼立在那里，不解地摇头又晃脑，嚇嚇嚇地一阵怪叫，还不停地抓挠自己的胸部。

"狼啊狼，"苏武对野狼说，"你不知道，我这根使节杖，它有多么神圣，它是我们大汉君主亲手赐给我的。你别看它只是一杆节杖，可它在我苏武的眼里，可是肩负着和番的重任呢！它还担承着我们汉朝民众的一片心哪……我苏武，可以死，但，汉使节杖不能丢！"

野狼还是没听懂，可野狼却很顺从地蹲了下来，安安静静地守在苏武的跟前，听他讲说着它根本听不懂的话。

山洞里的小狼则像调皮的顽童一样跳来蹦去，一会儿蹿至洞顶，一会儿又奔向苏武和老狼的周围，打闹嬉耍不休，不时还将苏武的长发撩一下。

苏武一直以真诚的心怀和眼神向老狼传输着自己的心声，并用感恩的表情与老狼进行着沟通和交流。他一眼不眨地望着老狼红红的眸子，并用手势告诉对方，自己的羊群被风和冰雹打散了，找不到了，这样，匈奴人是饶不了他的。羊群丢了，你救了我，我还是没法活下去……

老狼费了好大的劲猜测着苏武的语言和肢体动作所表示的意思。老狼时而闷住脑袋思考，时而龇咧着嘴哧哧低嚎。过了好长时间，老狼才如梦初醒般地大声叫了起来。

苏武看见老狼吱吱哇哇地在召集小狼。只见小狼有的从洞外快速地奔进来，有的则由洞壁的高处低处纷纷而至，不大一会儿，就齐聚到老狼的面前了。

老狼对它们发着人类听不懂的号令，同时，它还抓耳挠腮又拍胸脯，不住地从口中发出吱吱吱哧哧哧的响声。

苏武看到小狼们在一小会儿的安静过后，又很快一哄而散，全部流水一样拥出了洞。

苏武惊奇地看着眼前发生的这一切，他有些不敢相信自己的眼睛了，仿佛在前世，又好像在梦中；既惊奇，又呈现出某种温暖人心的感动。

老狼的眼里大放光彩，它兴奋地、快速地扯动着两片厚厚的嘴唇，想要对苏武说什么，却又说不出来，急得野狼在洞子里来来回回地风一样旋转了几圈后，又无奈地抓来一颗黑红色的野果干，丢给了苏武。

也不知道时间在荒野地上追赶路程的步伐是散漫的还是急促的，总之，当太阳扯起晚霞，照得山洞呈现一派吉祥的橘红色时，一只只羝羊在小狼们的追赶下，鱼贯进入了洞里。

苏武恰似见到了亲人一般，他看着一群群可爱无比的小狼和羊群，泪水止不住簌簌地奔涌而出。

整个山洞刹那间涌荡起乌黑的狼群和白云一样的羊群搅和在一起的大联欢。小狼们连蹦带跳，哧哧狂喊；羝羊们则咩咩叫唤，热闹的场景犹如人间天堂似的。

狼和羊群身上散发出股股热气、腥气，令苏武全身上下都激扬起一种高昂的情绪。他对着面前这些恩人一样的灵性动物，陡然站直了身子，将手中的使节杖高高地举了起来。

岁月在这里停止了前行的脚步，深情地注视着山洞里发生的一切；晚霞在这一刻，慈悲地照耀着，迟迟不肯离去；鸟儿们成群结队，聚集在洞口的上方欢呼跳跃；还有那一只只总是在晚上活动的蝙蝠，此刻也被人与动物的情感所激荡，纷纷在洞中吱吱高唱，飞来掠去。

时光流逝，像天使也如同鬼魅，抓住苏武那颗坚贞不屈的心。季节永远都是公平公正的神祇，它不管人是沦落天涯，还是沉陷海角，也不问天堂和地狱的冷暖距离到底有多遥远，它只需一场春风的到来，就让花草发芽，树木发绿，一切似乎仅仅一个夜晚的事。

风像纯洁的少女，无论走到哪里，哪里都欢呼沸腾。春天不仅仅是催生，还是一路的唤醒。不论阳坡阴地，还是某个旮旯拐角，都会在春的抚爱里，伸展开各自的躯干，该怒放的怒放，该翠绿的翠绿。

一切生命都在春天的慈悲抚爱和关怀下，活出了应有的尊严。

十八

时光总是以不紧不慢的速度在红尘踱步,它不问人间的悲欢离合,只是一味走着。

初夏的阳光似乎格外眷恋北海这片广袤无际的原野,金灿灿的光亮,照在远处的高山上,山峰就如同披了件金丝外衣一般贵气十足,令衣袍褴褛、手持使节杖的苏武不由得心生敬仰。他双眼顿时放光,将手中的使节杖握得更牢了。

近处岭坡下的水潭,像神的大眼,粼粼地泛起波光,使人心潮荡漾。苏武的目光落在山头,山就神圣;漂在水面,水就灵气十足。面容已显沧桑的他,从鬓角处闪动而起的丝丝白发是他日夜思念大汉长安和中原亲人的见证。

花儿草儿,在大好的时光里兀自怒放着生命的极致,它们相互映衬、相互辉照,给这片荒无人烟的旷野,增添着季节的活力与色彩。在这里,大自然中的一切都在安安静静地展现着它们的繁荣与枯萎、生来与逝去的轮回,除了苏武和他放牧的百只羝羊成为大荒原的亲历者外,没有任何人和事来打搅这里一草一木的荣衰之梦。

前面的羊群如白云一样在草地上游动,苏武凝视着晴空下自己的羊儿自由自在地啃食着青嫩的草。它们从不思忖牧羊人的一切遭际,只一味地低头吃着它们喜欢的食物。一会儿东去了,一会儿西来了;一阵子在南边蹦跶,一阵子去北面高跳。吃饱了、喝足了,相互打闹嬉耍成为它们饭后最有乐趣的事情。云影从野地里路过,与羊的嬉戏身影合成美不胜收的景观,令人赏心悦目。

身后不远处,是苏武孤零零地居住了一段时间的帐篷。望着前面的羊群,再看看后方的帐篷,一丝苦笑在苏武的脸上涩涩地游过,这位关中硬汉不自觉地又想起出使匈奴以来发生在自己身上的每一件事来。

昔日不堪回首的每一件事、每一个情节,映照在苏武的脑幕上,他的双眼一直闪烁着一股坚毅不屈的光。无论是单于且鞮侯多变的性格给他造成的重重灾祸,还是于轩王与自己一路同行、经过数十日的思想交流所结下的真挚友情,抑或是那卖国求荣、贪图富贵而一再搅乱和番众愿,欲置自己于死地的不义之徒卫律的百般折磨,苏武为之自豪的是自己还能顽强地活在人世,最使他欣慰的是,手中这杆象征着大汉威仪的使节杖还完好无损地攥在自己的掌心。

一幅幅的图景,一幕幕的死里复生,都让身处边野荒芜地域的苏武深感命运弄人。从大汉的重臣,到眼下沦落为野人一般的境地,苏武好像是在红尘里做了一场怪诞无边的梦。

和苏武相依为命的百只羝羊,是单于且鞮侯的突发奇想,苏武要想回到中原必须等到公羊下了羊羔……苏武想着这一切,苦笑在脸上艰涩地漫延开来,他不清楚,这是人在弄人,还是羝羊在弄人。

死神也曾一次次地从苏武的身上踩过,而他却一回回地活了过来。苏武想到了云朵姑娘,想到了救命的野狼,还想到了当自己想要结束性命的关键时刻,梦幻中圣上的尊容……所有这一切,似乎都在昭示自己:不能死去,大汉天子的重臣,不可懦弱无能! 只有坚韧不拔,才配紧握这杆使节杖!

苏武面向东南方的故乡,默默地下了决心:圣上、中原的乡亲们,你们放心,只要我苏武还有一口气,哪怕天翻地覆,我也要活着回去,向皇上复命!

云影迅速从苏武身上掠过,恰似上天的某种感召,让苏武更加坚定了自己一定要活下去的决心。

芳草萋萋,花与草的气息令人心悦。鸟儿是这个世界上谁都无法阻隔的使者,它们不管人世间是繁华还是已然沦落,也不问国土疆域是怎么回事,飞到哪儿,哪儿就是它们快乐的家园,叽叽喳喳的脆鸣,给这片荒僻之地传递着美好的信息。

苏武看着落在自己面前的飞鸟,它们似乎对自己没有一点防备意识,在离人仅一步的草丛中跳来蹦去,一边觅食草丛中的小虫和往年的草籽,一边还不时地将头抬一抬,望一眼苏武,睁着圆溜溜的红色眼睛,用更加嘹亮的歌喉为他献上一曲,如同表示友好一般,令苏武心生一阵欢喜。

阳光在鸟儿的羽毛上蹦蹦跳跳,一切都显得那么美好。望着这里的一切,久违的欢欣洋溢在苏武的脸膛上,苏武不由自主地嘿嘿笑出了声,继而,变成一阵哈哈哈的大笑。

笑声在花草间跳跃翻滚,引得蝴蝶跟着翩翩起舞;笑声在原野里飞腾、回荡,惊得野兔野鼠从花草丛中仰起脑袋,先是竖起耳朵仔细辨听一番,接着,一跃而起,蹿出老远;那一群群的小鸟,呼的一声,箭一般飞进了水潭边上的林子里。

太阳西移,苏武难得有今天的好心情,他走向树林边上的一块野地,蹲下身子,开始剜挖地上一团一团的野生蔬菜。这一丛一丛绿色的菜团是土地无私的奉献,苏武感激泥土,感激野生野长起来可供养人食用的植物,趁着太阳还没落下,不一会儿,他就挖了一大堆。

一团团的野荠荠菜、一束束的野白蒿,还有一茎茎的野枸杞芽芽以及长在水边的野生水芹菜,都成为苏武救命的食粮,这些绿色食物在苏武的眼里就是救命的大神。

苏武一边采挖野生蔬菜,惬意中哼起了家乡的歌谣。一头小鹿急慌慌从林子里跑出来,歪起脑袋向这边张望,耸着两只耳朵,聆听起来。

苏武这时想到的,是这一堆野菜还有他昨天幸运套到的一只野兔,可以让自己美食几顿啦。

"苏正使!苏正使!"

忽然传来了人的叫喊声,刚开始时,苏武以为自己出现了幻觉,就没在意,还一个劲地沉浸在挖野菜中。

"苏正使!苏正使!"

确实有人在喊他。苏武抬起腰身,顺着声音的方向望去。只见不远处一匹枣红色的马,在主人的驾驭下正一团火焰般由岭坡那边飞奔而来,更像一道红色的闪电,朝着他放牧的地方疾驰。同时,晚霞里的人,如同天外来客,给苏武带来了人的气息。

这熟悉的声音一下子让苏武仿佛回到了从前,他忙扔掉手中的活计,惊喜万分地朝着马驰来的方向,跑着迎了上去。

"云朵姑娘!云朵姑娘!"

苏武高声叫喊着,激动不已,声音颤悠,喊声在原野里滚动。

像云霞落在了苏武的面前,云朵姑娘一溜烟而来,翻身下马,快速将枣红马拴在一棵歪脖树桩上,跑了过来。

"苏正使,您让我找得好苦啊!"

云朵一开口,就满眼泪花。姑娘一脸的惊喜,满眼的委屈。她忙从地上捡起盛野菜的篓子,两人边往帐篷那里走,云朵姑娘边向苏武诉说道:"自从不见您的面后,好久好久我都打听不到您是被人暗害了还是又让人给关进哪处让人难以发现的黑地窖了。我就到处寻找,四处打问您的下落,不分白天黑夜地跑,眼睛都急红了,也没人敢告诉我。我知道,卫律有令,封锁了一切有关你的消息……"

云朵一口气说着自己为找寻苏武而遭遇的艰难后,又长长地出了一口气,继续说道:"后来,还是那位狱哥,见我成了疯子一样,这才可怜我,偷偷地告诉了我。他还给我说,卫律曾下令,谁走漏了风声,单于有旨,就砍谁的头……"

太阳偏西,将苏武和云朵的身影越拉越长。

云朵姑娘见到了苏武,如同看到了隔世才见的亲人,一路找寻的万般艰难和委屈,一下子变成了再也抹不完的泪水。她望一眼穿戴破烂,胡须长得快要遮住嘴的苏武,抽抽噎噎地继续哭诉道:"当得知您被贬至北海这个荒无人烟的地方时,真的不敢想象,在这样的恶劣环境里,凭您一个人的力量,放牧一群羊,怎能够活得下来啊!"

四野里的植物在一天的阳光照耀下,蒸腾起一股股野花草木的特殊清香,此刻这种味道糅合到西下的阳光里,明亮又清澈,让人心旌飘荡。

"你瞧,我这不是活得好好的嘛!"苏武笑了,拍拍自己的胸膛对云朵说,"你就不该到这样的地方来。"

"大人,我不该来,谁还该来呢?"云朵抹一把脸颊上的泪,望一眼苏武,又看了看西去的太阳,桃花似的嘴巴一抿,扭头跑向水边,淘洗野菜去了。

站立在水边,望着云朵姑娘晃悠洗菜的背影以及由姑娘的手搅起的一波一波的水纹,再加上还有一朵两朵初夏的白云在水面飘逸的倒影、几只野鸭子在水中优哉游哉的景象,苏武被眼前的这一幕感动了,他仿佛回到了梦想之外的另一个世界。

随之,苏武又想起了出使匈奴以来的所有遭际,冥冥之中,似乎有着某种前世的宿缘,一幕接着一幕,让人意想不到,又在意料之中。所有遇到的人和事,所发生的一切,似梦非梦,虚虚实实,交替转换,搞得他有些晕头转向。他不明白,这一切一切的安排,是命运在捉弄人,还是前世就已注定。

苏武正处在一种神思驰游的状态,云朵姑娘像一只小鹿,利索地跃上了岸,又似一只天外飞来的神鸟,落到了苏武面前。

"野菜淘好了,苏正使,咱们回家做饭去。"云朵姑娘的声音,好像百灵鸟的歌声一样悦耳动听,给这一片荒野增添了特别的生机。她歪着脑袋,看着陷入沉思中的苏武,脆声说道:"有了这些野菜,加上我带来的谷米,我就可以为您做上一顿香喷喷的饭食了。"

每每看到苏武骨瘦如柴的身板和比他的实际年龄要苍老许多的脸膛,云朵姑娘的心就不由得隐隐作痛。但每当姑娘想起苏武坚强不屈的意志和坚韧不拔为大汉、匈奴的民众求平安、求和睦的执着精神,云朵就会从内心深处对苏武产生不一样的敬仰之情。这位女子,因了苏武的到来,从此对人生有了别样的感受和崭新的认识。

苏武牧羊

十九

季节以绚丽的色彩在荒野之地给苏武呈现一派祥瑞之气。

花花草草到了成长的岁月，什么阻力也挡不住它们对绽放的渴望。原野里一块块的大石边缘，花儿草儿硬是斜着身子也要长起来，哪怕歪扭着，只要今生能与时节相逢，即便是晒不到阳光，来过了，努力过了，它们就不后悔了。

在云朵姑娘的眼里，苏正使的精神就如同石块下的这些生命，没有什么挫折能够动摇他永远为民求和的心；没有什么炫目的诱惑，可以让他屈服，改变初衷；没有什么大的灾祸，可以使他丢失刻进骨子里的信念！

苏武一路走来，命可丢，使节杖不可辱，云朵姑娘看在眼里，铭刻在心头。

太阳滑下山了，在给这片荒凉的旷野涂抹了一层如血的晚霞后，迅速地离开了这片世界。鸟儿似乎是这个时辰里最惬意的动物了，它们个个都扑扇着翅翼，驮上一团团光晕霞晖，唧唧啾啾唱着晚歌，一忽儿飞出树林，一忽儿又冲上渐渐暗淡下去的高空，最后，才徐缓地归了林。

地上的彩色花草，这阵子也慢慢地被傍晚的灰色湮灭了。在阳光的眷顾下，欢实了一天的草地林木，都在此时此刻氤氲着一层梦一样的薄雾，雾气为这里的所有生灵扯起了安眠的纱帐。

苏武挥动着节杖，暮色苍茫下，将自己的羊群赶进了石圈。

炊烟仿佛天生就带有女性的温馨和家的味道，当苏武从羊圈那头往自己的帐篷走时，看见袅袅炊烟婀娜地由帐房的顶上升起来，一股温暖迎面扑来。那飘飘忽忽的炊烟，分明有了灵性。尽管夜色正以遮盖一切之势，由山头、由水面、由原野漫过来，但苏武帐篷上的炊烟，还是显得那么的美丽，那么的妖娆，再加上弥漫开的野味蔬菜香、肉香，随风一飘拂，就熏醉了整个荒野。

苏武一回到帐篷，就被久违了的家的温馨包围了起来。

"嗬,好香啊!"

听到苏武发自内心的赞叹,云朵姑娘心里有种说不出的酸涩和欣慰。她一方面为苏武在这里受尽了非人的折磨而难过,一方面为自己能给苏大人带来些许温暖而高兴。

云朵姑娘抿嘴笑了,立刻将烧好的晚餐盛起来,在点燃的松木火苗闪耀的亮光下,端到帐篷门前的石桌上。

小风悠悠地吹,像佛祖诵念的经声,绵绵长长,由远及近地向人传递着一种苦难中的幸福感。

苏武和云朵一边吃饭,一边说着各自儿时的故事。

"我还以为我已经失去和人交流的语言功能了呢。"苏武望着头顶一颗两颗、三颗四颗不断添稠加密起来的星星,笑着对云朵说,"小时候,每到夏夜乘凉时,母亲就指着天空大小不一的星星给我们弟兄说,天上一颗星,地下一个人。做了好事的,他的星就会由小变大,由暗变亮;做了坏事的,就相反了。"

"那,南边那颗最大最亮的星,一定就是您苏正使的了。"云朵姑娘的声音在夜色里显得格外明澈。

她的手一指,那颗一直闪烁在东南方向的星星更加晶莹剔透了。

苏武无声地笑了,说:"云朵姑娘高抬我苏武了。"

苏武沉稳的声音,铺洒在夜幕星空下的大地上。

"天上最大最亮的星啊,那一定是我们大汉皇上的星!他的光明,就是照耀我们臣民前进道路的灯;他的安康,就是我们两地乡亲们的大福分哪!"

一想到自己难回的家乡,一想到大汉的君主,苏武的双眼不由得闪闪放光,热血在胸腔内沸腾翻滚。

风从野外捎来了清香的气味,也勾起了大汉王朝落难功臣对国家无穷的思念和牵挂。

"我知道,您想念自己的家乡,想念自己的亲人了。"云朵姑娘轻轻地说。夜光下,这位女子恨不能为她心目中最尊敬、最仰慕的苏大人插上一双可以飞翔的翅膀,好圆他回家乡的梦。

天蓝得像刚洗过一样,就连越来越稠密的星星也蓝得如同一颗颗的蓝宝石。

夜,空灵,但很安静。此刻,静谧的荒野阻隔了尘世的一切烦恼,让人顿觉置身世界之外,有种缥缈的幸福感。

时间就是个精灵,它从不会改变摇摆的姿态,从古摇到今,由今摇到永远,却从不管永远到底有多远。

花儿被时间催开了,又落了;青草让时光染绿了,又在季节的溃败下,变黄变干了;人在岁月的眼帘下一出现,就让光阴引着,慢慢地、慢慢地走向坟茔。

夜晚往深处行,而人,却一直在宿命的浅滩上行走。

云朵姑娘早已起身回屋子了,她麻利地在苏武的帐篷内为自己搭建了一处栖身之所。

云朵总是别出心裁,总有能力解决面临的一切困难。她为了避免苏武在夜晚难堪,出现尴尬局面,早就在心里策划着"篷中篷"的设计。

哐里哐啷一阵响过后,云朵站直身子,仔细地打量自己创建的小窝,心里美滋滋的,一种成就感在心头荡漾。

火光忽闪,映红了云朵姑娘热气腾腾泛红的脸颊。一阵忙碌过后,备感欣慰的样子让这位胡人女子有了别样的可爱。她放光的眸子里,闪烁着纯真无邪。

美美地欣赏了一番大屋套小屋的景象,云朵姑娘深深地出了一口气,扭头对着门外的苏武喊话:"苏正使,您可以进来休息睡觉了。"

听到云朵姑娘的喊叫声,苏武这才从高空、从夜晚的纵深处收回了思念故乡的心绪,他慢慢地站起身,猫腰进了帐篷。

"您看,怎么样啊?"云朵姑娘满脸喜色,红红的火苗在她的眸子里跳跃成两朵艳艳的花。

苏武还未从刚才的思绪下彻底走出来,脸上并没有显现出云朵姑娘预料的惊喜。苏武只是看了看,声音沉闷地说:"姑娘,让你作难了。你真不该只身来到这里! 你,你这样,叫我苏武还有何颜面对天对地,对你那至今无下落的父亲兄长和已去世的母亲啊……"

"嘻嘻嘻……"云朵姑娘爽朗地笑了起来,银铃般的笑声在帐篷内外久久不息。

"他们如果知道您来我们这儿是为了大汉和匈奴乡亲们的安宁生活,为了熄灭边关的战火，一定会为他们的女儿竖起大拇指，大加称赞的！一定会对您这天神一样的使者，倍加保护和敬仰的！"云朵姑娘一口气说完，就自顾自地钻进小篷里，准备睡去了。

"苏正使，时辰不早啦，您也快去睡吧。赶明儿，我还要去一趟鹰背山那边，那里生活着我家的远房亲戚。我要将您的事情告诉他们，好让他们经常来这里。他们离这里虽然够远的，但，我相信，他们会和我一样对您的。"

听云朵姑娘这么一说，苏武也仿佛轻松了一些。

"哦，山背后的远方还有人家？"

"是呀。"云朵姑娘回答完，在一阵窸窸窣窣的声响过后，一切都跟着安静下来了。

夜，疲乏地躺在大旷野上，像安静的猫一样，睡下了。

苏武挪动身躯，也将乏累撂给了深夜。

苏武牧羊

二十

天空从来不考虑岁月的紧张与轻松,依旧用它说阴就阴、说晴就晴、说雷电交加就大雨倾盆,或大雪弥漫冰天雪地的性情,在北海的旷野撒欢。

今天,苏武将羊群赶往水潭的北面,这里是一块水草肥美的地方。看羊儿个个低头啃食,云朵一般散落在草野间,苏武就放心地手持使节杖,返回到帐篷前的一堆木棍树枝前。

苏武深谙北海的恶劣天气,这里冰封雪冻的时节要占到一年当中的一半。为了生活,苏武必须在万物躁动、万象更新的时月里,编制出许多套捕猎物用的擒拿网来,以便在漫长的冬季套得一些野兔野鸡等猎物。苏武会将这些野生的动物宰了,再用盐腌制起来,挂起慢慢晾晒。同时,苏武还会将周围的野菜全挖了晒干,这样,到了寒冷无比的冬季,他就不会再受饥饿之苦了。

北海流放的日子,让苏武自己悟出了很多生存的本领和经验。平时,除了放好羊之外,生存就是他必须解决的第一大问题。苏武不仅学会了编制各种各样的捕猎网,他还会根据每种猎物的特性自制出百发百中的网套。在制作的过程中,苏武也练就了一手不凡的技能,那就是他能够用这些不起眼的木棍藤条等物什,自创性地做出一些弓弩战器来。

生命在一次次水与火的淬炼下,使苏武练就了一身本领,他的意志更加坚强了。手中的一杆使节杖,虽然已在万般苦难中被磨掉了漂亮的牛尾毛,但在苏武的心目里,却永远都是大汉在这个世界上最有力量、最具威仪的节杖。

今日的天气,是那种说晴不晴、说阴不阴的样子。原野上空的云,白里带些灰,遮掩着太阳的真实面容,让人望去,好像高空悬挂了一只银色的盘子。但,这样的光照却恰到好处,让人觉得不热不冷,让花儿草儿也舒服无比,不至于像大晴天里的这个时辰,被强烈的阳光炙烤得蔫蔫的。现在,花

丝路之魂
苏武牧羊

花草草喜滋滋地、美美地享用着炎夏难得的舒爽天气。

苏武顾不上欣赏眼下迷人的景象，他一直低头做着手头的活路。这一件件捕猎工具、一张张弓弩战器，在他的眼里已经发生了不同寻常的变化，它们不仅仅是苏武为了活下去的创造，更具有一种不为常人所能体味的力量。苏武时常会沉浸在强烈的创作之中，早已忘记了天象的变化和无常。

苏武的生活里不再有孤独和寂寥。他放牧、捕猎，自制各种各样的捕猎器具，还送给云朵姑娘远在大山背面的亲戚。最让苏武感到欣慰的是，经过长时间的摸索、实践，不断地改进，他可以自创出一整套可以远射近刺的弓弩战器。拥有了这些制作技术，以后回到长安，将士们就可用这种大小不一、样式不同的弓弩，击败前来侵扰边关，以骑射见长的游牧敌人。

北海无边的磨难，给了苏武一个创造的宽广空间。在这里，面对复杂又简单的生存环境，他在创造的同时，享受到了一种常人无法享受到的愉悦时光。

苏武站到高处，俯瞰北海的旷野。大草场里，远远望去，那一团团一片片或紫色、或红艳、或宝石蓝、或黄澄澄的各种花，在绿茵茵的草地里，各自围着各自的族群在幸福地绽放着，给大大的草甸绘制出一幅幅大小不同、形状各异、颜色交错的图案，组成了千姿百态、千媚百娇、奇异无比的夏日景观。大大小小的飞鸟，一群群、一伙伙地追着美丽的蝶儿玩耍嬉闹不休。

微风很细心地梳理着草场里每一株高低不同的植物，仿佛在梳理着人的命运一样，精致的神情使万物感动。唑唑，这一串串轻吟声，带着甜美的祝福，带着上天的抚慰，在花花草草之间，在人身上，曼妙地摇曳而过，带走了时间的问候，带走了人生的岁月，将一抹抹的灰白色，留在了苏武的鬓角上。

花草的善良，让这方人迹罕至的地域多了几分感动，浓浓淡淡的花香气味，熏染着苏武沦陷的时光。

原野里的老鹰，总是一副很霸气的模样，长长的翅膀一扇起，就给花草树木投上厚重的阴影，惊得野兔野鹿等动物，撒开蹄脚，没命地狂奔而去。

"苏正使！苏正使！"

听到云朵姑娘的大喊声由前方飘飞过来，苏武这才停下手中忙了许久的活计。抬眼一望，只见云朵姑娘那匹枣红马，像一支离弦的箭，飘着主人洁白的服饰，腾云驾雾般向这边驰来。同时，苏武还看到了尾随在云朵姑娘后面的几匹不同色泽的马，在匈奴人的驾驭下，一起飞奔而至。

下了马的几位牧民，有男的，有女的，基本都是中年人，但他们个个骑马时矫健如飞，动作利索得让苏武还来不及看清楚，就将马儿拴到了几棵树上，一溜烟就到了眼皮底下了。

阳光不明朗也不昏暗地照着大地，随云朵姑娘到来的几个人一拥而上，初见苏武却恰似看见了久别重逢的亲人，每个人都是手搭心口，毕恭毕敬地行着草原游牧民族的大礼。其中一人虔诚地对苏武说："苏正使，您是我们游牧人民日思夜想的大救星啊！您为了熄灭边关战火，为了两地人民能够过上幸福安康的生活而备受磨难，遭到流放……您是我们草原之神特请到这里来救苦救难的天神啊！"

苏武连忙扶起一个个弯腰鞠躬的匈奴人，双眼满含热泪对他们说："乡亲们啊，不是我苏武有什么让你们敬佩的。为了中原与漠北大地的平安，为了两地人民不再遭受战乱的侵害，是我们大汉天子亲派我们来和番的！我们大汉的皇上，才是咱们两族民众真正的天神呢！"

说到这里，苏武感到自己的胸中一下子涌荡起滚滚热浪。他满面红光，双眼充满了对大汉君王的无限忠诚和无穷的想念。

苏武不由得面向南边的天空，将手中已经光秃秃的使节杖攥得更紧、更有力了。

牧民们被苏武的激情所打动，不由自主地个个朝南，极目远望。

云朵姑娘将一位身材魁梧、一脸胡须的壮汉介绍给苏武："这是我的表兄，叫阿拉提。"

见苏武点头，阿拉提忙用手指着远处那一道高高耸立的山梁说："一座大山阻挡住了咱们的视野，让苏正使在这儿遭受大苦了！真是过意不去。"

"这位是我的表嫂。"云朵姑娘接着介绍。她指着那位留有两根长长乌黑发辫、脸颊泛红的高颧骨中年女性，向苏武说道："我的这个表嫂，可有一身的好本领呢，打狼射野狗，不在话下。她叫乌云。"

乌云不好意思地笑了，两个深深的酒窝泛起，显示出游牧妇女勤劳能干的魅力。

云朵姑娘继续说道："他们都是和我一个部落一个血统的亲戚。虽然他们放牧的地方不断移动,离这里路途较远,但往后的日子,你会得到他们的照应的。"

苏武手持使节杖,用游牧民族的礼节,手搭在心口,鞠了一躬:"苏武给大家添麻烦了!谢谢你们!"

喳喳喳,一连串的喜鹊欢叫声由高空像甘露一样,从一棵歪脖树上洒了下来,淋湿了苏武思念家乡的心情。

每当遇上喜鹊歌唱,苏武总感到会有好事降临。

喳喳喳,这节奏强烈的脆鸣声,听起来使人精神振奋;这一声声带有喜悦的韵律,给苏武的第一感觉,就是大汉那边的亲人会来到匈奴这里,同单于商谈使者回汉之事——他可以手握使节杖,回朝向皇上复命了。

云朵姑娘的表兄表嫂和几位乡亲,看到苏武翘首企盼的神情,个个跟着很无奈地摇头叹气。

时间在北海旷达深邃的视野里穿行,野花野草以及树木,还有那些无论风怎样狂吹都从不会言语的、大大小小的石块,默默地承受着这里的一切重负,与大地一同感受着人间一些无边无沿的磨难。

云朵姑娘的表兄阿拉提沉默良久,才开口说道:"您苏正使,为了我们能够过上平安的生活,千里迢迢来到漠北,饱经灾难,我们却无从搭手帮助您。今天,我们为您带来一点黍米和一些生活用具,算不得什么,小小心意,您一定要收下!"

说完,阿拉提跟几位乡亲立刻跑向马匹,从马背上卸下几小袋粮食和可以用来盛米盛水的器具,呼啦啦地提了过来。

一浪接一浪的感激之情在苏武的心头涌荡。

"谢谢乡亲们了!谢谢了!"

苏武满怀感激之情深深地向北海的游牧乡亲们鞠躬行礼。

二十一

冬去春来,时光的轮回,在苏武牧羊的北海旷地,既隆重热烈又轻巧无声地转着。花儿开了又谢,谢了又开;小草青了又黄,黄了又绿,不断地循环往复着四季的色彩。

日升月降的起起落落,让时间在苏武的发丝间又涂抹了一层白。放牧的光阴虽然不是尖刀,却让人的脸刻满了道道沟纹。

又到了秋天,是万物凋零的时节,北海以北的林子已是青黄相间的景象,草场上的绿色也已快速隐退,枯萎的生命在渐显寒冷的风中,保持着与这个世界最后告别的凄凉姿势。

天高远得令人遥想无极之境。云白得犹如不染纤尘的棉絮,在空中被风扯着,一会儿像群马奔腾,一会儿又似万象朝觐、群凤翱翔……千变万化的天空把各种影子投在大旷野里,仿佛被施了魔法,将整个北海大地变得光怪陆离。从西北方向刮来的风在枯黄的草丛中拨拉,使那些本就历经沧桑的生命很凄惨地发出一片咻咻啦啦的嘶鸣声,让人有种心生悲悯的情怀。

苏武赶着羊群,灰白色头发在风力下东倒西飘,不是遮盖了脸,就是像被人抓住向上甩一样,偶有几根干草落在上面,远远望去,活像刚刚走出原始部落的人的样子。只有时刻被他牢牢抓在手心、脱尽了牛尾毛、被他的手摸得光滑明亮的节仗,依旧闪耀着大汉永不磨灭的光辉。

就在苏武赶着羊群下到坡底的时候,云朵姑娘的表兄阿拉提和另外两名牧人快马加鞭地赶到了苏武的帐篷驻地。

"苏正使!苏正使!"

阿拉提一边连声喊叫,一边闪身下了马背,领头钻进帐篷内。旋即,阿拉提又快速地拧身走出了帐篷。

"苏大人不在?"一起来的二人几乎同声问道。

"可能放牧还没回来。"

阳光刚才还明晃晃地照耀着冷风中的一切,就在几位牧民说话的当口,一堆堆铅灰色的云团忽然就由西向东翻卷了过来,顷刻间遮住了阳光,使这片大地倏地跌入到阴暗之中。

三位游牧汉子立刻逆着风向四下瞭望。

其中身材胖大的一位操着浓浓的鼻音说:"苏大人来这里已有好几载,虽然吃尽了苦头,但他始终不忘大汉,时刻牢记所肩负的使命,真令人敬佩呀!"

听了胖汉子的话,瘦一点的、高挑个头、稍显年轻的人接着说道:"这里与汉朝万里相隔,苏大人的耿耿忠心谁人能知、谁人能记得呢?"

"苏大人的可贵可敬之处就体现在这里。"阿拉提回头看着两位伙伴,一字一顿地说道。

风将几位游牧汉子的话语压得很低又扬得很高,在荒僻的原野传得很远很远。

说话间,他们就看见赶着羊群、披散着头发的苏武手握使节杖,一边赶羊一边吆喝着,往这里游动过来。

"苏大人!""苏大人!"

三位汉子高声呼喊着,一齐往苏武跟前跑去,帮着苏武将羊群赶进了圈里。

"乡亲们,快请进帐篷坐吧。"

圈了羊群,苏武用手拨拉着垂到眼前的发丝,略带歉意地让几位游牧民回屋子里。

于是,几个人跟着苏武一同走进了帐篷。

外面的风忽然就刮大了起来,呜呜作响,像奔来了一群野狼,摇得帐篷哐哐啷啷到处响。

"我表妹云朵呢?"刚一坐下,阿拉提就关切地问道。

"云朵姑娘挖野菜去了,怎么到这时还没回来?"苏武一面为来人倒水,一面忧心地回答着,"这几年可让云朵姑娘跟着我受苦了。"

胖汉子接住话茬说:"这天一换季,找野菜可不是一件容易的事。"

"是啊。"苏武为他们倒好了水,仰脸向帐篷外张望着说,"草木皆干枯了,野菜可不是好寻的。"

苏武说完，又顿了顿，接着说："不过，云朵姑娘可机灵了，她知道不同的野菜长在什么样的地势，她还懂得各种野菜的习性和作用呢。"

"我们就是担心，怕你们冬季难熬啊。"阿拉提忧心忡忡地说完，从瘦高个子的牧人手里接过几只粮袋子，往苏武的跟前一放，"七家八户凑点黍米，先对付着过冬吧。"

"这，这怎么行！"苏武立即起身，提起黍米袋子，声音发颤着说，"大家的粮食都紧张，匀出来给我，叫我苏武的心怎能安啊！"

阿拉提他们同时立起了身。

"您就安心收下吧。"阿拉提的每一个字，都如同滚滚热浪，在苏武的心头翻卷。

"乡亲们都知道苏正使是为了两地百姓们能够过上安稳的日子而饱受苦难的，这点粮食也是大伙儿的一点心意。"

"谢谢乡亲记！大家的一片深情我苏武将永生铭记！"

苏武说得眼发潮、脸发红，他一甩长袖，准备给恩人们行大礼，却被这些汉子们扶住了。

"快别这样，这本是大家应该做的事。"

勤劳朴实的匈奴游牧人，话一出口就带着淳朴的感情。

"咱们快回吧，时候不早了。"阿拉提对同行的二人说。

三个人动身欲向外走。

"且慢。"苏武忙挥手阻止了他们。

三个汉子惊奇地睁大了眼，等待着。

"苏大人还有何事，请尽管说。"瘦高个儿性急，双手一摊，这才使得有点难为情的苏武敞开了他的心怀。

"苏武有件事情要托付给你们。"苏武的语气带着愧疚，带着不安，"你们看，云朵姑娘在这荒野伴随着我已度过好几个年头了，这样下去也不是回事儿。如今，她正值青春妙龄，也到了谈婚论嫁的时候了，如果……如果因为我苏武的缘故，耽误了人家姑娘的终身大事，叫我苏武还有何颜面活在世上呢！希望你们能替我好好劝劝云朵姑娘，让她赶紧找个好人家嫁了，我苏武从此也心安了。"

风在帐篷外呼呼作响，拍打得帐篷像入了魔，干枯的野草四处飞扬，一会儿跟着风在高空飞呀旋呀，一会儿又被使劲摔了下来，或积聚在大石块的角落里，或堆在帐篷布下等待着命运的认领。

阿拉提黑黑的脸膛上，一双炯炯有神的眼睛流露出浓烈的敬仰之情，他对苏武说："苏正使，您所提之事，我们没少在云朵面前提说过。可是，这女子心性倔强，心气又高，一再和我们说，她自己的事她心里有数，叫我们不要操心。她说苏大人什么时候回汉朝长安了，她才能离开您。"

苏武被阿拉提的一番话惊得半天发不出声来。

"这……这……"

"苏大人，您多保重。我们该回家了。"

三位匈奴汉子向苏武作别后，向帐篷外走去。苏武这才回过神来，忙道："路上小心啊！"

苏武挥舞着手中的使节杖，对着在风中已经跨上马背的匈奴乡亲高声喊道。

三匹骏马飞鸟一样，一闪眼就在苏武的视野里变成了几只小点点，之后，很快消失在苍茫的荒原尽头了。

北海的风很狂傲，到处翻卷，四下乱窜，将那边的林木似要连根拔起，重新安放一样。苏武抬眼到处张望，也没有看见云朵姑娘归来的影子。他有些着急了，担心姑娘会遇上什么意外。苏武本想出去寻找，可茫茫大地，他又不知道云朵姑娘是朝着哪个方向走的。

风没有停歇下来的意思，还一阵紧似一阵，一阵比一阵更显疯狂、更加桀骜不驯。头顶的云也越积越厚，像一只硕大无比的黑盖子，紧紧地压在原野的上头。

苏武不安地在帐篷外转来转去，不停地用手拨开挡在脸上的灰白色长发，焦急地四下张望。

"我呀，您就把心放到肚子里吧，用不着担心。"云朵姑娘经常对他说的话，又一次在耳畔响起。

"游牧民族的女儿，马背上长大，风霜雨雪，电闪雷鸣，包括荒野的野兽，什么都见过，什么都经历过。再惊险的遭遇，都难不倒我的。无论多么恶劣的天气，我自有一套办法应对，损失不了我云朵半点毛发……"

想想云朵姑娘曾数次对他说过的话，苏武稍稍心安了一下。可看到眼前的天和地似乎要翻个过儿,还听到一片狼嚎怪叫声,苏武还是放心不下。

"苏正使,我回来了!"

忽然传来云朵姑娘长长远远的叫喊声,苏武还没来得及看清枣红马背上的人影是怎么在恶风狂躁的晦暗天底下奔驰的,只见一个影子一忽闪,云朵姑娘和马就在他的眼前停住了。

苏武忙跑上去接过云朵姑娘手里的野菜篮子,仔细一瞧,他立即被惊呆了。原来出现在苏武眼里的云朵姑娘,已经是一身破袍、一脸的血痕,长长的发辫也散乱如麻,看上去像刚刚从野人洞里钻出来的一样。

"你⋯⋯你,这是怎么了?"

苏武一边将云朵姑娘向帐篷里牵引,一边像是对自己说,也仿佛是在给云朵嘱咐:"往后生活再艰难,你也不要再出远门了!"

"嘻嘻嘻⋯⋯"云朵姑娘反而笑了起来。她一进到帐篷里,就轻松自如地对苏武说,"今天运气好,我刚刚挖了野菜正准备起身回呢,这时,来了一只小狼崽。这小家伙,没有老狼的谋略,怕也是饿极了吧,就直直地冲着我扑上来⋯⋯"

"啊!"苏武听得倒吸了一口冷气,不由得惊呼了一声,忙上上下下地打量起云朵姑娘来。

"伤到哪里了?"

云朵见苏武一惊一乍的样子,忍不住爽声笑了一阵,脆生生地回道:"伤到我?怎么可能呢!小崽子想吃我云朵,哪里有那么容易!"

说着,云朵又一扭身,往帐篷外边走边说:"对付野狼,打小父亲就教会了我,我自有一套妙法。"

苏武也连忙跟着到了外面。

狂风乱吼中,云朵姑娘的声音飘飘忽忽地送进了苏武的耳朵。

"这狼呀,它想谋人时也慎重得很呢。它一般不会盲目地扑上来,它会蹲守好长时间,瞅准了最佳时机,它才会一扑一个准地袭击你,然后,又狠又准地死死咬住人的喉咙。所以,碰上狼了,你不要怕。你怕了,它能感觉得到,它就凶了;你不怕它,它就会怯你的。可我遇上的这只小狼崽子,可能是饿得昏头了吧,一看到我就直直地扑上来了⋯⋯"

"你到底伤了哪儿没有?"苏武急切地问。

云朵姑娘一面将马背上的小狼崽往下搬,一面对赶上来帮忙的苏武得意地说:"这狼崽啊,遇上我,算是倒了大霉了。"

云朵姑娘还是一副满不在乎的神气,接着说道:"它一上来就被我三两下给收拾掉了。我长筒靴里别的那把短刀就是专门用来应付意外情况的。"

两个人说着话,将还有些体温的小狼崽抬到了帐篷里。

"有了这只狼崽,咱们这个冬季会好过许多。"

云朵姑娘花猫一样的脸洋溢着一派兴奋,在苏武的生活里升腾起祥和的气氛。

二十二

火一生起,帐篷内立刻升腾起饮食人家的味道来。云朵姑娘将表哥阿拉提他们带来的黍米搅和着野菜放在火上炖煮,不大一会儿,饭香就弥漫了整个帐篷。烟雾腾腾中,云朵姑娘姣好的面容若隐若现,犹如下到凡间的仙女一样。

云朵姑娘越是尽心尽力地照顾自己,苏武的内心就越是惶恐不安,他觉得自己太亏欠这位女子了。苏武在轻烟白雾里暗暗下了很大决心,隔着一层雾气,声音沉闷、但极其认真地对一会儿忙这一会儿忙那的云朵姑娘说:"云朵,我今天有件非常重要的事情要跟你讲,你可要用心听。"

云朵姑娘感觉到苏武凝重的神情和语气,就扭过脸来望了望苏武,稍稍顿了顿,将她银铃一般的话语,摇响在帐篷屋内。

"好的,我洗耳恭听就是了。"

看见云朵姑娘抿嘴在笑,苏武心一横,说道:"这几年,你陪着我在这荒滩野地,跟我一同吃苦受罪,忍受百般磨难,真让我心里过意不去。你这样,也不是个办法!我每每吃着你为我做的每一口饭,穿着你为我缝制的衣袍,你知道我的心有多痛?你不能为了我苏武而毁掉了自己的终身大事!对于一个女孩子,妙龄年华是多么的重要!你将自己最美好的时光都耽误在这一片荒凉之地,你不觉得太可惜了吗?今天,你一定要答应我离开这里,找一户好人家嫁了,我从此也便心安了。如果能亲眼看着你有个好的归宿,我苏武这颗悬着的心也就落进肚里了……"

云朵姑娘听完苏武的话,半天没有吐出一个字。她不停地往火坑里添着柴火,挑动得火苗噼啪作响。火光映红了姑娘的脸颊,耀得云朵的长发像披了一头正午时分的阳光。

苏武静静地等待着水雾那头的回应声。

过了好久好久,云朵姑娘将长长的发辫往后一甩,仿佛甩掉了笼罩在心头的一切阴霾。她望着苏武的脸腔,声调平缓、语音圆润地说道:"苏正使,您能够舍家弃子,不远万里,历尽千难万险,来到漠北大地求和平,又受尽了非人的磨难,一次次从鬼门关里逃生,您的恩德照耀天地!尽管多次遭人陷害,您却屡屡得以活下来,这一切,说明草原之神有灵,一直在保护着您。每在生死攸关的当口,您从没考虑过自身的安危,总是不忘大汉的节杖。无论环境多么险恶,您始终坚持'人在,节杖在;人死,节杖不能丢'。您这感天地泣鬼神的壮举,怎能不使我一个小小女子心生敬佩!我仰慕您的大英雄气概!在北海,我云朵今生能为苏大人做一点点力所能及的事,是我天大的荣幸!我云朵活一世,能与您相遇,陪您度过这段时光,我值了!苏大人因何还要心生不安呢?"

云朵姑娘一口气道出了自己几年来的心声,她好像终于卸下了背在身上的一个包袱。稍停了停,她又忧心忡忡地对苏武说:"苏大人,您可知道,中原与匈奴又开战了,双方的热血男儿惨死无数,边陲又是一片血流成河……"

"啊?"苏武不由得浑身一战,惊得喊出了声。

"苏正使,您可知道汉朝有个叫李陵的将军?"

听到云朵姑娘的问话,苏武睁大了不安的双眼,立即回应道:"我当然知道,他和我一样,同在大汉朝廷任职,只长我两岁。你怎么会知道他呢?"

苏武说着,似乎有了某种不祥的预感,他霍地站起了身,看着火光辉映下的云朵姑娘,等候着她的应答。

"几年前,就是这个李陵,他带领五千精兵驰入匈奴疆界,并传话说,无论怎么激战,头破血流也要想尽办法救您出匈奴。"

"啊,李兄呀!"苏武听罢,不能自已地仰面向着帐篷顶,长长地喊了一声。

"可是……"

"怎么了?你快说,李兄他怎么样了?"苏武紧迫地追问。

"在东稽山,李陵率领的队伍全军覆没……"

苏武听了云朵姑娘的讲述,如同深陷在天翻地覆的旋涡之中,脚下似乎有一个无底深渊,把他和整个世界都吸了进去。

一股冷飕飕的寒气,由脊梁直蹿至苏武全身上下。

云朵姑娘见苏武的脸像打了蜡一样黄得令人害怕，比当年在地窖时还让自己揪心。

苏武在虚幻之中，还是听清了云朵姑娘最后的那句话："李陵也被生擒了。"

一阵摇晃过后，苏武一个趔趄跌坐了下去，惊得云朵姑娘忙上前将他扶住了。

苏武感到天旋地转，眼前一片漆黑。

"苏大人！苏大人！您一定要挺住啊！"云朵姑娘一边用手轻拍着苏武的前胸和后背，一边对苏武大声说，"您那么坚强，什么样的打击也击不垮您的！"

苏武在云朵姑娘的帮助下，理顺憋在胸口的一股气，过了好长时间，他才慢慢地缓过神来。

"这……这边关何时才能彻底熄灭战火啊？我苏武被困北海，对我汉朝的事一无所知。我，我什么时候能手持节杖回大汉朝去向皇上复命？"

就在这时，一阵疾驰的马蹄声如风暴一般，嘚嘚嘚地敲打着地面，由远而近。

云朵姑娘机警地立刻起身，如一片云似的飘出了帐篷外。

风在荒野僻地总是来去自由，时而轰轰烈烈地肆意撒泼，时而又在人为尘事纠结的当口，悄没声息地隐退而去。

大野地，刹那间又陷入一片安静的光阴里。

"苏正使，苏正使，我看见于轩王的马队向这边飞驰而来了。"

云朵姑娘的叫声，像百灵鸟的歌唱，唤醒了沉溺在李陵被俘的伤痛之中的苏武。

"什么？于轩王来了？"

苏武一时不知是什么心情搅和在一起，他一面在胸中装着李陵的事，一面起身去迎接已成至交的于轩王。

二十三

太阳刚刚从云堆里挣脱出来,光焰如同才钻出牢狱的人涩涩的眼睛,给苍凉荒茫的草地投放了一片淡淡的橘红色。

一支马队势如洪流一般向这边飞驰而来,马蹄欢快的奔跑声在大地上敲打出不一样的声响。马队划开薄薄的阳光,恰似从水上漂来。队伍里,马背上的人个个如展翅的雄鹰,气势不凡地随着马的狂奔一起一伏。

"苏正使,于靬王是刚从边关打仗回来的,此刻对汉兵肯定怀有切齿之恨。他来这里,我怕不会有什么好事。依我之见,您最好还是回避一下。"

云朵姑娘担忧地望着苏武的脸,说着,就连忙将苏武向帐篷里扯拽。

喳喳喳!一只长尾巴喜鹊由南方飞来,一落在云朵姑娘拴马的树上,就抖动着黑白相间的羽毛,喜庆无比地对着这边欢叫。

苏武没动身子,一直不眨眼地看着于靬王的马队由远及近,由小到大。当看清了他们的装束时,苏武和云朵姑娘几乎同时说:像是在狩猎。

马队到了苏武帐篷前方的慢坡下,一个侍从拽了拽马缰绳,扭头对于靬王说:"大王,这里就是苏正使牧羊的地方。"

"哦,原来苏正使被流放到了这里。"

于靬王还是不失几年前的英俊之气,他勒住了马,马儿立刻善解人意地嘶鸣了一声,为于靬王的王者气势增添了无穷的魅力。

"是的,大王,前面的帐篷就是他的住处。"

得到侍从的肯定后,于靬王"驾"长喊一声,迎着那座孤零零的帐篷飞驰而去。

"苏正使!苏正使!"

一闪身下得马来,着匈奴王袍的于靬王,像草原上一只骄傲的鹞鹰,一晃眼,大声喊叫着来到了苏武和云朵姑娘的面前。

苏武向来者行过大礼之后,说:"不知于靬王今日驾到,苏武有失远迎,还望恕罪！"

"哎呀，几年不见，苏正使客气了，客气了啊！"

于軒王一脸的勃勃英气。他忙不迭拉住苏武的手，说道："我不晓得你被流放到北海了，相见来迟，望见谅啊！"

苏武摇了摇灰白色的头，苦笑了一下，半开玩笑半认真地看着于軒王说："于軒王只要不是来取我苏某的项上人头，就够厚待罪人的了。"

"哈哈哈……"于軒王的笑声在旷野里扬起，有种让人想到中原秋收时节里那颗粒饱满的金灿灿的粮食的感觉。

"苏正使啊，你还不了解我吗？我于軒王是那种薄情寡义的人吗？"

阳光斜斜地照过来，将人和马的影子拉得长长的。黄草地铺上了夕阳的红光，虽然都干枯萎谢了，而这会儿的每一簇草、每一粒土，都在为拥有这种幸福的时刻而安详地等待着下一个季节的引渡。

"苏正使，我这里还有一封捎给你的信。"于軒王说着，顺手由侍从那里接过一捆牛皮信笺递给了苏武。

"是你的好朋友李陵写给你的。"于軒王对苏武说。

苏武连忙接过书信，似乎忘记了跟前站着的人，打开信笺急急地看了起来。

云朵姑娘一直注意着苏武的神情变化。只见苏武随着看阅信笺的深入，本来平顺的呼吸，一阵一阵紧促起来，到最后，苏武已经是满脸通红，连脖子和耳朵都红得像着了火。

"苏正使，苏正使！您没事吧？"云朵姑娘清楚苏武的身体状况，她忙凑上去连声问道。

这时，信看完了，苏武像是憋得太久了的缘故，突然呜呜呜地放长声痛哭了起来。

世界格外安静，苏武的大哭声，令万物心生恐惧和悲伤。

苏武，这位大汉的使节，一个铁骨铮铮的关中汉子，再也无法控制涌向心头的悲痛情绪，在北海这片蛮荒之地，淌出了憋了好几年的泪水。

如长河落日，像万箭穿心，苏武痛哭的声音一浪高过一浪地在大旷野间翻滚，撼天又动地，抓挠着荒野之地每一个活着的以及死去的灵魂。

一只金黄色的麋鹿被突然响起的大哭声惊起，由树林子那边蹿出，竟不知所措地立在了原地，耸起耳朵，发呆了。

"苏正使，你为何如此悲痛啊？"于軒王上去，按了按苏武颤抖的双肩，"是家里遭到不幸之事了？"

过了许久，苏武才慢慢地缓过气来。他止住了哭泣，抬起布满了泪痕的脸膛，悲戚万状地对于軒王说："家中老母去世，兄弟双亡，妻子改嫁，儿女飘零，我，我苏武活在这世上还有何用？我活着，对君王不能尽忠，对母亲不能尽孝，对兄弟不能尽仁，对妻儿也尽不到养育之责，我，我真是愧对这七尺男儿之身哪……"

云朵姑娘看到苏武双眼充血，脸上通红，脖子暴起了道道青筋，知道不妙，以飞箭般的速度，一把将苏武佩在腰间的长剑嗖的一声拔出，之后，转身进了帐篷，立即端出一钵水来，递到了苏武的嘴边。

于軒王见状，长长地出了一口气，忙安慰苏武道："灾难业已发生，苏正使即便伤心难过，也要多保重自己，才能对得起逝去的亲人！当然，我相信，苏正使已经蹚过血与火的河流，一定会挺过万重打击的。"

于軒王在给苏武鼓劲的同时，扭头看着出脱得水灵但又显现出坚韧不拔个性的云朵姑娘，问道："云朵姑娘，这些年你一直都陪在苏正使的身边？"

"是的，大王。"云朵姑娘听到于軒王问自己，忙拧身行礼，回答了一声。稍停一停，云朵姑娘又说："大王，如果您没别的吩咐，那我就先忙活去了。"

"好吧。"于軒王见云朵姑娘走了，又转身命令随从人员："你们也先退下吧，我和苏正使还有要事相商。"

手下人退去后，于軒王单刀直入地对苏武说："苏正使，我有一事，不知对你当讲不当讲？"

苏武看于軒王一脸的严肃，立刻回答道："将军，对我这样的人您还有何顾忌，您尽管说就是了。"

于軒王听罢，直接说："既然你的原配之妻已嫁他人，苏正使，你可有意再续娶一女为妻呢？"

苏武听了，惊得睁大了双眼，看着于軒王，半天无语。

"苏君如愿意娶我们胡人之女为妻，我今天就为你保媒了。"

苏武似乎明白了于軒王的意思，他连忙摆手道："将军，万万不可，万万不可！云朵姑娘她还是个孩子呀！"

"哈哈哈……"于軒王爽朗地放声笑了一阵,之后说:"她都二十好几的人了,在我们这里早已超过了嫁人的好年龄。苏大人,你就别再辜负云朵姑娘的感情了。"

见苏武还在迟疑,于軒王又改了口气说:"你们大汉的圣人孔子,不是有言'不孝有三,无后为大'嘛,如今,你的妻子改嫁,兄弟命归黄泉,老母也去世,你是不是该在这里重新娶妻生子,为苏家再续香火呢?"

夕阳西下,一轮红得像火球一样的太阳,正行至即将被大地吸纳进去的天边。黄昏的北海之地,在一天当中最后一抹光辉的照耀下,已做好了甜美睡去的各种准备。

鸟儿归林了,活跃的动物也都钻进了洞子,享受着向晚的时光。

风很安静,不再翻腾昔日的狂躁。太阳正竭尽全力为地面散发着余晖,却没有一点热力,如同一位年迈的老人,还想再为子孙出把力,却心有余而力不足了。冷飕飕的气流跟着暗淡下来的天色气势汹汹地袭来。

苏武还想说服于軒王,他的语气里饱含着丝丝歉疚。

"将军的心意我苏武领了,只是我如今已是白发飘然之人了,怎好和云朵姑娘结为夫妻呢?"

黄昏的天色笼罩着大地,群鸟在林子里叽咕着夜的故事,为苍茫的原野增添了一层朦胧的神秘气息。

于軒王一直在劝说着苏武,同时,这位匈奴的王家之后也被苏武的人格魅力所深深打动,他敬仰苏武的人品,也对汉朝正使充满了崇拜之情。

于軒王深情地说:"你仔细想想,云朵姑娘能够在北海这荒僻之地一直陪着你,靠吃草籽、挖鼠洞、煮野菜度日子,可见她的心气有多不平常!她是敬您,尊您,爱护您,视您为神灵一般的人,才做出这种举动的。她不离不弃的一片良苦用心,难道你要辜负了吗?你能忍心看着人家姑娘就这样陪你到老?"

苏武被于軒王说得一时愣怔了,他顿了半天,才回过神来:"这……这……这……"结巴了好一阵子,就是无法说出自己此刻复杂的心情。

云朵姑娘抱了一堆柴火,由西面的小慢坡走了过来。

"外面升寒气了,大王,你们快进帐篷里吧。"

云朵姑娘一边叮嘱苏武和于軒王,一边将怀中的物什往帐篷的一个角落堆放。

"云朵姑娘,你过来。"于轩王说道。

云朵姑娘利索地拍打着身上的柴屑,迎着灰暗的一丝亮光应答着,忙走上前来。

于轩王用他那一对深邃的大眼,望着朦胧光影下云朵姑娘好看的面颊,问:"你愿意我为你保媒嫁人吗?"

云朵姑娘一听,忽闪着有神的双眼,淡薄的夜色下,她的目光在苏武和于轩王的脸上来回扫视了一番,半天,才开腔说话:"大王,云朵早就对天发过誓,一直要陪苏大人回到中原才离开。如果大王硬要云朵远嫁他人,那明年的今日就是我云朵的祭日!"

"哈哈哈哈……"于轩王开怀大笑,笑声在夜幕彻底拉开的北海上空朗朗响起,为云朵姑娘刚刚还迷惑的心,启开了希望的缝隙。

云朵姑娘感到有一缕阳光照进了心窝。

"好一位烈性的女子!"于轩王欣喜地说,"有我们匈奴人的血性!"

于轩王接着一转话题,对云朵姑娘说:"我让你嫁的人不是别人,就是你眼前的苏正使。这,你可愿意?"

一向性情开朗泼辣的云朵姑娘,见于轩王揣摩出了自己几年来的心事,一下子感到脸颊火烧火燎起来。听完于轩王的话,她羞涩地低下了头。

"怎么样啊? 你给个痛快的回应呀!"于轩王笑得满心欢喜,进一步向云朵姑娘发问。

"将军,您就别……"苏武见云朵姑娘很是难为情,忙阻止于轩王。

没料到,云朵姑娘突然仰起头,满含热泪地给于轩王连连施礼道:"多谢大王成全! 云朵这里有礼了!"

于轩王又是一阵爽快的大笑。他唤那边的侍从道:"快将带来的十坛好酒、十袋黍米给苏正使和云朵姑娘拿上来。"

一群侍从立即奔跑着将粮食和酒一一搬进了帐篷。

一股热流迅速在苏武的体内汹涌而起。

"将军的大恩大德,我苏武永生不忘! 大汉的君主和百姓也会感激您的!"

"正使,随后我还有五百只羊送给你呢。"

听到于軒王的话,苏武简直有点不敢相信自己的耳朵了:"谢将军! 谢谢您的恩情!"

于軒王看着苏武感激不尽的样子,忙双手抱拳,道一声:"时候不早了,就此别过,告辞!"随后,翻身上马,领着侍从,转眼消失在了茫茫原野。

苏武立在帐篷外,手持使节杖,对着于軒王飞驰而去的方向,挥舞了好久好久……

丝路之魂

苏武牧羊

二十四

　　猫头鹰的叫声在空辽寂静的旷野里显得特别孤独,鸟都进入到甜美的睡梦中去了,天上大大小小的星星,像颗颗银珠缀在深夜的高处,还有一轮又黄又大的月亮正在升起。月光一泼洒,就带着悲悯的情怀,给大荒野披上了一层薄薄的柔纱。秋虫业已偃旗息鼓,早钻进土层的深处,进入冬眠初始的状态,全然忘却了从春到秋的繁华过往。

　　帐篷内,苏武一边忙活着火坑旁的事,一边看着云朵姑娘拆除她住的小帐屋。也不知什么缘由,苏武看着拆除掉了的已经在这里盘踞了好几载的小帐屋,内心竟有种莫名的惆怅。今天,他既没有大婚初夜的喜悦,也没有对軒王的牵缘有丝毫的感激。

　　"云朵姑娘啊……"

　　听到叫她还和从前一样的口气,云朵抬起忙碌得满头大汗的脸,拂袖顺手在脸上抹了一把汗,脸颊红通通的。她努起鲜润的嘴唇,嗔怪道:"怎么还和婚前叫的一个味儿呢?"

　　"噢,嗯……"苏武一抬头,仿佛才灵醒过来。他看了看云朵,旋即哈哈笑了起来,说:"哦,对了,从今往后应改口叫夫人了。"

　　云朵抿嘴一笑,水汪汪的大眼睛里斟满了幸福的甜蜜。

　　"于軒王对我这般厚待,不仅仅是兄弟朋友和知己的情谊,其实,他和我一样挚爱着两地的乡亲,企盼着大汉和匈奴早日言和,希望边关不再重现刀光剑影。"

　　苏武干着手中的活,说着他和于軒王的情缘。

　　云朵拆除了自己蜗居了几年的小棚子,看着变得宽敞起来的家,心一下亮堂了许多。她收拾好了一切,就来到苏武的面前,接住话题说道:"但凡存有一颗善良之心、有良知的人,没有谁愿意两族人民长久处在战火之中,也没有谁愿意看见血流成河的惨景。世上像卫律之流,只顾自己享乐,为一己私利而背叛大汉，一心想让两地百姓不得安宁，他好永享富贵的生活，这样失去了一个人起码的良知，连野兽都不如的，毕竟是少数。"

火苗忽忽闪闪，映得云朵的脸像夏天的向阳花儿一样，温馨可爱。

"又一个短暂的秋天就要走完了。"苏武满腹心事地望一望噼啪作响的火塘，若有所思地说，"又是一年的时光即将从眼皮底下溜过去了。我被困在北海，一晃就是好几个年头，真恨不能在一夜之间让上天给我一双翅膀，飞回长安，飞到圣上的殿堂，持节向他复命……"

"夫君，"云朵蹲下身子，双眼紧紧盯着苏武，声音像清泉水一样，在屋子里清亮亮地淌流，"今天是咱们大喜的日子，想一想愉快的事。"

"夫人说的对。"苏武拧过脸来，看云朵可爱的样子如同一只乖巧的猫，朗声说道，"咱们今天只想高兴的事！"

云朵灵机一动，拿起已经被苏武的手摸得溜光的使节杖，深情地望着苏武，说："夫君，咱俩共同拜拜汉使节杖吧，就算是拜了天，拜了地，拜了祖先了！"

于是，一场寂静无声、但却在俩人心中轰轰烈烈的婚拜仪式，在匈奴的旷野，北海一隅，孤单又隆重地举行着。

月亮和星星见证了这场不平凡的婚礼，北海的荒凉因为苏武和云朵的结合而显得幸福美好起来。

夜，比鸟儿的沉睡还要安谧，北海旷野是一片令人心生恐惧又让人神往的苍茫之地。这片土地，在这样的晚上，温顺得犹如一池睡莲在静悄悄地开放。那袅袅的花香，飘动着月的圣洁，摇曳着星的晶莹。此刻的光阴也一派芬芳，那满天的繁星，灵动得似乎有了人的语言，轻轻一眨巴眼，就穿越了几世的生死往来。

云朵将头轻轻地靠在苏武的肩上，慢慢悠悠地哼起了游牧民族漂泊游荡生活中常哼唱的小曲儿。

"夫人哪，如今我苏武客居他乡，已是花白胡须飘飘的沦落之躯了，怎能想到正当青春妙龄的你会选择嫁给我？这，这不是在做一场梦吧？"

云朵没接苏武的话，她依旧哼着小曲儿，沉醉在甜蜜的境地里。

这一夜显得那么短暂，对于云朵，这个夜晚就像一杯甘醇浓郁的美酒，醉了人心，但醒了时光。

第二天，当北海最后一批南飞的大雁依依不舍地离开此地时，苏武站立在一块大青石旁，久久地凝望着南面故土的方向，恨不能跟着飞翔的雁群，冲过边卡，一头扎进中原的怀抱。

正当苏武的思绪飞回故里，被思念之情重重扎痛的时刻，一列马队越过远处的大山，朝着他住的地方疾驰而来。

阳光正酣畅地泼洒在野地干枯的草丛上，照耀得苏武和云朵在夏天打割回来为羊群过冬准备的草垛子，如同久蹲在这里的沧桑老人，散发出浓郁的草料香气。

"苏正使！云朵！"

远远地，苏武就听到一串串亲切的呼唤声传了过来。跟着，那列马队就由小变大，由模糊不清变得可以认出人的模样了。苏武看见了阿拉提，他们一行恰似飞翔的草原雄鹰，不一会儿就落在了他的面前。

苏武仔细一瞧，这次来了十几位乡亲呢。

男男女女轻快地翻身下马，还都带来了贺喜的礼物，嘻嘻哈哈地跟随着苏武拥进了帐篷。

正在帐篷里忙活的云朵，看到乡亲们喜乐无比地进来了，连忙笑脸相迎。

"夫人，赶快为乡亲们备酒啊！"苏武向云朵吩咐道。

"表哥，表嫂，乌日娜大婶，你们都先坐下歇息，我去给大家备酒食。"云朵满脸的喜兴，脆声招呼着大家。

一群乡亲坐定后，云朵和表嫂在一旁忙活去了。

苏武面带笑容，对大伙说："谢谢诸位乡亲，赶这么远的路前来道喜，真是辛苦你们了！"

"这算啥！"一壮年汉子眉飞色舞地向苏武说，"苏正使不远万里来到塞外，为两边的百姓求取安宁的生活，九死一生都难不倒……"

"是啊，"阿拉提不等前一个人的话音落下，就抢着说，"如今，苏正使娶了我表妹云朵为妻，她可是我们这里的一枝花啊！您能遇上云朵，怕是草原神灵被您的英雄气概感动了，特赐给您的，我们理当前来道贺啊！"

"咦，大伙怎么知道这事的呀？"云朵抬起脸问道。

阿拉提一摊双手，回应道："哎呀，于轩王的一举一动，连原野里的每棵小草都会知晓的,何况我们这些大活人呢。"

说话间,云朵和乌云将香喷喷的美酒食物端了上来。

"来,乡亲们,"苏武一阵激动,满脸放光,声音格外洪亮,举起了酒樽说道,"于軒王赐我粮食和美酒,还要赐我衣物和羊只,我苏武满心的感激无法述说。今儿乡亲们来了,咱大家就开怀畅饮,来个一醉方休!"

火苗闪闪,映照得帐篷里每张喜庆的脸膛红晕晕的。一口口热酒下肚,一股股醇香飞扬,激荡起每一个人的无限深情。

一轮轮酒喝到尽兴处,大家伙儿不自觉地挽起了手,围着火塘跳起来,唱起来了。

> 草原雄鹰高天飞,
>
> 百灵鸟儿声悠扬。
>
> 游牧的汉子心似海,
>
> 大汉的使节气轩昂……

歌声在北海的旷野飘得很远很远,感动得羊儿个个耸起了耳朵,静静地聆听起来。就连大大小小的鸟儿也被这激越的曲调所感染,比赛似的,扯起脖子不停歇地高声歌唱。

苏武跟着乡亲们转啊跳啊,也投入到乡亲们欢快无比的情绪里了。他发自内心地感激这些善良的人,但,越是这种热闹非凡的时刻,他越是想念自己的故乡,想念中原的那片热土。

苏武的眼里不由得噙满了泪花,他仿佛又旋转到了另一处梦的境地。不知道明天命运又会以怎样的姿态来对他,为他再出一道道什么样的难解之题……

二十五

又一个漫长的冬季以它稳健的步伐,降落到北海这片荒芜的苍茫之地。

狂傲的朔风从来不会给这里留情面,由西伯利亚一来,就以气势汹汹、横扫一切的气势撕扯得树木光裸的躯干东一倒、西一歪,地上弱小的枯草被连根蔓拔起,抛向高空,又摔下地面,苏武和云朵摽压在一起的草垛也被吹得滚来滚去,飞散开来。

没下雪的天空,灰蒙蒙的,萧瑟的景象令万物都感觉无聊又无奈,个个萎缩着身子,给这片蛮荒之地更增添了压抑的味道。

苏武手握使节杖,穿一身于轩王赠送的崭新皮袍,一副威武凛然的气势。他刚走出帐篷准备到羊圈那边去巡视一番,这时,一阵凌乱的马蹄声从左前方响起,加上狂飙的风的号叫,使这荒蛮的地方有了某种阴森恐怖的气氛。

卫律身佩精致的腰刀,着一身匈奴军官的皮袍,在前后左右兵卒的护卫下威风凛凛。他跃马扬鞭疾驰而至,到了苏武的帐篷前。

"苏正使!苏正使在吗?"

卫律翻身下了马就高声呼唤起来。看到苏武从帐篷的背后走出来,卫律的脸上堆着坏笑,假模假样问候道:"苏正使,别来无恙啊!"

"噢,原来是丁灵王啊!"苏武每当看到卫律,就会不自觉地将手中的使节杖抓得更紧了。他扯动嘴角,似笑非笑地说:"我苏武的命,就跟那猫一样,天生有九条,所以,九死又一生!哈哈哈……"

"听苏正使的口气,还是对我卫律一直心怀不满啰。"卫律双手一摊,说道,"我那些年年纪轻,一些事做得不是太合适……如今,随着阅历增长,我也对自己的某些行为反思过,悔恨过,有时感到自己的轻率举动太幼稚,懊悔不已……"

苏武听罢,从鼻孔里发出一声"哼",就再不说话了。

"苏正使,我带队在北海巡视,听于轩王的部下说他亲自为你和云朵姑娘保媒,这真是天遂人愿、美满婚姻呀!咱们虽然都飘零在异地他乡,但咱们是血脉相连的兄弟,我卫律不赶来道喜表示祝贺实在说不过去呀!"卫律一口气说了一大堆。苏武听后,脸上游过丝丝不冷不热的表情,接过话,略带点不屑和讥讽的味道说:"那我苏武还得谢谢丁灵王的一片好意了?"

卫律感到苏武话中有话,他强力控制住自己想要发作的情绪,大声命令手下人:"将贺礼给苏正使拿上来!"

礼包一打开,卫律立刻递上笑脸,对苏武说:"这是一些衣物和首饰之类,也是我卫律的一点心意,还请苏正使收下。"

苏武没有看卫律带来的礼物,而是将目光紧紧地盯在卫律的脸上,然后,冷冷地回应道:"丁灵王真是费了一番心思了!"

云似乎在头顶越积越厚了,将莽原的白天压迫得像黑夜即将来临时一样,让人分不清白昼和夜晚的界限。左前方的那棵歪脖榆树,仿佛久经考验的将军,不管多么疯狂的风袭扰,也动摇不了它扎根土地的信心。风一吼,枝梢划拉开顶上一片灰蒙蒙的天,摇一摇身躯,晃荡得栖息在梢头的一只乌鸦,猛地发出呱呱的一串叫喊,像给昏暗的世界扔进了一枚不安的炸弹,使人听起来浑身起鸡皮疙瘩。

"苏正使这就见外了,"卫律还在假情假意地装出一副和苏武很近乎的表情说,"你我原是同林鸟,新婚大喜,兄弟前来道贺本就是分内的事嘛。"

"可惜,"苏武脸上的冷笑一直持续着,"我苏武是有罪之身,这辈子都不可能与丁灵王共耀祖业,共享荣华富贵了。道不同则不能同谋,这贺礼,还请丁灵王收回吧。"

卫律的脸随着苏武的拒绝,由黄变青,最后成为紫色。他气急败坏地撂下恶狠狠的话:"敬酒不吃吃罚酒!告辞!"

"恕不相送!"苏武也提高了声调,对着气呼呼扭身离去的卫律的背影喊道。

卫律和他的马队很快就从苏武的眼里消失了。

卫律一走,苏武就长长地出了一口气,浑身轻松了许多。

云朵由帐篷里出来,走到苏武的面前。她看着奔驰而去的马队,似在自言自语,又像是对苏武说:"像卫律这种没骨气的男人,活着也是白白从人间走了一遭。"

云朵说完，将目光投在苏武的脸上，一时间，又露出兴奋的神态来。

"夫君，咱们还是去草甸那边将草垛摞压起来，免得被狂风吹走，白白糟践了咱们羊群一个冬天的饲料。"

"好，走吧。"

苏武和云朵向着帐篷东面数百步远的草甸走去。

苏武牧羊

二十六

变化多端的天气突然就改了方式,大风似乎不在空中抓狂了,改成只在地皮上喽儿喽儿地吹。可是,头顶的云却越来越黑、越来越厚地压下来,有股子铆足了劲儿的势头,仿佛只要裂出一点小缝隙,就会有倾倒而下的暴雪来临的样子。

天空怪异的景象令万物都心怀惊惧和惶恐,大地上从不言语的青色、白色、黑色等大小不一的石头,在这样的天气里都惊异不已,欲张口说话似的。还有那些喜爱奔跑的动物,此刻也不见了踪迹,旷野的荒凉在这时体现得淋漓尽致。

苏武和云朵以最快的速度干着活计,四周几乎听不到别的声响,只有他俩不停劳作时手下的草垛发出的音响以及二人的喘息声。

就在苏武和云朵两人干得满头大汗,草垛已堆积成一座小山包时,忽然,由帐篷那边传来了一声接一声的呼喊声:

"苏正使!云朵!"

"苏正使!云朵!"

苏武和云朵听到叫声,立刻抬起腰身,抹一把脸上、头上的汗水望过去,只见三匹马儿驮着三位匈奴汉子,一转眼就飞奔而至,来到了跟前。

他们翻身下了马,苏武和云朵才看清了来者的面貌。

"苏正使,不好了,那边有强盗在偷你们的羊和酒还有粮食等物品!"

阿拉提一脸的急慌,一说完,就立刻又跃上了马背,掉转马头,准备向遭抢劫的地方奔去。

苏武忙紧声发问:"是什么人?"

"强盗!"阿拉提甩下两个字,"驾"一声高叫,扬起胳膊,带领一同来的汉子飞驰而去。

最后面的那位男子,对苏武和云朵喊:"你们快回吧,我们到那边去拦截!"

苏武和云朵来不及思虑更多的问题,撒开双腿奔跑起来。

一口气跑到帐篷前,云朵一声不响地将拴在歪脖树上的枣红马的缰绳解开,跃上马背,一眨眼就蹿出好远。

苏武一头扎进帐篷,显现在他眼里的景象,使他倒吸了一口冷气。这一幕,几乎让苏武无法站稳脚跟。空荡荡、七零八落的帐篷内,于轩王赠送的衣物、酒、粮食以及所有的生活用品都没有了,只剩下一摊用途不大的小物什散落了一地。

苏武心里明白,在这个地方失去这些东西,就意味着云朵和他又将过一个饥寒交迫的冬季。丢失了这些物品,想熬过一个天寒地冻的季节,比登天还要难。

苏武每每想起云朵为了自己饱受饥饿煎熬,常常一副虚弱不堪的样子,他就心如刀绞。而眼下,竟发生了这等事情……

正当苏武发愣的当口,他听见有马蹄敲击地面的声音传过来,苏武一头钻出帐篷。

只见云朵和阿拉提一行正向这边驰来。

刚到跟前,阿拉提就快嘴快腔告诉苏武:"苏正使,我们人少势单,没能追上抢东西的队伍,只抓到后面这个掉队的。"

阿拉提说着,就将一个人用力一推,推搡到了苏武的面前。

苏武看到年轻的强盗,急问:"你们是哪里的强盗,为何要跑到这种荒野之地来抢我们遮寒的衣、度命的粮?"

强盗趴在地上,一言不发。

阿拉提再也憋不住了,嚓的一声拔出了刀,带着怒气说道:"不必跟他啰唆,一刀砍了算了!"

"表哥,慢!"云朵上前一步,阻拦住了气愤不已的阿拉提。随后,云朵又转身对如同筛糠一样抖动身子的年轻强盗说:"你这么年轻,就这样被砍了头,你不觉得有愧于父母的养育之恩吗?就这样白白送了性命,你不感到枉在人世来了一趟?只要你老实交代,我保证放你一条活路。"

听了云朵的话,年轻强盗忙跪在了云朵的脚下,连连求饶:"不要杀我,不要杀我!我还有年迈的老母有病在身,等着我回去呢!我,我实话实说。

其实,我们都是丁灵王手下的兵,是大王让我们假装强盗,专门来抢于轩王赐给你们的所有东西的……我们大王,大王他,他是想将苏正使饿死困死在北海的荒野里……"

听罢丁灵王兵卒的交代,苏武突然感到浑身上下涌起一股无名的热浪来。他放目远眺,声音沉重有力地对着北海野地、对着自己说:"好你个卫律,你卖国求荣,叛君逆汉,还对我苏武步步紧逼! 你想整死我,我苏武偏就不死! 我还要手执使节杖,回中原向皇上复命!"

刚刚还阴霾密布的天空,不知什么时间云散雾开了,头顶一下子敞亮了起来。

一轮又大又圆的红太阳正慢悠悠地往西边的天际沉去,让人仿佛看到了一盏希望的天灯。

"放他走吧。"苏武对着阿拉提和另两位汉子说。

"苏正使开恩,还不快滚!"阿拉提指着丁灵王的兵卒,大声呵斥。

站在跟前的另一位游牧壮汉,气哼哼地骂年轻的士兵:"今天若不是苏正使在场亲自饶恕你,我早就一刀捅死你了!"

"谢谢苏正使! 谢谢各位大叔……"年轻人连连作揖,一边道谢,一边赶紧鼠窜而逃。

云朵望一眼苏武紧锁的双眉,机灵地开导他说:"虽然咱们又回到了一无所有的地步,但相信我云朵一定会有让咱们活下去的办法。"

尽管云朵的话语显得轻松又自如,可在苏武的心里,实在不忍心看着云朵跟着自己忍受生存的煎熬了。

"没关系的,"阿拉提他们也说着宽慰的话,"还有我们呢。"

苏武在一阵接一阵的感动中,模糊了双眼。

二十七

时光在北海四季轮回的梢头,绿了又黄,黑了又白。时光打磨的世界就是这样,繁华时,鸟语花香,蝶飞凤舞;凋谢时,满目疮痍,到处一派死寂的景象,让人心生悲凉。日升月落的岁月,从花草飘香开始到雪花狂舞之际,一天天、一月月、一年年,时间用无形的刀,在苏武的脸上刻下了道道纹痕;同时,它还以神奇的魔力,涂染着苏武的长发,使它一层层地变白。

从出使匈奴那天到如今,扳着指头算起来,苏武死一场活一场,在匈奴的荒芜之地已经迎来了第十五个冰天雪地的严寒冬天了。

昨晚刮了一整夜的风,风像野狼一样抓狂,怒吼的声响搅扰得人一夜无法安睡。天放亮时,苏武在一阵紧似一阵的咳嗽下,颤抖着身体,他困顿的躯体再也没办法躺着了。苏武只得慢慢地坐起来,为了不惊醒熟睡中的云朵和已经五岁的儿子通国,他悄悄地拿起了自己的衣袍。

走到帐篷门跟前,苏武这才穿好了皮袍。之后,一把抓住使节杖,轻手轻脚地走出了帐屋,来到了后来续建的一处小帐篷里。

为了招待经常来这里的乡亲,苏武和云朵在原来搭建的帐篷前面又续建了一顶小帐篷,还安置了石桌石凳。在冬季来临之前,云朵还为这些石头家具编制了厚厚的草垫子,坐在上面,还能嗅到葛藤的香味。

这方小帐屋,前面是没有遮挡的。苏武出来往石凳上一坐,极目远眺,就能够看到北海荒原飞雪弥漫的壮观景色。

风收起了狂傲的劲头,这会儿也不知躲到哪里去了。大清早的雪原,除了静幽幽漫天飘飞的雪花外,世界白净朴素得恰似一位出尘的女子,令人不由得心生感动。

雪花曼妙的舞姿柔软又冷峻,每一片都以不同的娇容带着同一个梦想从天而降。每一张好看的面容倾心而下,不知是为今生的夙愿,还是为了前世的约定,总之,铺天盖地来了。这些冬季里最美好的精灵,把命运交给

133

了季节,在由水变成雪、由雪化成水的过程中,它们要经历怎样的涅槃才能得以重生啊!

无论是落在枯草丛中,还是委身于土坡之间,抑或降到水潭里,它们迥异的宿命在感受着相同的消逝的危机。谁能说雪花不是和人一样,同样在岁月的眸子里飘荡,最后还要陨落在时光早已设置的深渊里呢?

外面大大小小的土梁石头山坡,此时在渐渐明亮起来的光色下,被一床厚厚的雪被盖严了,那美好洁白的样子,像童话里的景色,使人的心境也跟着一派亮白。

雪让平日里嶙峋的地方都变得温柔起来,远望过去,世界只有雪的纯粹和柔情,白色已经遮盖住了一切丑恶的东西。那些突兀的峭壁悬崖也不那么狰狞恐怖了,满眼都呈现出童真般的神奇景观。

雪花从不问及人间的冷暖,一来到尘世就一味地痴迷于飘飞。无论是大的小的、圆的扁的,都怀揣一种愿望,那就是将自己飞成花的样子,舞动成蝶的态势,既痴情绵绵,又留恋所有的过往。

苏武斑白的长发被雪一映照,就镀上了一层虚虚实实的银色,这使他看上去比他的实际年龄苍老了许多。他遥望南面中原的方向,想到了遥遥无望的归期,心绪时而急躁不安,时而一片锦绣。

十五个寒来暑往和日升月降,苏武手中的使节杖已经明光发亮,闪闪的油光,时常呈现出要讲出人语一般的灵性来。苏武的双眼也几乎要将南方的上空凝望出一尊神灵来。

苏武每每念想起有家不能回的现实,就抑制不住内心的思念之苦。在灵感来临之际,他不由自主地诵念起一首涌上心头的诗来:

吾家嫁我兮天一方,

远托异国兮乌孙王。

穹庐为室兮毡为墙,

以肉为食兮酪为浆。

居常土思兮心内伤,

愿为黄鹄兮归故乡。

咳咳咳……苏武又被一阵阵袭来的咳嗽憋得脸膛通红,气喘吁吁。

强烈的咳嗽声惊得早已开始为苏武熬药的云朵忙掀开帘子,端上热气腾腾的药汁出了帐篷,来到了苏武的面前。

"瞧瞧,你这样多伤人哪!天这么冷,你还早早地起来坐到这儿,受了凉,怎能不咳嗽!"

云朵心疼地抱怨着苏武,同时赶紧递上熬制好的汤药。

"快喝药吧,别再想那些不愉快的事了。"

苏武接过中药汤,一仰脖,咕咚一饮而下。之后,他抹了一把胡须,问云朵:"夫人,你知道我刚才吟诵的是谁的诗吗?"

"不知道。"云朵抿嘴摇头答道。

"我刚才思念故乡,好像回到中原了一样,我突然想到了二十三年前,远嫁到乌孙的江都公主刘细君,那就是她作的一首思念故乡的《悲秋歌》啊!"

苏武说着说着,眼睛一热,泪水模糊了他的视线。

"那个时候,圣上为了联盟乌孙共同抗击匈奴,就把江都王刘建之女细君公主嫁给了乌孙王。公主在异地他乡,日日夜夜思亲念故,作了这首《悲秋歌》,以抒发自己怀念故乡的心情……"

听了苏武的讲述,云朵内心不由得对这位不曾谋面的大汉公主肃然起敬。

雪还在稠稠密密、热热闹闹地飘洒着,雪光映照得荒原悲壮又豪迈,给人的脸上也镀上了一层白晃晃的银光。

云朵一直沉浸在江都公主的故事中。

"江都公主是为了和平才出嫁到乌孙的,她的情怀比雪原还要神圣,比雪花还要圣洁!她的胸襟在这世上是无与伦比的宽广。"云朵双眼亮晶晶的,她凝视着旷野无边无际的雪色,心地一派明亮。

雪花缤纷,婀娜多姿,一来到红尘,就成了前世今生一场回环往复的醉梦。

云朵长长地出了一口气,轻轻地嗫嚅道:"盼只盼这个漫长的冬季快点过去。一开春,我们一家就有野菜可以充饥,到夏天就有野果可供我们食用了。大人可以忍饥挨饿,可我们的通国,他才是个五岁的孩子,正是长身体的时候。"

"通国!通国!"苏武听云朵说完,忙扭头向帐篷里喊了两声。

没听到回应,云朵说:"孩子可能睡得正香,正在做着吃白米饭的梦呢。"

"拿家什来,我给咱找鼠洞挖鼠粮去。"

苏武一声吩咐,刚欲站起身,儿子通国就像小鸟一样悄无声息地从大帐屋里飞了出来,到了苏武身后,张开双臂,用小手捂住了父亲的眼睛。

"请苏正使猜猜我是谁!"

清凌凌的童音在帐篷内外淌流,空气一下子变得活泛起来,使这个严冬季节的大清晨仿佛有了温度,令人浑身舒坦了许多。就连飞来舞去的雪花,也改变了原有的姿势,显得妩媚又娇艳,一片一片都喜盈盈、繁茂无比地怒放在荒野的上空。

孩童的嬉笑声和着大人愉悦起来的心情,在这座孤零零的帐篷里蹁跹舞动。

小通国笑啊笑啊,被苏武一把抓住,揽进了怀里。"顽皮小子,你猜我是哪路来者!"

嘻嘻嘻、哈哈哈,一家三口的朗朗笑声,在飞雪的芬芳中,飘向悠悠远远的中原大地去了。

"父亲,父亲,我刚才做了个很奇怪的梦。"小通国躺在苏武的怀里,扬起红红的脸蛋,声音响脆地说道。

苏武低头看着天真无邪、无忧无虑的儿子,他那一双水汪汪的大眼眨巴着神秘之气,他接住儿子的话问:"咦,什么奇怪的梦,说来听听。"

"我梦到大汉皇帝了!"

"噢,你又没见过圣上,怎会梦到他呢?那你说说,你梦中的皇帝是个什么样的人呢?"

"大耳朵,长鼻子,还穿一身怪模怪样的皮袍。不像人,也不像我见过的那些动物……"

"大胆!"苏武没等到通国的话说完,突然发怒了,他对着儿子大声呵斥了一声,吓得通国忙溜出父亲的怀抱,委屈地噘起了小嘴巴,然后又躲到母亲的身后,不解地探出小脑袋,望着父亲已经涨红的脸。

"儿子,可不敢乱说大汉的皇上啊!"云朵伸手抚摸着抱紧了自己双腿的通国毛茸茸的头,轻声嘱咐儿子说,"皇上可不能随便乱讲的呀!"

苏武稍稍平息了一下自己的情绪,感到刚才的发怒有点失控,又伸手拉过儿子,放缓了声音,对儿子说:"通国,过来,听父亲给你讲个故事。"

通国没吭声,乖乖地又一次钻进了父亲的怀里,睁大一双圆溜溜的眼睛,听苏武讲述着。

"你要知道,中原汉朝才是咱们真正的家,那里住着我们的圣上,还有最最善良的乡亲;在中原,有最美的风景名胜供人游玩……你知道吗,为父就是十几年前被皇上亲赐旌节,带队出使匈奴来的。父亲本想此次之行可以永结两族之好,从此消除战乱给两地乡亲带来的灾祸,却不料我们遭遇无辜牵连,被扣留在异地他乡,成为罪人,还被流放到了北海做了羊倌。尽管遭受了无尽的困苦和百般磨难,但为父始终心系大汉,就是死也要保全大汉使节的尊严。无论匈奴单于以多大的官位诱惑,还是给我多丰厚的财物,都丝毫动摇不了为父誓死保卫大汉尊严的气节和意志!"

"父亲,那我们还能回去吗?"通国一颗纯真的心犹如雪花一样晶莹透明。

见儿子问到这个难题,云朵忙阻止道:"通国,不该问的事别问。"

白晃晃的旷野里,雪越下越大,地上的雪也越积越厚,那势头仿佛是要将北海大大小小的沟沟坎坎都填平一样。

苏武还是必须出去找鼠洞,去找能给一家人充饥的东西去。

刚钻出帐篷的门,苏武就看见有一队人马由山坡那边蜿蜒着向这里蠕动着,马蹄踢开很深很厚的雪被,艰难地行进着。

苏武和云朵来不及思考更多的东西,就看到马队渐渐走到离帐篷不远的地方,停了下来。

苏武牧羊

二十八

飞驰而至的那队人马,打头的一身匈奴官员的服饰,踢得脚下雪飞冰溅,一口气跑了上来。

"请问,您就是汉使苏武,苏正使吗?"

"是的,您是……"苏武迟疑地看着来者,问道。

"我是右校王的部下,我们右校王专程前来探望您,他马上就过来。"

"右校王?"苏武起了一脸的疑云,疑虑地重复了一句。

就在苏武大惑不解的时刻,帐篷外靠左的方向,忽然传来一阵喜鹊喳喳喳的叫声。

雪花还在酣畅淋漓地飞舞,它们满天地旋转,一朵朵曼妙又有气节地绽放着,整个蛮荒野地显得生机一派。加上报喜鸟的脆鸣,更让这飞雪飘拂的天气里有了一份冷峻的喜气。

"子卿,子卿啊!"

一个浑身上下落满了雪的人大声呼喊着苏武,连爬带滚地由帐篷前方的小慢坡冲了过来。

云朵见状,忙谨慎地拉起儿子通国的手,进到了内帐里。

看到来者既陌生又似曾相识的面孔,苏武迟疑着,一言不发,一动未动。

"子卿啊,你真的认不出我了吗? 我是少卿啊!"

苏武惊得睁圆了双眼,仔细地打量着来人的面孔。过了好一会儿,他才从记忆的深处打捞出一个熟悉的身影来。

"啊,少卿! 真的会是你少卿吗?"

苏武看出穿一身匈奴官服的人果真是自己的故友李陵时,他忘记了他们身处北海的荒僻之地,展开双臂,将来者紧紧地抱住了。

两个中原来的中年汉子,相拥相抱在一起,久久不愿松开。

故友相见,四目相对,他们百感交集,热泪纵横。

雪还在无声无息地飘拂,纷纷扑向大地,扑向它们向往已久的温暖的怀抱。

喳喳喳,喜鹊又将一串串的高叫声绽放在雪原。

苏武和李陵拥抱了很久才抹着满面泪痕,稍稍平息了一下心情后,来到石桌边坐了下来。

"子卿呀,没想到咱们二人能在这里再见面!咱们同在大汉朝廷为官多年,那时候,咱们勠力同心,有一个共同的目标,那就是要为中原的安宁而不惜牺牲一切,即使抛头颅洒热血,也要为圣上分忧解难。怎料,咱们长安一别就天各一方十几载,我还以为今生今世再也见不到你的面了!谁承想,这匈奴北海的荒蛮之地,却成为你我的相聚之地了!"

"是啊!是啊!"苏武一边抹着流不完的泪,一边忙不迭地问李陵道,"少卿,你快说说,边关的情况怎么样了?多么希望两地再不要燃战火,再不要相互残杀了啊!"

"唉,边关的战火看来是越烧越猛了!"

听了李陵的回答,苏武的浑身像被人用皮鞭不停地在上下抽打。

"只要战火不熄,两边的乡亲就无法过上安居乐业的好日子,就会不断有孤儿寡母遥遥无期的等待、肝肠寸断的企盼……"苏武不无担忧地说着,双眉又凝结出了两道浓浓的忧虑来。

李陵被苏武一片倾情为大汉的忠义深深打动。他望着苏武苍老的面容和满头飘拂的白发,喟然叹道:"十几年流放的日月,改变了你的容颜,却改不了你为百姓一心求和平的心哪!"

雪一直在悠悠地飞,每一絮、每一片都如同弥漫在苏武心头的和平愿望,晶莹剔透,无一点杂质。

李陵已为苏武一颗不改的初心而感到内心不安,他满眼含着敬佩之光,仿佛对着茫茫苍穹,又似乎在自言自语:"子卿,你在这荒无人烟的地方一待就是十几个寒来暑往,你怎样于恶劣的环境下得以生存,真是不可想象!如今,见到我,你不问自己的任何事情,开口先关心边关的战火是否已熄灭,像你这样的人哪里还有?"

苏武接住李陵的话,心情沉重地说道:"少卿,我被匈奴囚禁在这蛮荒之野,尝尽了百般折磨的滋味,虽身为堂堂汉使,却无辜受牵连,做了匈奴人的牧羊倌;没有可以充饥的食物,我靠挖鼠洞找草籽吃度命……尽管受尽了身心的煎熬，可我没有一天不念着圣恩，没有一刻敢忘记自己肩负的使命。我忍辱负重在北海，从不敢辜负圣上对我的信任。无论他们是火烤还是冰冻，绝动摇不了我苏武一颗求和平之心，就是死，我也要将皇上亲赐的使节杖扛在肩上！"

李陵被苏武如火一样的赤诚炙烤得满面通红，羞愧难当地低下了头。

"子卿，我……我如今也是匈奴单于的右校王了。"

苏武听到李陵的话，霍地立起了身，惊愕地睁大了眼睛。

"你……你少卿也降了匈奴了？"

苏武的脸由白变青、由青转红，他简直不敢相信自己的耳朵和眼睛了。眼前这个曾和他同朝为官，也曾雄心壮志、刚正不阿、为挽救国家于危亡而屡战沙场的李陵，今天也做了匈奴的一条狗，实在令人难以相信！

"我……子卿，我……"李陵见苏武已经气得嘴唇发紫，不由得结结巴巴地说道，"我早在你出使匈奴的第二年，就……就……"

李陵说话的当口，气息不足，像被噎住了一样，大张着嘴，却吐不出一句连贯的语言。

苏武的浑身已经战栗了起来。

"难道你李陵真的就背叛了大汉朝？想当年咱们一同在汉为官，一直享受着浩荡皇恩，你，你怎么会轻易地就忘记了自己曾经朱冠紫绣的荣光，忘记了汉祖皇宗对你的栽培和厚爱？你，你还好意思到我面前，亲口告诉我说自己已经是匈奴豢养的一条狗了！"

苍茫北海大地，一派冰封雪冻，偶尔有动物跑过，嘴上的冷气似乎能冻成冰凌一样。世界白茫茫一片，唯有孤单的人还正热血沸腾。

一对故旧友人，在异地他乡重逢，一瞬间却又变得那么遥远，那么陌生。

苏武再也看不到好友当年的面目了，眼下的李陵分明已经变成贪图安逸、喜好享乐、忘记祖宗教诲的绿脸魔怪了。

不管苏武的双眼瞪得有多大也改变不了李陵降了匈奴的事实。他依然记得昔日和自己同朝为官的朋友，曾经和自己一样，怀揣一腔爱国热情，誓死报效大汉朝。这样的铮铮铁骨男儿，会为了一时的权势、福禄而被诱惑，会轻易就改变了初衷，成为背叛国家、背叛民族的败类？

时间在两位故人之间骤然立起了一道隔离墙，苏武再也无法看到从前意气风发的李陵了，眼前的李陵，只能是一个没有骨气、丧失了良知的无耻之徒。

险象环生的命运在这里似乎跟苏武开了一个天大的玩笑，苏武用陌生的眼神打量着李陵的脸。这张曾经使苏武感到亲切、熟悉的脸，此刻在雪光的映照下，虚晃晃的，像镀了一层银水，一会儿拉长了，一会儿缩短了，怪异得让苏武仿佛见到了从地狱里钻出来的妖魔。

"哼，呵呵呵……哈哈哈哈……"

苏武突然发出一阵怪异的笑声来，他将目光从李陵的身上移到了野外，再也不想同故旧说一个字。

"子卿，子卿，你坐下，听我给你慢慢说来。"

李陵最清楚苏武的禀性，他忙双手按住苏武的肩膀，一个字一个字很重地说道。

苏武不愿意听对方说什么了，他冷冰冰地从口中甩出话语：

"再有天塌地陷的理由，叛族投敌的人也千不该万不该是你少卿呀！"

苏武难消心头的气愤，说话时满脸通红，双眼充血。

雪花优哉游哉地飘，大旷野在密密匝匝的飞雪的舞动下，安静得像处子，庄严得如圣人。极目远眺，尽收眼底的是无垠的雪原；纷纷扬扬的雪，气势很豪迈，而每一片雪花，却显现出曼妙的柔情诗意。

云朵哄着儿子通国睡去后，听见夫君气愤难平的声音，忙挑开帘子，走出内帐篷，来到了苏武与李陵的面前。她对苏武轻柔地说："夫君，你冷静一下，让将军把话说完啊！"

看到云朵，苏武似乎灵醒过来，这才如梦初醒的样子，一脸的无奈。

"唉……"

叹息一声后，苏武礼节性地向李陵点了点头，示意对方说下去。

李陵面向云朵，对苏武说："这位就是草原有名的能骑善射的云朵了？"

李陵略顿了顿，说道："你们的故事我早听说了。"

苏武点点头，接着说道："要不是有夫人在跟前保护，十个苏武也早都不在人世了。"

见老朋友苏武终于心平气和了，李陵满面的羞愧也在幽幽走动的时辰里慢慢溜走了。李陵摇了摇白发斑斑的头，用徐缓的声调，向苏武讲述起了自己更加多舛的命运……

二十九

年轻英俊的李陵,秉承了祖父李广的血脉,他的骑马射箭几乎是百发百中,军营上下很少有人能敌过他。

李陵意气风发,一直被皇帝看好,曾经被委以重任,为汉朝的侍中、建章监,并命他率八百骑,越过居延,深入匈奴腹地两千余里。李陵顺利地完成了侦察地形、摸清匈奴驻兵的任务。

为了表彰李陵机智有谋,鼓舞士气、激励将士,皇上特提升李陵为骑都尉,同时,让他带领精兵五千人,驻扎在酒泉、张掖等地,一边苦练射箭术,一边防御匈奴的进犯。

天汉二年,即公元前99年,也就是苏武出使匈奴的第二年,在这一年的初秋时节,李陵的命运从这里开始拐了个大弯。

秋天刚一驻扎到中原大地,就在长安城里里外外的树木芳草间轻扫过一波接一波带凉意的风来,一时间,摇曳出满目沧桑。前几天到处还呈现绿意盎然的景象,这会儿无论是阔叶的乔木,还是窄细的藤木,叶片都在一派老绿的色气下,慢慢地沁出了一些淡黄。年迈的大树似乎比年轻的树木要顽强许多,每一棵几搂粗的大树,在萧萧秋风里,还依然坚挺着苍绿色。群鸟最钟情于老树阔大蓬勃的树冠,它们一群群地由远方赶过来,被稠稠密密的树叶吸引进去,整个大树立刻就成了鸟儿的舞台,一波接一波的鸟鸣声此起彼伏,似乎在歌唱大自然赐予的安乐,唱响它们与自然和谐相处、共生共荣的旋律。

李陵被皇上召进了武台殿。

殿堂一派威武气势,雄伟的朱红擎天大柱壮观威严,殿堂上的刘彻气宇轩昂地走来,对李陵等人下了旨令:"朕命贰师将军李广利统领三万骑兵,从酒泉出发,攻击在天山一带活动的匈奴右贤王部,命李陵率部为前方大军运送草粮,以保供给。"

皇上的旨令声，在恢宏的大殿上空回荡，久久不息。

李陵听到旨令后，立即向皇上叩头，同时发出请求："皇上，臣所率领的屯边将士都是荆楚勇士，个个身怀绝技，无论骑马射箭，还是冲刺奔跑，无人能敌；他们不但身轻如燕，还力大无比，可伏虎，可空中射箭。恕臣斗胆，恳求圣上，请不要让这精锐的将士只做贰师将军的运输队。臣希望我部能自成一军，独当一面，到兰干山以南与匈奴的兵斡旋，以此分散敌方的兵力，方便我军随时攻进单于的驻地。"

殿堂之上的刘彻，听了李陵的一番话后，面色一下子不悦起来。他前倾着身子，对殿下的李陵说："你只不过是耻于做贰师将军的下属罢了！我眼下发兵无数，哪还有马匹再拨给你？"

李陵立刻回应皇上道："圣上可以不给臣马匹，臣愿以少击多，只用五千步兵就行！"

刘彻见李陵一股坚定不移的劲头，就松了口气，说："那行吧，照你说的，就率五千步兵。"

随之，刘彻又下了一道旨令："强弩都尉路博德听旨，朕命你领兵在李陵之后，紧要关头支援李陵的部队。"

曾担任过伏波将军的路博德，一听皇上让他做李陵的后备军，心中大为不满，忙上前奏道："皇上，现时令正值初秋，也是匈奴战马最善于作战的时期，臣以为，选择此时与其开战对咱们最为不利！恕臣进一言，臣希望留李陵将军到来年的春季，我同他各率五千骑，从酒泉、张掖一带出发，攻打东西浚稽山，这样必将获胜！"

刘彻听完路博德的一番上奏，脸上立刻阴云密布，他怀疑是李陵对出兵击敌一事反悔了，私下教唆路博德这样上奏的。他龙颜大怒，指着殿下的路博德，声色俱厉地下旨："路博德听旨，现在匈奴已侵入河西一带，你速带领部队赶往河西，坚守住钩营之道。"

"臣遵旨！"路博德领旨后，退了下去。

皇上又下令给李陵："李陵，你在九月份准时发兵。先从险要的庶房鄣一带出塞，然后到东浚稽山南面的龙勒水地区，在那里先观清敌情。如无特异情况，则沿着浞野侯赵破奴走过的路线到受降城进行休整，并将详细情况

苏武牧羊

143

快马报告朝廷。"

刘彻下完令，灼灼双目盯住李陵的脸，又说道："你给路博德说了什么朕知道。"

李陵望着殿堂上的皇上，只见圣上一副非常自信又很自负的神态，李陵欲张口解释，又强忍住了，他默默咽下一口委屈的唾沫，退出了令他感到窒息的朝堂。

来到外面，李陵抬头看见长安以南的巍巍秦岭正苍绿着初秋的老气，这种蓊蓊郁郁的景象，使秦岭更显庄严雄伟，让人看在眼里，不由得内心为之肃然起敬。

李陵凝望着茫茫苍穹之下这一道横亘在华夏大地南北之间，将长江黄河分割成两种不同气象的群山。它以纵横深邃又宽厚广袤的雄姿蹲守在大汉国土上，使水润细柔的南方，从此多了婀娜缥缈的灵气；使北部的黄土台塬，富有一种刚烈之美。李陵一边漫无目的地走着，一边让自己滚烫的心绪凉下来，将一腔心血暂且投入到对大秦岭的敬畏之中。

鸟儿在前方叽叽喳喳地飞来掠去，让李陵的心绪更加不安了。无论怎样，李陵总也逃不出他被皇上误解而带来的烦恼。这成了他内心的一个阴影、一块心病，深深地隐藏蛰伏在暗地里，无法驱赶走了。

路两旁的树木，一直在细微的秋风下使出最后的劲头，力争多挽留叶子一些时辰。看那坚毅的神情，李陵知道，此刻的树木也和自己一样，不管付出多么大的努力，终也敌不过季节的力量。一片两片，三片五片，继而无数片的树叶，在一阵秋风的沙沙声中纷纷落下，落在荒草丛中，落在道上，落在人的肩上，落到了李陵的心上。

本就在一派被皇上误解而无法辩解的凄凉心境里徘徊的李陵，在落叶飘零的景色的感染下，一种悲凉悄然爬上了心头。他不知道树叶将魂归何处，自己的命运将带领他去向何方。尤其是近一段时间，皇上时常表现出多疑和猜忌，常常让人摸不着头脑地受冤屈。李陵今天就是这样，受了曲解还无从辩说，只能忍气吞声，忍辱负重。

飞鸟像落叶一样，从树上扑下来，在前方的路面上跳动、叫嚷，如同一群群快乐的天使。李陵此时感到，在冷暖无常的红尘里活一场，真不如托生为一只快乐的小鸟，它们不受任何制约，也不会遭到异族的侵略，无忧无虑地生活在草木之间。愉悦时，它们高声歌唱；烦恼时，它们可以唧唧啾啾相互倾诉，或随便寻得一处适合自己的树杈或草丛，静静地待上一阵。

李陵心生羡慕地看着鸟儿来了又去，一副自由之神的样子。他长长地出了一口气后，甩开双臂，大跨步地向前走去。

云白得恰似一团团洁白的棉朵开放在头顶，干净蔚蓝的天空，因为有了云朵的影子，更显诗情画意。加上秦岭的衬托，人间又进入到一派美好的境地。

三十

领旨后的李陵,遵照皇上的命令,立刻率领他的五千步兵,从居延出发,向北一路行进。

秋的步伐似乎比李陵的队伍要快许多,或许是西北特殊的地貌和地形的因素,军队一行至这里,李陵明显感觉到此地不可与长安同语。长安大地的金黄一派,加上丝丝凉爽秋风,使人在溽热过后,浑身备感轻快。这个季节的关中大地,人们正享受着不冷不热、收获庄稼的美妙时光。而行军路上的李陵部队,已不得不穿上厚厚的棉袍,在光秃秃的山岭之间奋力前进。

行军至第十天的傍晚时分,天空突然卷起一股黄沙尘来,似乎要将人卷送到高空一样。将士们一时感到手足无措,慌乱成了一团。那一座座光裸的山峰还有沟沟壑壑,刹那间全被黄沙土尘遮盖住了,人的两耳灌满呼呼的风沙号叫声,双眼几乎无法睁开一条缝,世界一下子变成黄沙土的世界了。

队伍顶着沙尘暴,一步一步艰难地挪动,如同一条蠕动的毛毛虫被困在了山洼。人根本不敢张口说话,稍不注意,就会灌满一嘴的沙土。

手下一名叫陈步乐的士兵,一面用胳膊遮挡住扑面而来的风沙,一面拧着脖子护着头慢慢地移动到了李陵的跟前。

"将……将军,"狂风无法使陈步乐睁开眼睛正常说话,他的双臂在脸上卷成一个圈子,然后,尽量放高声音对李陵喊叫道,"这样不行啊!咱们还是让部队在前面不远处的一块洼地里停歇一下。那里地势较低,风暴相对能小一些。我们休整一阵子,等大风沙过去了,再加紧行进吧。"

"好!传令下去,快速前进,到洼地驻扎休整。"李陵一声令下,队伍在狂风怒吼中,加快了行进的速度。

风沙很狂傲,以遮盖世间一切的气势大喊大叫着,几乎要将秃顶的山包削平一样。黄沙弥漫,到处肆虐,满眼满耳都是沙尘的世界,人成了一抹世间的尘。

队伍终于被险恶的气象赶进了一处洼地。将士们一边骂着这里的鬼样天气,一边不住地吐着嘴里进的沙土。一阵吵嚷过后,大家渐渐安静下来了,东倒西歪地或靠在塄坎上,或窝在拐角里,或背靠背歇息着,都有些睡意了。

这时的李陵则借着黄昏的一点光亮趴在一块青石板上,认真地绘制起一路行军所经过的地形地貌图来。无论是走过的山川河流,还是黄土台塬,或是荒野草地等,都在李陵的记忆里被仔仔细细、清清楚楚地用不同的颜色标示得明明白白、详详细细。

部队吃了晚饭,李陵又率领士兵经过了一片荒芜的沼泽地。

好不容易逃出了沙尘暴的袭击圈,队伍刚刚前进至距离浚稽山还有百十余里的地方时,将士们迎头又遭遇了一场突然袭来的寒流,天空顿时狂风大作,雪片飘飞,迷蒙一片。

"这倒是啥鬼地方,一阵子似火烧,一阵子又似冰窖!"

队伍里叫骂声此起彼伏。

"怪不得匈奴人个个都脾性古怪呢,常年在这样多变的天气里生活,他们的性格能不怪异、能不喜怒无常嘛!"

……

风裹着雪浪在高空翻滚,人无法看清天空本来的颜色。满世界除了狂飞乱舞的雪片,就是呼呼高叫的风声,人只能像一只只雪球,在旷野间,吃力地滚动。

前面一名士兵的帽子一不留神就让风给抓了起来,呼的一声抛向高空,一转眼就不见了。李陵一步跨上前,抓起戴在自己头上的毛帽子,扣到了士兵的头上。

"将军,将军,不能这样啊!"士兵感激不止的谢绝声,在队伍里传得很远很远。

李陵摁住欲抓掉头上帽子的士兵的手,命令他:"戴上! 这是军令!"

行军途中，已经有无数的将士得到过他们长官的照顾和关怀。士兵们深深地感受到将军亲如兄弟般的温情，发自内心地爱着自己的将军，敬仰着他们的将军。将士们在李陵的鼓舞下，个个士气高涨，觉得无论在多么恶劣的环境下，他们都能以李陵为动力，战胜一切艰难险阻。

在李陵的心中，他始终把每一位被自己从长安城带出来的将士都看作是自己的同胞兄弟。这些士兵们和他一条心，都是为抗击匈奴而远离故土、远离家乡、远离父母妻儿来的。无论在血与火的拼搏中，还是队伍处在被困之中，李陵首先想到的是每一位士兵的安危，而将自己的生死置之度外，他不会让任何一名士兵在自己的手中轻易地丢失性命。

李陵怀揣一颗为每一个将士负责、为每一个将士家属负责的拳拳爱心，与将士休戚与共、和衷共济。他心里很清楚，自己队伍里的每一颗人头都关系到一对父母、一个妻子、几位儿女的希望。李陵要让自己的将士在战场上是勇士，是保家卫国的英雄；回故乡后，他们是父母的骄傲，是妻子的依靠，是儿女们的榜样！

向北一直行进了一个月的时间，李陵的步兵队伍，在一个即将破晓、曙光初露的大好时刻，终于到达了目的地——浚稽山的脚下，安营扎寨了。

新的一天显得格外温暖明媚，各种鸟雀的脆鸣使将士们心潮澎湃。队伍刚进入到一片开阔地，大家就忙着搭建帐篷，到处呈现出一派意气风发的势头。

李陵将绘制的地形图交到机灵的士兵陈步乐手中，叮嘱道："你速速快马加鞭回朝，向圣上禀报！"

陈步乐装好了将军给的地形图，立即整理了一下马鞍，铿锵有力地回应道："是！请将军放心，保证交到圣上手中！"说完就飞身上马，"驾"一声，如一道闪电，扬鞭飞驰而去。

时光被陈步乐的马蹄踢得粉碎，一路狂飙驰骋，没用多长时间，陈步乐就顺利抵达长安城。

长安城里到处是层林尽染、美妙无比如油画般的景色，不管是空中飞的，还是地上跑的，它们都在尽情地享受着中原深秋时节的温馨气候。

陈步乐一进长安城，就急切进宫觐见皇上。

朝堂里金碧辉煌的景象映照着大汉的兴旺强盛。殿台下陈步乐的一番禀报使刘彻龙颜大悦。他一挥宽袖,对陈步乐说:"李陵带兵有方,爱兵如子,得到将士们的拥戴,顺利到达浚稽山,并成功绘制了地形图,你陈步乐也是有功之臣,朕现在就提升你为郎官!"

　　"谢皇上隆恩!"陈步乐忙高声喊谢,跪下叩头。

　　阳光像金子一样从高大威武的大殿门庭照进来,朝堂上下霎时呈现出一派皇恩浩荡的气象,令在朝的每一个人欢喜万分……

苏武牧羊

三十一

李陵的讲述,不但让他自己的心情显得格外沉重,也影响到了苏武的心情。李陵望着十余年的北海生活在故友脸上雕刻下了沧桑的样貌,他的心在隐隐作痛。想到苏武的命运,又联想到自己的遭际,李陵叹了一口气,继续说道:"也是天不遂人愿哪,我率部在浚稽山不但遭遇到匈奴单于的主力,还被对方以三万多骑兵的优势包围,我只有五千人的步兵啊!我率部拼死奋战,在敌强我弱的战局下大战三场,也没出现溃败之势。可是,在这关键时刻,我部军内出现逃兵,出卖了内部军情,加上一直不见援兵来助,最后,箭矢用尽,才被匈奴队伍重重包围,导致全军覆没……"

飞舞的雪花在李陵的讲述下,不知不觉偃旗息鼓了。一层淡淡的阳光透过薄云照射在崭新的雪原上,大地立时呈现出一种令人感动的气氛来。

鸟儿总是世上最不安生的天使,雪一停,它们就纷纷倾巢而出,在雪地里连蹦带跳,又唱又闹,快乐无比的样子,仿佛遇上了前世的故友。一飞一落间,给人传递着岁月的旖旎,而人,却在沉闷的遭遇面前,无法让心绪飞扬。

雪原是一派豪情又深情的样子,静穆得令北面的那片冰面起了五色彩虹。岸上的树林,正沐浴在久违了的阳光下,将一杆杆的冰凌挺立在明亮之中,撑起了一片天空。鸟儿们戏耍着光阴,戏耍着渐渐放晴后的雪树,在这棵树的权上扑棱一阵,又飞到那棵老树间,抖得雪粉唰唰地落下。

云影从雪原上快速行过,飞跑的姿势比鸟翅还要灵动。云的身影一扑上山峰,天空就多了另一面新的感受。一轮又圆又大又新鲜的太阳,爽快地在雪野上空照耀,照得人的心里暖暖中又带着丝丝寒冷之气。

在这童话般的世界里,苏武听着李陵的述说,不禁心潮澎湃,不知道胸中翻涌着怎样又黑又白的浪潮。

阳光一照射,雪地里无垠的反光照得帐篷的每个角落都一览无余。静默在僻静处的一堆堆大大小小的弓弩,仿佛也向李陵讲述着苏武遭流放的日子里憋屈的心情,述说着一个人在北海蛮荒之地生活的无奈时光。

岁月的恼怒,全倾泻在对人面容的改变上,而树木则成为光阴一路前行时栽在大地上的纠结记忆。

刺目的阳光,让苏武和李陵两位故友都眯起了眼,但是苏武的心却一直跟着李陵的述说一步步地逆着时光,举步维艰地向着朋友的经历深处行去。

李陵的故事还在继续,人心还在紧张的战事中备受煎熬。

就在李陵的部队驻扎下来的第二天,以铁骑著称,以骨质箭矢为有力武器的匈奴,在单于调集了三万余主力部队后,将汉朝的五千步兵包围在了两山之间。

李陵一看匈奴使用的是人、马、箭三合一的远程杀伤战术,心中就明白了:敌军已经动用了轻骑兵大军团对自己的步兵进行围堵。李陵最清楚匈奴的这种战略战术了,他们选用的这种马都很特别,个个身量矮小,敦实浑厚,四条腿粗壮有力,打起仗来不仅耐力强,而且跑起来灵活又稳健。

李陵知道自己的队伍遇上了强悍的对手,他在匈奴部队不断射过来的雨点一样密集的骨质箭矢中,一边回射还击,一边指挥将士一会儿向西,一会儿往东。

战斗进行到如火如荼的地步,李陵立刻下令:"大车作为营垒,跟着我先头冲出包围圈……前排持戟和盾,后排使用弓和弩……"

匈奴的箭矢在耳旁嗖嗖穿响,人声马声在山谷间回荡不息,惊得鸟兽四散逃窜,惊得山河动荡不安。

李陵领兵终于冲出了敌人的包围圈,他立即命令部队摆开阵形。

"全体将士听令,投入战斗时,听到击鼓马上进攻,听到鸣金快速收兵!"

匈奴骑兵已经摸清楚了李陵部队的人数,嚣张的气焰燃烧到了顶点,嗷嗷嗷地狂呼乱叫着,跃马径直扑向汉朝步兵的阵地。

李陵处乱不慌,挥师搏战,他抓住匈奴兵轻敌、处于一种狂傲心态中的关键时期,命令万箭齐发,将率先冲来的匈奴士兵一举歼灭;跟随其后的,见势不妙,慌忙向山上逃退。李陵率部紧追不舍,直至将敌方数千士兵消灭殆尽。

这是李陵率领的步兵将士浴血奋战在深秋时节的英勇场面。

秋天将最后的一点希望都维系在生长于避风的低洼地里的植物身上。这时候,风头高的地方,草已经干枯,白花花一片,树梢上的叶子也已经落光了,树干赤条条地一副无奈又无聊的神情,等待着这一个寒冷冬季的到来。而处在洼地里的植物,还黄绿相间,间或招来苍老的蜂蝶的蹁跹。

匈奴单于恼火自己的三万骑兵竟然战不过李陵的五千步兵的同时,又感到非常不可思议。他立刻召来了他的左臂右膀——左贤王和右贤王。

在匈奴的议事大厅里,单于旋风一样转来转去,对左贤王、右贤王大声吼叫道:"李陵的五千步兵难道都长着三头六臂不成?三万余轻骑精兵眼睁睁看着他们冲出包围圈,不但围剿不了,还被汉兵射杀了好几千人……左贤王、右贤王接令!"

单于一声令下,增加的八万骑兵像从天空降下的乌云一般,从北边草原浩浩荡荡滚滚向南而来。河水被震动了,一浪接一浪地涌动起水潮;山林被撼动了,摇摇晃晃仿佛大地震来临了;落叶草屑满天地飞扬,鸟群惊得如同大难将至,胡碰乱飞;地上的走兽没命地四处奔窜,毫无目的地撒开四蹄疯跑……

世界乱成了一片,万物都笼罩在一派血腥气氛下,比世界末日的到来还显恐惧。

凌乱不堪的景象遮天蔽日,马蹄下的大地在颤抖,八万骑兵卷起的浪潮,足以让天地瞠目。

匈奴正以横扫大漠、踏平西北之势,直扑李陵军队驻地。

顿时,战马嘶鸣,响彻云天,匈奴骑兵嗷嗷嗷的怪叫震得人头皮发麻,浑身刺痒难耐。

李陵率部,一边射箭一边向南退走,双方死伤无数,战斗进行得十分惨烈。

太阳恰似一双难眠的眼,敛息静气地凝视着人间正在上演的一幕幕惨剧。

双方的箭矢纷纷射向对面的士兵,一个个倒下的生命,从此泯灭了尘世曾经的期盼,还在坚持作战的,将满腔热血继续奉献给了烽烟。

面对匈奴骑兵对自己步兵实行的强大攻势,李陵已经率部连续战斗了好几个白天黑夜了。最后,终因兵力不足、伤亡太大,被匈奴骑兵围堵在山谷的一处夹缝。

夜晚的降临,成为将士喘息缓气的最好时机。疲惫至极的将士,中箭受伤的不计其数。他们拖着饱受伤痛的身体到了山谷底,个个如一摊泥,软软地倒在星空之下。

一弯新月正好挂在山头的树梢上,冷峻地瞅着沟底的伤兵残将,一腔悲悯地发散出的微弱的淡淡光晕,洒在受伤士兵的身上。两岸高耸的山峰将夜空夹成了一道窄窄的幕布,扯在大汉士兵们的头顶,让人搞不清自己已置身于天上还是仍活在人间。

星星眨动着难以入眠的眼,稀稀拉拉地散布在一方高空中。星星虽不稠密,却还在尽力为士兵们发出一些光亮,尽管朦朦胧胧,但还可使他们相互辨认。

李陵看着受伤的士兵东倒西歪地睡了过去,伤势过重的则不停地呻吟,这使李陵看在眼里痛在心上。

风顺沟道灌了进来,已经明显地夹裹着冬天的寒意,李陵为士兵们盖上已经破烂不堪的毡布。此刻,山上山下的树叶像着了魔,在夜色下唰唰唰地直往下掉落,给夜里的士兵传输一种悲观的气息。夜鸟总是在一阵小风吹来时,唧唧哝哝抱怨几声,悲戚戚地又沉入睡梦中去了。山里的野兽在月色下扯起的嚎叫使整个山谷都跟着不寒而栗。初冬的冷气,像突袭上来的敌人似的,浸漫了山谷沟壑。

李陵巡视完士兵,坐在一块发白的大石上,思忖着自己军队里出现的不利情况。虽然敌众我寡,但将士们一直都士气高涨,为什么最近一段时间,队伍里的消极情绪在蔓延,士气一天不如一天了呢?

月牙儿不知何时隐没下去,星星却比刚才亮了,像颗颗银色的珠子,镶嵌在两架山谷上方的一绺天上。星星安静的神情,让时刻准备进入到厮杀战场中的人,想到了远方的亲人,想到了父母以及妻儿企盼的眼神。

时间在山沟之间游走,将一阵紧似一阵的寒气捎给李陵和他的部下。

李陵一点睡意也没有,他不仅要在内心规划出再次应对庞大的匈奴骑兵的方案,还要将削弱了自己士兵士气的原因寻找出来。他苦苦思索着,一会儿站起,一会儿又坐下去。

就在这时,李陵发现有一个人影在他的左前方不远的一处坡地上时隐时现地移动着。

"谁在山坡上?"李陵高声喊道。

"将军,我闻到了这坡地上有一种能止痛可消炎的药草的味道。"坡上的人发出的声响潮潮的,带着寒冷的气息,"如果能找到这种草,放在嘴里一嚼,敷在伤口上,就能救受伤士兵的命。"

"太好了!你们找到了吗?"李陵对坡上的人影高声问道。

"正在找,将军。"

李陵转身来到一位睡梦中翻了个身的士兵面前。

"你醒一下,我有个问题要问问。"

灵醒后的士兵立刻站直了身子。

"你先说说,我军士气明显不如以前那么高涨了,是何原因造成的呢?"

听到将军发问,士兵感到有点为难的样子,畏畏缩缩地望了李陵一眼,又低下了头。

李陵看出士兵对此事心中有数,就提高了音调,加重了语气说:"大胆报来!"

"将军,将军,你不知道,咱们从出发时起,就有一些被流放到边塞的关东盗贼的妻子和女儿,进入到咱们的队伍里,随军做了士兵们的妻室……"

"哼,怪不得呢!这是犯了军队的大忌呀!"李陵听了,顿时怒火中烧,他不由得大声喊叫了出来。

"她们都藏匿于战车里。"被问士兵颤抖着声音向李陵补充了一句。

"立刻将她们搜出来,统统处理了!"

李陵一声令下,如一道电光闪过,顿时,满山谷都进入到复杂的撕扯声中,女人哭哭啼啼的声响填满了沟沟岔岔。

当妇女的哭叫声渐渐湮灭于一派血光之中时,又一个黎明腾空而起,白亮亮地照清了人世间所发生的一切惨剧。

讲到这里,李陵满面痛苦不堪的神情。他凝视着白茫茫的原野,沉浸在无边的无助与无奈中。

"战斗进行到这种境地,怎么也盼不来援军……"

苏武也跟着老友的叙述,进入了那场战火之中。

匈奴骑兵更加疯狂地由北向南,风卷残云般扑了过来,山沟顷刻间又陷进厮杀的场面里。马蹄声、马的嘶鸣声、人的号叫声响彻天宇,似要将大山搬移。落叶在马蹄下团团飞溅,惊得坡上的飞鸟声音撕裂般地鸣叫,飞窜,整个山坳都在恐惧万分中颤抖。

李陵率部继续往南撤退。

军中没有了女人的羁绊和牵挂,士兵们果然士气大振,拼杀的战斗力大大增强。他们一边南行,一边又迂回着将箭头准确无误地射向匈奴的骑兵队伍。

就这样,又经过了几天几夜的苦战,李陵部下歼灭敌军三千余人。之后,他们又向着东南方向突围,沿着龙城故道快速撤退。

这次,从与敌军交战到撤出战斗,李陵的步兵又连续走了四五天,突然,一片大得一眼望不到边的沼泽芦苇地迎面挡住了去路。

正是太阳当头的时辰,这片广袤无际的沼泽芦苇地像一位霸气十足的匈奴蛮夷人横在了李陵队伍的面前。

阳光照耀下,李陵清楚地看到池塘的稀泥上面覆盖着一层干枯的野草团。这一坨坨大小不一的茅草,如同冤魂的毛发,漂浮在稀泥深潭上,正在风中发出刺刺啦啦的冤叫。这种响声连成一片时,让人听来心烦意乱。

芦苇已显现为暗黄色,苇羽在阳光的直射下,轻飘飘地给这片荒无人烟的地方散放出浓郁的腐朽味道。远远近近有水鸟在芦苇丛中唧唧咕咕地鸣叫,一声声仿佛是遥远的祖先在召唤一样。

"怎么办,将军?"随行士兵焦虑地将目光投放到李陵的脸上,"这沼泽拦住了咱们的去路……"

李陵心里明白,这长满了水草,表面看起来非常平静的沼泽地,其实就是无数个陷阱,人只要走进去,就会被稀泥吸进深渊而无法自拔。人越挣扎,就越会向下陷得快,外人根本无法救援,只能眼睁睁看着人一点一点地陷下去,直至烂泥覆没头顶。

士兵们都在诅咒这片沼泽地。

"娘的,真是屋漏偏逢连阴雨,怎就跑到这鬼地方了?""是呀,这回真被堵住了去路。""行了,光发牢骚有啥用,得赶紧想办法……"

就在这时,凶狠狡黠的匈奴人,利用风势,在上风处的芦苇中开始纵火,想以火势击败李陵的步兵队伍。

火借风势,风助火威,大火迅速在芦苇丛中蔓延。顷刻间,熊熊大火呼呼啦啦、噼噼啪啪响彻云天,火光一下子映红了天地。芦苇丛里的鸟兽嘎嘎、哇哇尖叫,东碰西撞,鸟儿的声音跟着变了调,嘶鸣声像野兽一般。而有的兽类,则如同长了翅膀一样,奔跑起来像在空中飞翔。

世界乱成了一锅粥。

一片火海瞬间在李陵部队的左面形成了攻势,红得仿佛要将天空跟着燃烧。

李陵见势不妙,立即奔上一处高台,扬起胳膊用手指挥队伍:"大家不要慌,快速越过右面那条水沟,从那里点火,烧出一条可以通过的路来!"

将士们得到指令,马上奋力向右边拥去,并快速地点燃了已经枯萎的芦苇,终于烧出了一条可以行进的路来。

左方的大火还无休止地在燃烧,风卷起的芦苇灰尘和白烟遮挡住了阳光,整个天地好像跌进了阴暗的地窖中。

借助烟火的掩护,李陵的军队到了一片开阔的地带。稍做休整之后,李陵指挥部队立刻开始往右面撤退。

队伍刚撤到一座山脚下,就遇上了早已等候在南面山头上的单于主力。单于亲自督战,指挥他的儿子率领精锐骑兵,向被夹击中的李陵部队发起强悍攻击。

在一片树林里，李陵的步兵与匈奴的骑兵又展开了一场拼死之战。本已落尽了叶子的树木，在马群的嘶鸣声以及人的叫喊声，再加上弓弩如雨般的飞射声中，猛烈地摇荡起来。无论是栖息在这里的飞禽或是走兽，为了逃命，四处乱窜。它们不明白，这个世界到底发生了什么。

李陵的步兵英勇奋战，再次射死射伤数千名匈奴骑兵。将士们愈战愈勇，他们一边怒吼着，一边身轻如燕地来回穿梭，拉弓射箭。个个精准的射杀术，几乎箭无虚发。

战斗进入到胶着状态，步兵们士气高涨，眼看着倒毙在自己手下的敌人，心里有种愉悦感，有种成就感。仗打得个个红了眼。

李陵浑身燃烧起奋战的热情，他即刻指挥将士连发射弩攻击单于。

单于感到不妙，慌忙下山退逃而去，同时撤出了骑兵队伍的主力。

战火暂时熄灭，这时，暮色四合，将士们又迎来一个不眠之夜。

星星总是显现出静雅的姿态，不管尘世处于战乱厮杀还是和平安宁，它们永远保持着自己内心的宁静。

银灰色的夜幕下，李陵的一名士兵将俘获的敌人带了过来。

"将军，俘虏兵带到。"

李陵将一只脚踏在一块青石上，声音沉稳而凝重地说："如果你将单于目前的新动向、新战术如实交代出来，我会让你活着去见你的一家老小。如果想用谎言来应付我，我想你也明白，那将是怎样的结局！"

"晓得！小的明白！"匈奴兵一脸的惶恐，忙一面点头，一面说道，"单于见久攻不下，看贵军不断地向南退走，心生疑虑，认为动用精锐骑兵八万余还拿不下五千步兵，将军所率的军队一定是汉朝的精兵！您日夜率部南撤，一定是想把我们的骑兵引诱至边塞地域，然后对我们进行伏击。就在单于疑虑之际，许多当户和君长都说这次单于亲率数万骑兵，攻打汉朝几千人，如果不能把他们消灭，那以后还怎么调兵遣将啊！不但如此，也会让汉朝更加轻视我们匈奴。这时，有人就为单于出主意，说眼下可利用这山谷地形进行强攻！反正离平原地带只有四五十里的路程，退一步说，即便不能破敌，再返回也有足够的时间。"

刚刚听完匈奴俘虏的交代,李陵的副手韩延年手下的一名叫管敢的军侯和一名校尉,因为一点鸡毛蒜皮的小事吵了起来。

"我偏要这样,你能咋?"管敢扭着脖子,声嘶力竭地对那位校尉叫喊,"多占一支箭,是用来射杀敌人的,难道是谁要吃了箭矢不成?"

"在军纪面前人人平等,任何人不得违反!"校尉的声调也提高了八度,"箭矢都是平分的,谁都不能多占一支! 你以为你管敢是谁啊,大家都遵纪守规,唯独你要搞特殊?"

夜间的冷气像水流一样漫过来,山道上的树木影影绰绰,遍布山野的嶙峋怪石,在黑暗中显得格外突兀,看上去活像一个个山中野鬼。

李陵听着那边的争吵,命令副手韩延年过去平息了事态。军侯管敢则有气难消地走到一株树下面,一直气呼呼地出着粗气。

夜晚的时间不管人的煎熬,一味地行走着自己的路。

到了半夜时分,匈奴的骑兵突然袭来,将李陵的队伍一下子推向更加险恶的境地。

李陵不得不率部一边战斗,一边赶快南撤,同时心怀着一份企盼,渴望着汉朝的援军能够前来救援。

这次,匈奴的骑兵多如蝼蚁,从四面八方汹涌而来。厮杀声、马蹄声和人的吼叫声杂糅在一起,似有翻江倒海之势。

战斗一直进行到天明,又直至第二天的黄昏,双方几十个射杀回合之后,匈奴兵又一次折损两千余人。强袭数十次,还不见有取胜的希望,匈奴骑兵心灰意冷,准备撤军。

可是,就在这紧要关口,李陵的军内出现了无法控制的局面。

……

听到这儿,苏武憋了一腔的气无法发泄。他紧盯着李陵的脸,急切地问道:"后来究竟怎么了?"

"唉,别提了。"

李陵的双目不由得喷放出愤怒的火:"一切改变,都因那个叫管敢的军侯! 他因为被校尉批评而心生不满,怀着一肚子的怨气,在那次战斗中趁机开溜逃出了军队,投降了匈奴。"

"可耻！可恶！真不配做我大汉军队的军侯!"苏武已经愤愤不平了。

被雪覆盖得严严实实的北海荒僻地域,因为雪的圣洁而显得格外干净肃穆。偶尔从雪野里蹿过一只野鹿之类的动物,为这荒原增添了一份灵动的气息。

李陵的故事还在继续,幸运和不幸犹如战争一样,总是在人毫无准备的情况下,转折,拐弯,叫人猝不及防。

但,对于李陵,冥冥之中似乎有一双无形的手在牵着命运的鼻子,他的命运在军队内部那个叫管敢的叛逃军侯手里发生了天翻地覆的改变……

三十三

这个黄昏注定成为李陵和他的步兵们命运中的一个伤疤。叛徒管敢一见到匈奴单于且鞮侯,还没等对方发问,就立马交代出汉朝步兵的军事秘密。

"单于,李陵步兵不但盼不到援军的到来,而且,军队里的箭矢也所剩无几。现在,除了李陵的部下和成安侯韩延年的手下仅有八百人排在阵式的前列外,后面其他的人几乎丧失再投入战斗的能力了。目前,他们分别以黄色和白色旗帜做旗号,以此鼓舞士气,单于,您现在只需派出精兵将旗手射杀,就破了李陵的军阵,他插翅也难逃出您的手掌心!"

单于且鞮侯听罢,顿时眼冒喜光。他即刻命令骑兵,以合围的战术,又一次对李陵的军队发出强势攻击。

匈奴派了骑射能手,专门拉弓射击旗手,还气焰嚣张地大声号叫:"李陵、韩延年,快快投降!"

山谷震荡,喊杀声冲天。匈奴军使用了他们游牧民族善骑能射、又狠又恶毒的战术,利用旗号引诱,远处射杀,同时配合以游骑拉锯的方式,将对方的军队骚扰得心烦意乱。待对方兵士筋疲力尽时,又用他们骑兵机动性强的优势,再将对方突然挤进一个早已设置好的"窝子"里,然后让主力军出击,猛杀猛射。

黄昏时分的晚霞,像血,在山峰沟底流淌。匈奴单于且鞮侯胸有成竹地派军队截断了李陵部队的去路,李陵步兵被逼进了两山夹峙的谷底,匈奴士兵则在山坡上围堵,往山谷下射出稠密的箭矢。

面对匈奴军如下雨一样的箭矢从头顶倾泻而下,大汉步兵一边回射,一边往另一处冲刺,还没等冲到鞮汗山,军中剩余的五万只箭矢就全部射光。将士们不得不丢弃部分战车,仓皇而逃。

一路拼杀过来,汉朝的五千士兵仅剩三千余名,且大部分中箭受伤。情急之下，李陵发出命令：负伤三处以上者，躺进车里；负伤两处者，驾驭战车；负伤一处者，坚持战斗；赤手空拳的将士，斩断车轮辐条当作武器，继续与敌人血战到底！军吏们则利用身上仅剩的一把短刀和匈奴军人进行拼杀。

当单于且鞮侯指挥的骑兵将李陵的军队阻隔到一条峡谷里时，唯一的退路又一次被匈奴军切断，由山上滚落而下的大石块砸得李陵的步兵死伤更加惨烈。

接着，又一个夜晚到来，战斗才暂作停息。

黑夜一直以遮挡一切血腥和厮杀的姿态，善意地从人间穿过。大风之后，树上的叶子已经落光，树干树枝赤裸裸地挺立在夜色下，影影绰绰。风似乎吹干净了所有的污浊，星子显得格外的亮。一轮黄色的月亮，是在黑夜到来之后的好长一段时间才从山顶上冒出来，峡谷里霎时处在月辉的照耀下。李陵看着自己士兵惨败的景象，心一阵阵地紧缩，疼痛。

李陵巡视了一番，到处是七倒八歪的士兵。他蹙紧眉头，一拧身，扯下身上的军服，换上一身便衣，自顾自地往营地外走去。左右随从见将军举动不同寻常，立刻尾随着跟上去。

"你们不要跟着我！让我一个人出去，目标小一些，再想办法干掉单于！"

听到将军严肃的命令，两个随从兵士相互看了看对方的脸，停下脚步，不敢轻易移步。就这样，他们二人眼睁睁地看着自己将军的身影一点一点地消失在夜色氤氲的山谷底下。

时间在汉朝将士不停呻吟的伤痛声中亦步亦趋向前行进着。过了好长一段时间，李陵才由外面回到自己的营地。士兵们看到自己的将军一副沉闷不乐的样子，就猜出了单于藏匿的地方一定很隐蔽，不是轻易就能找得到的。

"将军，为什么圣上不给我们派援兵来？"

一名军吏的突然发问，在星月相映的峡谷里格外震动人心，引起了军心的骚动。

"是啊，为什么援兵没来呢？"

"这不是想让我们战死沙场吗?!"

……

一时间，伤情严重的士兵们起了哄。

李陵仰天叹息了一声，没有正面回答军吏和大家的问题，而是自顾自地说："兵败如此惨烈，我李陵唯求一死向皇上谢罪！"

成安侯韩延年上前一步，对李陵说："将军已经威震匈奴，这天下人都知道，皇上断不会因为此次无援兵赶来救援而败就杀了将军的。无论怎样，咱们还是要想方设法逃出匈奴兵的包围。只要能活着回去，就是最好的结局。"

韩延年说到这里，稍停了一下，接着继续对李陵说："将军，您忘了那时的浞野侯赵破奴，不也是被匈奴俘虏了嘛，之后还不是想办法逃了回去，也没见皇上怎么怪罪啊，还以礼相待着，更何况将军您呢！您能够在这样的恶劣环境里，坚持这么长时间的战斗，消灭了那么多的敌人，除了您，谁还能有这种魄力呢？"

夜的潮湿气夹裹着枯枝败叶的腐朽气味在周围一层层地加重加厚，把成安侯韩延年的说话声濡湿了，让人听起来有种隔世之感。

李陵心中清楚，战局已经无法改变，他确实没有回天之力了。

"就是死，我也要以壮士之态而战死！"

李陵说完这一句后，立即下令将士们把旌旗都砍断，同时，让大家将剩下的一些珠宝之类的财物挖坑掩埋起来。

随后，李陵又在一旁扼腕叹息道："如果咱们每人再有几十支箭，大家完全可以杀出去，可是，我们眼下已无任何武器可用，天一亮，只能束手就擒了。与其那样，将士们，你们不如每人拿上二斤干粮，一块冰，各自想法逃吧。单个逃，逃出的机会就要大一些，总会有能够逃回去的，咱们的战况，也就可以向皇上如实禀报了。"

随之，李陵要求将士们趁夜半时分好隐蔽快快各自逃命。

正当李陵的士兵准备分散逃跑的时候，他们万万没有想到，匈奴的骑兵以横扫万物之势，又一次围攻而来。

汉朝的将士慌忙向四面逃奔而去。李陵和韩延年刚一跃上马背，韩延年就中箭而死。紧接着，飞驰的李陵身后，有数千匈奴骑兵紧追不舍。李陵一边打马飞跑，一边仰天对着仅百余里之外的边塞大叫一声："我李陵有何脸面去见皇上呀！"

勒紧马缰绳,李陵停了下来。就这样,他被匈奴俘获了。

逃回塞内的将士,仅有四百余人。

……

苏武听着,眉眼凝成了两道疙瘩。

"那,回到边塞的将士怎么样呢?将战况报告了圣上吗?"苏武追问了一句后,欲言又止。

"还能怎么样呢?"李陵忧郁地说道,又将之后的一切说给了苏武。

三十四

那时,当边塞的将军把李陵被俘的情况报告给了朝廷之后,皇上误以为李陵已降了匈奴,不禁龙颜大怒,并立刻传陈步乐见驾。

"你不是说李陵忠于朝廷、带兵有方、爱兵如子吗,可如今,他投降了匈奴,这又说明了什么?"

朝堂之下,陈步乐吓得双膝一软,一摊泥似的倒了下去。

当天午后,陈步乐因恐惧皇帝降罪而自杀了。

于是,文武百官都责骂李陵没有一点大汉将军的骨气。

皇上在盛怒之下,就李陵一事问到太史令司马迁。司马迁则直言不讳地说道:"说起李陵的为人,以臣之见,他确实是一名爱国、爱兵、英勇善战的将军。李陵在小事上,孝顺父母,对士兵情同手足;在大事上,他出生入死,常奋不顾身救大汉于危难。如今,他仅一次战败,一些人便抓住不放,不全面看待李陵的功过,实在令人痛心!况且,李陵这次领兵仅五千人,能够深入匈奴腹地,与匈奴的八万精骑兵拼杀搏战,射死射伤匈奴兵无数,已经是奇迹了!他转战千里,箭矢用尽,道路被匈奴兵堵死,他还率领将士们赤手空拳,顶着敌人如雨的箭矢做殊死搏战,奋勇杀敌,就是古时被世代传颂的名将,也不过如此啊!鏖战到最后,李陵虽身陷重围而战败,但他在无援军、无任何武器的情况下,能杀死杀伤无数的敌军,这样的战绩也足以名扬天下!以臣之见,如今,他未必就真正投降了匈奴。他之所以不死,一定是想在匈奴那里为朝廷立功赎罪,以图报效朝廷。"

司马迁的一番直言,并没能得到皇上的认可,反而还加重了刘彻对司马迁的恼怒。刘彻认为,司马迁是在为李陵开脱说情,有忤逆之嫌。愤怒至极下,刘彻把司马迁下狱并施以腐刑。

这件事过了许久以后,时间让大汉皇帝终于明白真相。他这才悔悟,明白李陵确实是因为没有得到救援才导致全军覆没的惨败。

"当初,李陵带兵出塞时,朕本来已令强弩都尉路博德作为接应,可这奸诈之徒,又奏其他原因,影响了朕的本意,错改了命令……"皇上对自己当初错误地听信谗言而悔恨不已,但为时已晚。

于是,为了表示对李陵的忏悔之意,皇上派使者以重金对李陵的残部进行了慰问和赏赐。

时光在日升月落的轮回中辗转不息,将人间的悲情喜剧演绎成了霞辉朗月,照天,照地,照沧海桑田。

一年后,刘彻下令给杆将军公孙敖,要其带兵深入匈奴境内,以期将李陵救回。

杆将军公孙敖带兵去了匈奴领地一趟,最后无功而返。但公孙敖却对皇上报告说:"听我们抓获的俘虏讲,李陵的确已投降了匈奴,并且已经是匈奴单于的重要干将了,正在匈奴那边帮助单于练兵,让匈奴的兵士熟知汉朝军队的习惯,以便随时对我汉朝进行进犯。所以,想把李陵接回来,是根本不可能的事。"

刘彻听了大怒,旋风一样在朝堂上转了好几个圈子,后来下了一道诏令,将李陵家灭三族。李陵的母亲、兄弟和妻室,全部遭到诛杀。

李陵讲到这里,已经是泣不成声。

呜呜呜……茫茫雪野,一位壮年男子在异域他乡如洪水般悲伤的大哭,震撼了这个世界。在苏武听来,老友的哭声更如同一只无形的手,在撕扯着空荡荡的天地,撕扯着身处匈奴异乡的他的心。

雪原沉默着,冷森森地侧耳细听着发生在尘世间的这场悲剧。

"圣上啊!"苏武突然对着帐篷外无边的雪野大地,深情无比地喊了一声。

时光不言语,岁月一直以它固有的方式和规律不断地行进,带走一切又迎来新的一切。

冬日的阳光映照得旷野的雪地反射出一层令人无法睁眼的刺目之光,虽然白雪和太阳光共同发力,但仍没有多少热量供给大地。苏武和李陵两个人的心都在百般纠结中煎熬。

好半天，两个人谁也说不出一句话来。

雪地里的麻雀像滚动的落叶，在来来回回跳动。这些小精灵，不懂得人的心事，只一味地叽叽喳喳、蹦蹦跳跳落在帐篷的门前，打闹戏耍一阵，又呼的一声一起飞走了，给人落下空泛的滋味。

"那，那你真的就像公孙敖说的那样，为单于训练精兵了?"过了好半天，苏武才疑惑地问李陵。

"如果别的人误解我、不了解我倒还说得过去，若说你子卿不清楚我李陵的人格，那真是天地都要颠倒，山河都要改变了!"李陵一激动，脸涨得通红，他接着一口气说了下去:"后来，我是从出塞到匈奴来的一位汉使口里得知圣上杀了我全家的事情。我当时有委屈但又无从诉说，恨不能一剑抹了自己的脖子，来结束一切! 汉使觉得我确实受了冤屈，就开导我，说即使我死了，我的家人也无法复生……在冷静下来之后，我问汉使，我少卿率领汉朝步兵五千人，横扫匈奴，射杀无数的匈奴兵，只因无援军而败，我有什么对不起汉朝的，却要拿我全家老少的性命来陪葬?! 使者对我说，陛下听说你在为匈奴练精兵，日后好对付汉朝，才……后来陛下才弄清，帮单于练兵的那个叫李绪，不是你李陵啊!"

"李绪?"苏武不由得插嘴问了一句。

李陵稍稍平息了一下自己过于激动的情绪，满面的纠结无处发泄地对苏武说道:"李绪就是朝廷派往塞外的那个都尉，他当时驻守在奚侯城。匈奴一进攻，这个李绪就投降了。降了匈奴后，单于对他优待有加，比我更胜一筹，座次排在我之上。我对李绪真心为单于训练精兵的事也非常恼恨，更恨因他的事而误导皇上的判断，导致我李陵遭到误解，使我的全家人惨死……后来，我就时时刻刻寻找机会，在一个风高夜黑的夜晚，我将李绪给杀了……"

"杀得好! 应该杀了这个叛贼!"苏武跟着李陵的讲述，长长地出了一口气后，不由得大喊出了声。

"我杀了叛徒李绪后，"李陵咽了一口唾沫，仿佛咽下了怨恨，"单于之母大阏氏发怒了，一心要斩了我。反正死与活那会儿对我来说已无所谓了，可单于却对我的举动欣赏有加，不想处死我，就派人把我藏到北部去了。一直到大阏氏死后,单于才将我放了回来,并将他的女儿嫁给了我,封我为右校王。但我心里明白,单于虽对我有笼络之心,却还是不太放心,一直让我居住在外庭,只是有了大事要商议,才唤我入内庭议事。"

李陵说到这里,顿了顿,用格外亲切的眼神望着苏武说:"这十多年里,我曾经无数次地下大决心想和你见上一面,但终羞于自己归降的罪身,一直无颜与你相见,只能让于轩王捎书信给你……"

二人目光相遇,相碰;内心复杂的感情,相交,相斥又相融。

漠北的北海之地,注定成为苏武和李陵两个故交的情谊断绝之处。

三十五

雪原无声无息,李陵及苏武的内心却都处在一种翻滚不安的情绪下。

"而今,你子卿在这偏远的一隅,为大汉守节、为皇上尽忠十几个年头,汉朝有谁能知晓呢?"李陵的声音里充满了遗恨与抱怨,"十几载的岁月啊!人倾其一生有几个十几年? 你的大哥长君(苏嘉的字)在汉朝做奉车都尉,那次随圣驾去栒阳宫,就在皇上下辇的当口,不知怎的,马却受了惊吓,车猛地冲出去撞在柱子上,车辕当时就断裂开来。你大哥当时就被指控对圣上大不敬,随即伏剑自刎了! 可皇上,仅赐钱二百万作为长君的丧葬费。你的弟弟孺卿(苏贤的字)呢,也是死得冤,死得惨哪! 他随圣驾到河东后土,不巧,事就发生了,那宦骑与黄门驸马争船舶,宦骑一气之下把驸马推到了河里,淹死了。那宦骑知道惹了大祸,赶紧逃跑。皇上就下诏让你弟弟孺卿去追捕。孺卿带人追了几天几夜也终是没见到宦骑的人影。迫于皇上的压力,孺卿感到没能追捕到宦骑,皇上断不会饶恕,心生惧怕,就服毒自杀了。当初,我到来之时,你的母亲也是因为家中变故,不幸撒手西去,我还陪着把她老人家安葬到阳陵的。你的妻子因为还年轻,想到你可能已不在人世了,后来听说也改嫁了。剩下你的两个妹妹,还有两个女儿和一个儿子,从你离开家到现在已经十多年了,是不是还活着,也很难说得清……"

李陵的话,每一句、每一个字都像一把把尖刀在剜刻苏武的心,搅得苏武头皮发麻,满身刺疼。刚开始只在抹眼泪的他,现在已经变成号啕大哭了。

"母亲啊,孩儿不孝啊! 有罪的儿子对不住您老人家啊! 如果真有来世,儿子下一辈子一定好好伺候您……"

苏武泣不成声的样子,使李陵也心如刀割。他上前抓住苏武的手,使劲儿摇了摇,说:"人生如朝露一样短暂,你为什么要让自己受这么多年的苦,遭受那么多残酷的刑罚,受常人难以想象的罪呢? 单于听说我和子卿你交情深厚,所以让我来劝说你,他真心希望你能成为匈奴的臣子。你到死也不能归汉,白白在没有人的地方让自己受苦,即使坚守信义又有谁能看见呢? 想我李陵当初归降时,那难受痛苦的程度,比上刀山还令人难以忍受。我也曾在夜深人静的时候,反思过自己,悔恨过自己……可我,我还有什么出路呢?"

"你不要说了。"苏武最后抹去一把泪水,打断了老朋友的话,问道:"莫非你是叫我也和你一样投靠匈奴?"

见苏武泪眼婆娑中隐含着极度的反感情绪,李陵拍了拍苏武的肩头,声音沉重得如铅球一样在面前滚动:"陛下年纪大了,很多疑,时时喜怒无常,法令无度,许多大臣没有犯罪就被株连九族,光我知道的就多达几十人……再说了,这么多年你一直在北海,杳无音信,即便能够回到汉朝去,你自己好好想一想,如今的皇上会怎样想你? 后果实在难以预料啊!"

"人各有志,你如果是受单于之命前来北海做说客劝降的,那就请老朋友不必再多言了!"苏武一挥胳膊,盯着李陵的眼睛,一字一句地说,"我们苏家父子没什么功劳,都是因为皇上的信任和恩惠,我们才位列将帅,获爵封侯,兄弟皆成了圣上近臣。说心里话,我自从被皇上封位开始就立志,即便肝脑涂地也要报答皇上的恩情! 现在能够尽忠报国,即便是上刀山下油锅,也觉得值了。臣子侍奉君主,就如同儿子侍奉父亲,儿子为父亲而死没有什么遗憾的。希望你不要再说了。"

李陵与苏武共饮了几日后,又劝苏武说:"我希望你认真听我一劝,你就听从我的话吧!"

苏武说:"我的心早就已经死了! 你右校王如果一定要让我投降,就请停下今日的欢宴,让我直接死在你面前!"

李陵见苏武如此坚定,喟然长叹道:"真是义士啊! 我和卫律的罪过,上通于天!"说着,流下的眼泪浸湿了衣襟,遂告别苏武而去。

太阳静静地向西天边际滑动,阳光给荒野雪原筛下一层金丝样的光芒,让偏僻的北海有了一种幸福的气色。雪光反射的阳光,散发出五彩缤纷的颜色,将一个童话般的蛮荒之地打扮得犹如一位贤淑宁静的小公主,美丽中夹杂着许多的忧伤。

时光以救赎的心态对待着世上的所有事物,光阴平复着凡俗烟尘间的爱恨情仇,而岁月则会使历史安静地回眸凝望。

辞别苏武的第二天,李陵觉得自己已无任何颜面再面对老友,只好怀着一颗敬仰之心,派妻子和手下人为苏武送来了御寒的衣物和食物,还有数十只羊以及数十头牛。

丝路之魂

苏武牧羊

三十六

春天开始在北海这片荒野尽情地舒展身姿，旷野到处弥漫着草长莺飞的气味。蛮荒之地，到了这个季节，也呈现出一派丰盈的气象来。

青青草丛，嫩绿的草叶随着温暖的徐风摇曳，把它们的倩影晃悠得犹如一个原始的心愿，只等着春风一到，就惊艳一片。

花儿则趁着春光明媚的时节竞相怒放，芬芳了光阴，熏染着时空。鸟儿的歌声，清脆得像着了花的颜色，含满了草的清香。

苏武将牛羊赶到一处草美水清的地方，一个人来到那方高土岗上。

头顶几片悠悠的白云正从南边游弋过来，一下子又牵动了异乡人的心。望着云儿那轻盈澄明的灵巧劲儿，苏武似乎看到了从大汉的朝堂上飞来的信鸽。他眯缝起双眼，心情久久不能平静。

岁月已改变了苏武面膛的颜色，但无论光阴以怎样的姿势引诱他，让他忘记曾经的过往，终也无法使他在日日夜夜里忘却他牵肠挂肚的远方的故乡。

苏武手持的使节杖已变得光滑锃亮。这八尺使节杖，维系着苏武一颗忠贞不贰的心。抓住这杆使节杖，苏武才能生存下来。他在念头里时常会让使节杖生出一双隐形的翅膀，驮着他的全部寄托，飞出荒原，越过匈奴地域的山山水水，带着他回到故土上。

被流放的十几年间，苏武真正体味到了什么叫作魂牵梦萦，什么叫去国还乡。

苏武站在高土岗上遥想自己的长安，儿子小通国则在他背后的不远处追捕蝴蝶，嬉戏玩耍。嘻嘻嘻的童声，像滚落一地的银珠，跟着彩蝶飞起，顺着小风轻轻飘扬，把天真无邪的童趣洒满这片渺无人烟的荒野。

南边草场里的牛羊正悠闲地享受着大自然赐予的一年之中最佳的时

光，它们个个低着头，不停地啃食着青嫩的绿草，美滋滋的样子。

牛羊啃着吃着，它们不去思考放牧人的百结愁肠，也不愿意掺和到人的意愿之中，更不用去担心明天的青草还会不会如今天一样来供自己享用。

大自然的一切美好总在人心之外生长旺盛。苏武一直遥望着由家乡方向升起的云朵，它们载满了故土的味道，渐渐地游走在北海上空，不一会儿就消失在漠漠高空了。

一直到白云没了踪影，苏武这才茫然地收起目光，收起心情，回到现实中来。他拧个身，看了一眼玩耍着的儿子，一转眼又想起好友李陵来。

李陵的遭遇在心头一泛起，苏武就如同跌入到一个空无边际的时光之外的世界里了。他忘了自身的处境，李陵身经百战的影子一直占据着他的脑海，无法摆脱。他说不清，是李陵的遭遇碰伤了光阴，还是岁月在弄人。一切的一切，在苏武的面前，都仿佛海市蜃楼一样，让人无法辨清真假；又像历史在这儿旋起了一个乖张的旋涡，任你怎样扑腾也挣不脱。

"不管圣上怎样误判，可你少卿千不该万不该就这样投靠了匈奴呀！"

苏武的白发在细风里飘拂，他一直纠结在李陵降了匈奴的背叛事实之中。想着想着，就不由自主地发出了声。

草的清香搅和着泥土的气味，在大地上冉冉升腾。薄如蝉翼的阳光黄亮亮地洒在花草面上，洒在葱绿的树梢上，给远方的山头披上了一件迷人的轻纱。云影轻移，从原野里走过，使这处荒僻的古老地域有了感人的鲜活气氛。

一些胆大的小鸟，时不时飞上牛的脊背，在那里蹦蹦跳跳，还不住地向同伴显摆自己的能耐，一副得意忘形的样子。牛只一味地低头嚼食自己的青草，有时也会甩起鞭子似的尾巴，赶飞扬扬自得的小鸟……

"父亲！父亲！"小通国从后面连蹦带跳地大声喊叫着跑了上来，"我要拿你手里的节杖，打落那只骄傲的花蛾子。"

"去！去去去！"苏武的脸立马变得严肃起来，他对儿子呵斥道，"这使节杖是你可以随意玩的吗？给你说过多少遍了，它是大汉的皇帝亲手交到你父亲手中的，是神圣不可亵渎的！"

小通国见父亲满面严肃的神情，就噘起小嘴巴，嘟哝道："我只用一下子嘛……"

苏武看到儿子刚刚还活泼在脸上的童趣一下子没了，他蹲下身子，就势往一块大石上一坐，拉过通国的小手，又不厌其烦地给儿子讲述起不知重复了多少遍的关于皇上亲授旌节的故事。

北海的每一粒沙、每一寸土、每一棵草、每一朵花都见识了苏武寸步不离的使节杖的神圣，包括一直生活栖息在周围的所有生灵，都将使节杖的故事深深地刻在了记忆里。

呱，呱呱呱。这时，总是那着一身黑袍令苏武见了不悦的乌鸦，由左面的那棵大树顶上向苏武扔下一串串难听的叫声。苏武不自觉地歪头向那边瞭望，只见那油黑发亮的鸟偏偏就专对着他叫唤。苏武手攥节杖，站起身子，小通国挣脱父亲的怀抱，奔下土岗。

云朵提着送饭的篮子从右边走来。她一面招呼儿子过来吃饭，一面弓着腰身往土岗上走。

"饭来了，开饭喽。"

通国气喘吁吁地跑过来后，一家三口围坐在一起，甜美地吃开了午饭。

和煦的春风悠悠地吹，在草地里轻荡起一波接一波绿色的小浪。牛羊在不远处的水草地里啃食着它们的美食，在这片蛮荒野地形成了一派人与动物同时享受季节的美好景象。

光阴在大漠里咔咔行驶，那种傲慢的样子，那种无敌的神情，肆意纵横。时间悄无声息，将人变苍老了，将花草、树木变得一年年地开，一年年地败。凡尘里，不论是帝王将相，还是百姓庶民，没谁能逃出岁月的掌心。

苏武一家三口吃罢午饭，阳光稍稍偏斜了一些，这样却恰到好处，照在人的身上，温暖又舒适；照在花草和牛羊的身上，就散发出不同寻常的味道来。阳光的气息到处飞舞，花儿似乎在竭尽全力完成自己的使命，借助暖阳的光照，发奋成长，争分夺秒地让自己成熟起来。

大地一派明晃晃的，看上去像一块大大的绿绸缎铺展在天底下；花儿一团一簇，恰似绿毯上的提花图案，为蝶和蜂营造出一方快乐无比的美好家园。蝴蝶翩跹，蜜蜂嘤嗡，追逐着，歌唱着，为未来的生活酝酿着愉快的心情。于是，蝶儿把自己飞成花的模样，忘情地在有限的时光下嬉戏逗玩，忘却了曾经为茧时饱受黑暗煎熬的苦难经历。小飞虫也是一群一伙地颤动着明亮的翅膀,在花草丛中,穿上穿下,一个小飞虫的世界迅速形成了。

苏武一手握紧使节杖,一手拉小通国来到自己的面前,给儿子又指着南面说:"儿呀,那方才是咱们真正的家!在那里,有雄伟壮美的未央宫,有美丽的洛阳牡丹花,有黄河长江分水岭的巍巍秦岭……"

"父亲,您讲了很多遍了,通国早就知晓啦!"通国从父亲的怀里挣脱出来,面对着父亲的脸,将清亮的童音摇响在周围绿草如茵的大地上,"还有万民敬仰的皇上。父亲,您将这些话说得比这里的草都多,就连生活在这附近的鸟儿都能够讲述您心里装的那些话了。就是通国,也时常在梦中还听见您讲说汉朝的君主啊,将军啊,楼阁美景啊……可是父亲,您什么时候能带着通国和母亲回去呢?"

"通国,休得乱语!"云朵收拾起餐具,刚抬起腰身,听到儿子的问话,忙责备儿子,"快拉上你父亲,将咱们家的牛羊赶往南面那一片水草旺盛的地方去。"

云朵最懂夫君的心事,她为了将苏武还一直沉浸在思乡的情感世界里的心转移出来,就吩咐儿子。

孩子是家庭的开心果,小通国听母亲一说,立即上前拽着苏武的衣摆,连喊带叫地往那边跑去。

"父亲,走喽,赶牛羊去喽。"

三十七

汉武帝后元二年,也就是公元前 87 年,纵横捭阖、威武一世的汉武帝刘彻,终于走完了他不寻常的生命旅途。汉昭帝刘弗陵继位,大将军霍光、左将军上官桀成为辅佐皇上的重臣。又过了几年,匈奴单于且鞮侯也驾崩了。新单于壶衍鞮即位后,立刻请求与汉朝议和。

霍光和上官桀二人从前与李陵同为热血男儿,都是爱国志士,三人的共同理想和勇于担当的精神,使他们情同手足。就在汉昭帝即位的第四年,霍光和上官桀同时上奏新皇上,派曾经同样和李陵是好友的陇西人任立政,带领三人去匈奴招李陵回朝归汉。

一个秋雨霏霏的日子,寒鸦的叫声明显地夹杂上了这个季节特殊的艰涩,漠北的大草原一派萧条苍凉的景象,草木枯萎,秋虫可怜地挣扎着,发出微弱得如游丝一般的声音,仿佛使出最后一点力气要将季节多挽留一会儿。

风像匈奴人的豪情一样,炽烈又无所顾忌地吹,吹得大鸟小兽身上的毛竖了起来,有的如同一只毛球在枯草丛中滚动,有的好似穿反了兽皮外衣的怪物,在风中眨闪着圆溜溜的双眼,不知所措地东一奔,西一窜。

任立政带领的三个人就在这个季节里来到了匈奴的地域漠北。

单于壶衍鞮一声令下,各部王一齐聚集到了匈奴的议事大厅里。

厅内金碧辉煌,火焰旺盛,匈奴的各部王一一就座,丁灵王卫律、右校王李陵也在其中。

单于壶衍鞮红光满面、兴致勃勃地对他的属下们讲道:"今天,汉使任立政等来到我们漠北,为了给他们接风洗尘,特请大家来为汉使举行隆重的欢迎仪式!"

紧接着,酒肉摆置上来了,腾腾肉香四处飞扬;歌姬也到了,开始翩翩起舞。顿时,匈奴的议事大厅里浓烈的酒肉味儿弥漫,舞女的舞姿蹁跹,像天女下凡。飘带悠悠随身飞舞,靡靡乐声洒满厅堂。

酒过几巡,任立政他们虽然看到了好友李陵,却苦于无法和李陵私谈。在敬酒走动当中,任立政趁机几次用眼神向李陵示意,让他去一处僻静之地,但却一直得不到李陵的回应。任立政心里着急,转眼又另用一计。

当敬酒至李陵跟前时,任立政故意将自己身上佩刀的玉环摘下来丢到地上,并趁着捡拾玉环的时机,用力地抓了抓李陵的脚,意在告诉他,我们是专来接你回去的。

李陵明白了好友任立政的意图,他怕任立政的举动被跟前的丁灵王卫律发现,忙使劲将自己的脚从任立政的手里挣脱出来,并装作不认识的样子走到别处去,同各部王一块儿敬酒去了。

敬酒的场面隆重盛大,一直狂欢畅饮到夜深人静之时。

火光红艳艳地照耀着大厅里众将军神采奕奕的面容,照耀着舞女飘逸的身姿,器乐声中,人人脸上大放光彩。场景里的每一个人,都沉醉在欢乐愉悦的情境之中。然而束着匈奴发式、身着匈奴官服的李陵却一直是强颜欢笑,强饮酒液,复杂的心情使他吃肉如嚼木片,喝酒似在饮毒液一样。

见李陵还对自己没任何示意,任立政急了,一计不行,他再来一计。

在各种嘈杂的气氛里,任立政突然提高了嗓门,对着单于壶衍鞮,对着满大厅的众将军,实则是说给在痛苦中饱受折磨的李陵听:"各位王公,如今,我们汉朝新帝即位,实行新政,进行大赦,大汉呈现一派祥和安乐的景象。由于皇上年少,现由重臣霍子孟和上官少叔辅政。"

单于壶衍鞮听完心情大悦,举起酒樽,向众王大声道:"为汉朝皇帝的新政,干杯!"

一直被任立政注目的李陵却仍没有给出一个令他满意的回应,这使任立政一时掉进了云里雾中。

而李陵,心中暗暗地对任立政满怀歉疚地说:老朋友,对不住了! 我李陵已经是匈奴人了⋯⋯

满面的纠结、满腹的心事让李陵不由得伸手摸了摸自己头上匈奴人的发式。

任立政将李陵每一个细小的动作、每一个有心无心的表情都尽收眼底。

他仔细地观察着李陵的每一个举动,不放过他一丝一毫的变化。正在这时,李陵身边的丁灵王卫律起身走了,看样子是去换衣服的。任立政马上抓住这有利的时机,利用这一绝好的机会,快步走到李陵的面前,尽量压低声音对李陵说:"少卿,你受苦蒙冤了! 霍子孟和上官少叔让我代他们向你问好!"

"霍公和上官大人都可好?"

友人关切的话语,在嘈杂的大厅内温暖了异乡人的心;相互间的眼神,如同阳光一样照亮了俩人的心房。

任立政立刻递上话去:"是霍公和上官大人派我来匈奴专程接少卿你回去!"

李陵听罢,摇了摇头,声音压得很低很低,沉沉地说:"我回去容易,但,我岂能这般反复无常啊!"

李陵的话刚落点,丁灵王卫律走了过来。他其实听到李陵说的话了,一站定下来,就对李陵说:"你李少卿是何人啊? 大将军,贤能之人,大可不必只在一国任职。当年范蠡遍游天下,由余丛、西戎到秦国,还不是照样兴旺得很呢。"

卫律说完,挥袖又走了。

任立政见卫律去了,立即抓住机会,对李陵说道:"少卿,还是回去吧!回到汉朝,咱们就可以同心协力辅佐少帝,为汉朝的兴旺昌盛贡献自己的力量啊!"

李陵在一阵沉思过后,又一阵摇头,他回应任立政道:"我李陵感谢你们的良苦用心,但,大丈夫不能朝三暮四,来回摇摆不定。我投靠匈奴已经蒙羞了,不可在人生中再做一次蒙羞的事!"

任立政无语了,默默地低下了头。

几天后,送走了任立政等使者,李陵一头扎进自己的住所,蒙住脸,痛痛快快地大哭了一场。

泪像决堤的水,大股大股地往外汹涌不止,李陵将积压在内心深处多年的杂陈五味都交给了哭泣。他哭自己的命运,哭生命的无奈,哭惨遭诛杀的全家老少……李陵一直哭到头发胀,眼发黑。

外面的落叶很悲伤地跟随着季节恰似委屈的泪滴一样哗哗地往地面上掉落。黑乌鸦呱呱的嘶鸣不住地敲打着时空，仿佛在提醒着什么，又似在预料着一些不堪凝眸的尘事的降临。

风起处，秋末的寒气借机跟着助阵，草原上的牛羊等牲畜噗噗噗打响鼻时都喷出了白色的雾气来。

世间的一切景象都在告诉人们，秋已隐去，冬，就要来临了。

漠北的冬季，是一个令万物都颤抖的季节，没有什么可让人怀恋的。

李陵昏昏沉沉窝了一天，抬起头时，他已经腾空了自己一直以来塞得满满的心，至此，同从前的"李陵"做了彻底的诀别。过去那个血气方刚、一心报效大汉的血性男儿不复存在了，死在记忆的枯井中了。往事变成烟，化为雾，一场梦魇也好，一场云雾也罢，全由心底飘出，不再留一丝一毫的痕迹。

天阴得似要坍塌下来，黄晕晕的颜色将满地枯萎的落花草木连成一片，让人无法分出哪里是天，哪里是地，也看不清东南西北，仿佛是到了世界的末日似的。

牛粪马粪的味道在这种天气里格外浓烈，这个气味是草原永远不变的旋律，整个杂糅在一起，构成了匈奴人生活的底色，氤氲出这古老民族生生不息的顽强，在这片广袤的原野不断延伸，绵绵不绝……

三十八

这天,李陵认真仔细地整理了一番身上的匈奴官服和匈奴人的发式,整理了一番一直以来凌乱如麻的情感世界,对手下随从吩咐:"鞴马!去北海之地!"

马牵来了,李陵跃上马,和随行人员向着北海方向飞驰而去。

一路的翻山越岭,一程程的涉水蹚河,李陵感到身轻如燕,他为自己终于卸掉了背在身上这么多年的沉重包袱而感到轻松和自由,还夹裹一些庆幸。

李陵不再受纠结的折磨了,他恍如得到了一次重生,一个全新的李陵呈现在自己面前,呈现在漠北原野的匈奴大地之上。

李陵像一只冲出了阴冷黑暗蚕茧的飞蛾,从此脱胎换骨,不再纠缠于全家人因为自己而惨遭杀戮的撕裂心痛之中。那渗血的往事,已经变成了一场梦,会在以后的日月里渐渐朦朦胧胧模糊,淡化在他生命的过往中。

今天,李陵是匈奴单于手下的右校王,单纯的一位草原将军。

天色没有因为李陵的崭新变化而改换一下昏黄的景象,李陵的马在灰乎乎的天色里像离弦的箭飞射而去。

就在苏武和儿子通国将牛羊群刚刚赶进篱笆圈里时,随着一股股扑上来的冷气,迎来了李陵和他的随员。

"子卿!子卿!"

李陵翻身下马,一边大声呼叫苏武,一边往这面奔跑过来。

手持使节杖的苏武,白发在风中飘拂,沧桑在浑身上下裹缠。看上去光阴已经改变了苏武的容颜,但他紧紧抓住使节杖的姿势却永远定格在时光的雕刻板上,被北海的风刀雪剑挥舞成了一道亘古不变的雕塑。

昏花的双眼,在北海的风里经常流淌着酸泪,苏武擦拭一把见风流泪的眼,定定站住了脚。

此刻,听到李陵的呼唤,不知什么原因,苏武的浑身禁不住一阵战栗,他

179

似乎从少卿的惊叫声中，隐隐地预感到了一种不祥扑面而来。

李陵一路奔跑，到了苏武的面前："子卿，任立政他们来过了。"

李陵有点激动，声音颤巍巍的。

"单于以丰盛酒宴招待了他们。就是在招待盛宴上，任立政告诉我说圣上已经驾崩好些时日了，现在是少帝即位了……"

"什么？"苏武有点不敢相信自己的耳朵，他扯大声反问了一句，脸立刻铁青起来。

"是真的！千真万确！圣上驾崩，新帝即位了。"李陵将原话又重重地重复着给苏武说了一遍。

仿佛天真的塌下来了，苏武的双腿好像被一块大石砸中了，他不能自已地向后倒退了一步，身子软软地瘫坐了下去。

"皇上啊——"

如同憋得太久的闷雷，过了好长时间，苏武才大喊一声，哭叫着圣上，几乎晕死过去。

李陵惊呆了，他正木愣愣地不知所措时，只见苏武的头猛地向前一伸，噗的一声，一股鲜艳的血从苏武的口中喷射而出。

李陵慌了神，急忙上前抱住苏武，一面用手轻抚苏武的后背，一面对他的手下喊道："快点来人！"

见父亲面无血色，小通国吓得哇哇大哭，围着苏武不停地叫喊："父亲！父亲！父亲……"

"子卿啊，你这又是何必呢！"李陵心痛万分。同时，在他心里却被苏武忠君爱国的情怀深深打动，为之震撼了。

时间在一派迷蒙中走过，荒野的风呼呼地刮。过了不知多久，苏武才渐渐有了点意识。仿佛是在阴曹地府走了一遭，他浑身没有一丝力气。但他鼓足了全部的精气神儿，终于可以看清面前的李陵和他的部下，以及儿子小通国的脸了。

记忆让苏武又一次陷入极度的悲伤之中，他感到自己憋得太久太久，仿佛过了几千年的时间，甚或更久。茫然之中，苏武睁开困顿不堪的眼睛，缓了一口气，哭喊声再度响起："皇上啊……"

这一声声苍老的哭喊，在混沌不清的北海原野里，撼天动地，鬼神都为之落泪。

三十九

今年的秋不同于往昔,刚刚在北海落下脚就一晃而过了。这个秋天最后的日子,拽着不太冷的风在原野缓缓地吹。虽然旷野里的好多乔木都掉光了叶子,但生长在洼地里的灌木还黄绿相间地显现着昨日的色泽。许是得了四面高地的庇护,低处的地方看上去如水墨画似的,红黄间夹杂着一抹苍绿色,装扮得这荒僻之地一派世外桃源的景象。

武帝驾崩的噩耗,使苏武一直处在一种痴痴呆呆的境地。他整日除了发愣出神,就是像木桩一样,辨不清天是阴还是晴,也不知道时辰到了白天还是夜晚。常常在半夜时分,他会将月亮的光照误以为是黎明的亮光而走出帐篷,有时却把阴暗的白昼当作黑夜的到来。就是云朵送上香喷喷的饭食,在苏武的嘴里也失去了应有的味道。

苏武明知自己也算是在生死线上走了好几趟的人了,却无论如何也接受不了皇上驾崩的事实。这件事让他懵懵懂懂地虚晃了好些时日,他想不明白,对他恩重如山的皇上怎么就这样不等他回去复命就星殒了呢?

帐篷外面一块高出平地的小土岗,成了苏武早晚向南哭吊武帝的场所。站在这里,苏武分明能感知到武帝驾崩前不停地企盼自己归汉回朝的心情,在这里,他仿佛能拨开时空的界限,看到圣上望眼欲穿的眼神……

呜呜呜……

多少次像这样悲痛欲绝的哭声在荒野响起,时常惊得一批批南飞的大雁扔下一串串慌乱的声音。大雁在头顶一掠而过,丢下的片片羽毛随风而起,飘向荒原的某个角落。苏武凝望着南归的大雁,泪眼婆娑中,那群鸟在自己的视线里不断地变换着队形,一会儿排成一字形,一会儿列成人字形,慢慢地成了一个个的黑点,直至消失在南面故乡的天空上。

"大雁啊大雁,你们可知我苏武的心……我恨不能生出一双和你们一样

181

的翅膀,不用翻越边关,不会被匈奴人抓着,就能飞到大汉朝的土地,飞到长安城的殿堂上……"

鸟类的自由超越了人类的世界,没有国度,没有边界,哪里都是它们生活的乐园。苏武由衷地羡慕它们。

苏武远眺大雁飞去的路线,心一阵阵地紧缩。风一吹,白发飘起,萧瑟之气布满了荒原。

"父亲!父亲!"通国一路小跑,叫喊着上了坡岗,跟在后面的云朵也随之走了过来。

"牛羊我已赶到有草和树叶的地方去了。"云朵的眼角已默默地被季节刻上了印纹。她担忧地望着苏武的样子,心如刀绞一般疼痛不已。她用哄小孩子一样的语气对苏武说:"咱们该回家吃午饭了。"

云朵见苏武没动静,叹了一口气,缓缓地对苏武说:"夫君哪,人死不能复生。皇上驾崩,这也是上天的安排,人是无能为力的啊!这尘世间,不管是皇上,还是庶民百姓,生和死都是个定数,那是天意,不是人可以主宰的。再说了,新的皇上也是位明君,你应该为汉朝又有了一位明君而感到欣慰啊!"

听了云朵的一席话,苏武仿佛感到在胸中淤积了好久的黑云渐渐被吹散了,他将痴痴愣愣的目光从已不见大雁身影的远方收了回来,投放到云朵的脸上。

明显比从前老了许多的云朵,此时却如同春天的阳光一样散发着温暖人心的光芒。云朵的一番话,一下子驱走了苏武眼前的阴霾,他的心里一下明亮了。

"可是,夫人哪,"苏武似乎是从沉睡中被唤醒了,他捋了一把胡须,深情饱满地说,"每当我想起当年圣上亲授我旌节时的情景,想到他那期待和信任的眼神,我的心就不由得渗血啊!我做梦也想不到,圣上他……他还没等到我回汉复命就驾崩了呀!我,我真恨自己不能替代圣上,去赴黄泉……"

阳光从云缝中硬挤出来,似乎是被阻隔得太久了,一挣脱云层,就非常耀眼地照射在北海大地的枯草树木间。

秋末的气息在北海的各个角落萦绕徘徊,无论是在枯草尖上缱绻不散,还是在树梢上摇摆,总是一边眷恋,一边赶路。

云朵扶着苏武走回他们的帐篷,通国则在外面放牧自己的烂漫童真,他一会儿逮住已无力蹦跶的蛐蛐玩耍一阵,一会儿又学父亲的样子刨挖鼠洞,常常也能兜一些老鼠洞里的存粮回来。

阳光斜斜地从敞开的帐篷帘子照过来,尽管这光照已明显没了前些时日的热量和温度,但一照射进帐篷,总让人有种顿时温暖的感觉。

云朵将苏武安顿到外帐的石凳上,坐定后,她就去了里面的帐篷,拨旺了火塘下的柴火。她一边为苏武煎熬汤药,一边对外帐的苏武说:"不管人生遇到多大的烦心事,养好自己的身体才是第一要紧的事! 只有身体强壮了,你才能寻找机会回汉朝呀!"

通国一头从外面撞了进来,将野外的泥土腥气和孩子的童真一齐带到了家里。

通国听到了母亲的话,像小羊羔似的一进来就扎进苏武的怀里,叫嚷道:"父亲,您什么时候带我和母亲回汉朝呀?"

斜斜的一缕阳光下,儿子通国一头明亮的乌发毛茸茸的。儿子给苏武的北海岁月带来了一个惊喜,为这片孤僻荒地增添了一道烂漫的童趣和无穷的希望。

苏武伸出老手,无比爱怜地抚摸着儿子的头,不知道该怎样回答儿子的问题。

"父亲。"

半天听不到父亲的回话,通国睁起一双晶亮的大眼,疑惑地望着一脸茫然的父亲,乖猫似的,轻轻唤了一声。

空气冷冷地在帐篷外流淌,阳光的丝丝温暖也慢慢地冲淡了。季节知道自己的使命,它要赶在时间的落脚点上完成自己的任务,沉淀在苏武内心深处的对大汉无穷的思念,无论是在严寒的冰天雪地,还是在酷暑难耐的炎炎夏日,都削弱不了。

武帝的驾崩已经变成沉在苏武心海里一块难以消逝的痛,这种痛有时几乎把他压在崩溃的边缘。苏武常常抱憾地想:父亲和兄弟们都是在圣上的隆恩下担任官职的,他们领受着先皇生生世世报答不尽的恩情;皇上曾经亲授自己旌节,命自己出使匈奴来和番,可如今,自己却迟迟不能归,直至再也无法见到圣上的面⋯⋯每当想到这些,苏武就深感内疚,常常陷入其中不能自拔,悲伤的心情如山洪来袭要将他淹没一般。

所以,不论是在西伯利亚的寒流汹涌来临之际,还是在酷暑炎夏烈日如火的季节里,苏武视自己的生死为小事,视使节杖为至高无上的最为尊贵的圣物。他一年四季忘不了手持使节杖,面对大汉所在的南面,哭吊驾崩的汉武帝。

北海的一草一木,匈奴荒野的一沙一石,都记载了苏武忠君爱国、一心为民求和的情怀;北海的每一朵雪花,每一滴雨水,也将苏武的故事传颂成了荒野里不朽的传奇,给了天边的云,给了地上的风。

日子在苏武不间断地哭吊汉武帝的时光下依旧走着它伟人一样不紧不慢的步伐。日月叠加,轮番升降,人的华年在风雨的树梢上晃悠荡悠,就这样,眨眼间,好几个寒来暑往就过去了。

一层一层变白的头发,一日日在提醒着人们,红尘的时光是跳着走的,一不留神就会衰老而去。

苏武的视力在不断地减退,看什么都是模糊不清的,尤其是近处的物象,几乎是模糊一片。如同人的记忆,越是眼前的事,越是忘记得快;越是遥远的过去,却越来越清晰了。苏武时常是喊着圣上、喊着他大汉的昔日好友的名字,从梦中惊醒过来。

回想以往的日月,让苏武总将梦境当成现实。他虽然说不清梦与现实之间隔着多么遥远的距离,但只要能让他在虚幻中得到一时片刻的安宁和慰藉,他也心甘情愿,哪怕是昙花一现般。

虽然有点自欺欺人的味道,但苏武还是倾心于此,他感到一旦进入梦中,那种缥缥缈缈的美感,那种虚无的激动,足可以让他丢开现实生活中的所有烦恼,抛却红尘里的纠缠,回到备感宽慰轻松的境界里。

儿子问过话后,就一直静静地在等候着父亲的回应。过了好长时间,苏武才对通国说:"儿子,只要父亲还有一口气,一旦有机会,父亲一定要将你和你母亲带回长安,那里才是咱们真正的家!"

通国在父亲日日念叨着回大汉的时光里又长高了一截,而云朵却在夫君哭吊皇上的日日夜夜里,头上添了一层又一层白发,面颊上多了一道又一道皱纹。

一提起回大汉,苏武就不由得想起了被自己带出长安,如今也和自己一样散落在匈奴各地的弟兄来。他还想到了聪明精干机灵的常惠,不知道他身处何方。每念及此,他就不由自主地啜嚅着:"当年跟着我出来时,你们还是精壮的小伙子,到今天,也已跨入中年的门坎了,也不知你们现在是否安好……"

苏武牧羊

四十

　　被苏武牵挂的常惠，如今已年过四十。尽管鬓间已隐隐闪现<u>丝丝缕缕</u>的白发，但却<u>丝毫</u>没有改变他机灵敏锐的天性。任何时候，任何情况下，常惠心中都自有一本账，眼睛一眨巴，就计上心头。

　　漠北大草原秋末冬初的一个正午时分，阳光格外明媚，天透亮透亮的，干净清澈得让人不由得会想起母亲的怀抱，遥想到生命的天堂景象。大原野在一派萧瑟的景象里，孕育着下一个勃勃生机的季节。

　　常惠和一个名叫巴登的匈奴看守走出监狱大门，两个人一边向北边的一片洼地走去，一边还嘻嘻哈哈地相互嬉笑逗乐。

　　"巴登，咱俩也算是今世有缘啊！这些年来，我总是像你鞭子下的牛羊一样被你看着管着……想当年，我跟着苏正使来到你们这儿时，还是一位怀揣着美好愿望、一心求和平来的年轻小伙子呢，可这一晃眼，就让大原野的四季给偷走了大好年华呀！现如今，都成半截子老头了，就跟做了一场梦似的。"

　　"这一切都说明了什么？"狱卒巴登深陷进眉骨里的一双大眼睛笑成了两潭水一样，调侃着说，"说明你这个叫常惠的人有福报嘛！漠北大草原虽然有博大的胸怀、宽阔的视野，但也不是谁想来就能来能随意踏进来一步的。而你常惠，一到这里就不走了，这一待，就是十来个年头。"

　　哈哈哈，常惠和巴登同时开怀大笑，朗朗的笑声在荒草丛里跳跃翻腾，在苍老的大树枝丫上随风舞动。然而，藏在常惠心底的思虑一直就没间断过，那就是寻找机会同汉朝来的同伴偷偷相见，伺机回到中原。

　　常惠和巴登说着笑着，各自走着各自的路，想着各人的心事，就来到了匈奴军队圈养牛羊马的基地。

　　常惠受命在大雪天来临之前将圈牲口的木桩子重新栽好，然后用藤条缠起来，围成一处牧场。

常惠一到场地，立马脱掉衣袍，抢起砍土镘热火朝天地干起来。

常惠一边刨坑，一边用调侃的语气说巴登："咱俩是老交情了，说话也不必藏着掖着。你不是老在我面前夸自己是草原上的灵鹿嘛，不管风声捂得多严，匈奴内部只要有一点风吹草动，都逃不过你的眼睛和耳朵，就是谁放个屁，你都能闻得出来是谁放的，那你怎么不晓得一直被丁灵王卫律封锁了消息的苏正使到底是死是活？活着的话，他人如今又在哪儿呢？"

狱卒巴登一听，哧哧哧地笑了，他用手摸了摸腰间的佩刀，就势往常惠对面的一根大木桩上一坐，故意眯缝起眼睛，看着常惠就是不说话。

"笑啥？不知道就是不知道，谁还能为这给你定罪了？"

常惠也装作不经意地说了说，没停下手中的活路。

巴登顺手摘下一根干草茎，含在嘴上，有点吊儿郎当的样子，说："你也不拿肩膀上扛的这个圆东西好好想一想，我巴登是谁呀，丁灵王卫律再精怪，他能封住我巴登的信息来路？那我还是巴登吗？给你明说了吧，你们那个叫苏武的人，苏正使，他不但活着，而且还活得好好的。"

巴登顿住了，乜斜着眼看常惠。常惠听了这话，心头不禁一阵惊喜，仿佛有一股春风吹进了心房。但常惠却故作毫不在意的样子，一味地掏挖着土坑，头也没抬地"哦"了一声，之后漫不经心地问巴登："还活着？"

巴登更显得得意了，继续说道："苏武被单于和丁灵王折磨了个半死，之后就被贬到北海，给了一百只公羊，让放牧去了。"

"公羊？全是公家伙？"常惠惊奇地停下了手中的活，盯着巴登，一脸迷茫的样子。

巴登笑了起来，边笑边说："稀奇了吧？单于想杀了苏正使，可一怕再引起汉朝的大怒，引发汉朝横扫漠北；二是苏正使被扔进冰天雪地的地窖，不给吃的喝的却几天几夜没能冻死饿死，单于感到是草原神灵在保护他；三是苏正使宁死不屈的精神感动了单于。当然了，你们那个苏正使誓死不降匈奴，也让单于非常恼火闹心。斩了吧，还不舍得；不斩吧，又决不投降。后来，单于实在是没办法了，就让他去北海放牧一百只公羊，还说，什么时间公羊下羔子了才放苏正使回去。"

常惠听得很仔细，却一直装作一副满不在乎的神气，笑着说："你们大王也真是有点子，想出这么一招来。"

187

"可是，"巴登似乎没有了防备心理，只一味地投入到"百事通"的得意之中，"单于的弟弟于轩王和苏正使投缘啊，就跟咱俩一样，一见面就好像过去是至交一样，成了无话不说的朋友。我们草原人常说，交人交心，于轩王不但给苏正使送了牛羊衣物粮食等物品，还亲自做媒让苏正使取了妻，还生了个儿子呢。你不知道，我的姨妈就和苏正使的妻子云朵的表哥是一个部族的邻家人。"

常惠听完巴登的话，憋闷的心顿时比今天明朗的草原还要明快。通过巴登的讲述，他仿佛已经看到了苏大人温馨的生活景象，常惠心花怒放起来。十几年来，自己东打听，西询问，怎么也没有得到苏大人的一点消息，他有时还想，可能自己这辈子再也见不到苏大人了。常惠没料到和自己朝夕相处的匈奴兵卒巴登就是信使呢，他暗自懊悔了好一阵子，嫌自己没有早一点从他这儿打探一番。

无论怎样，总算得到了苏大人的好消息，这让常惠万分惊喜。他顿觉浑身上下有股子使不完的劲头，手中的工具举得更高，挖得更有力了。

"你倒是听着没有？"巴登没见常惠回声，感觉自己说了半天的话像扔进了棉花堆里一样没能引起对方的称赞，心有不悦地看着下猛力干活的常惠问了一句。

常惠停下手中的活，直起腰身，抹一把额头上的汗，连忙对着巴登竖起大拇指，说："我的朋友不愧是草原上神通广大的人，连这么重大的军事机密都能搞得这么清楚，谁能不服呢！"

巴登听了常惠的夸奖，心里如同灌了蜜一般甜。有人欣赏、被人恭维和羡慕，让巴登一向空洞的心有了满足感，他更加忘形地拧了拧脖子，四下里看了看。空荡荡的原野里，除了附近站立着的几棵苍老粗粝的大树，还有他日日相见的大小不一的鸟儿外，就再也见不着任何人的影子了。巴登压低了嗓门，给常惠又透露了一个惊人的绝好消息。

"我还知道，你们汉朝那边还派使者过来，说是你们的新皇上想接苏正使回去呢。"

"哦。"常惠又故作镇定地无心地发了一声，就又抡起砍土镘干起活来。

常惠的心其实已经在胸腔内突突突地狂跳起来，但他还是显出一副漫不经心的样子，一边干活，一边随口问道："接走了吗？"

188

"哪能那么容易就被接走了呢。"巴登换了个坐姿,将身子正对着常惠,"你猜,我们的新单于是怎么对你们的使者说的?"

"怎么说的?"

"新单于谎称苏正使死了好些年了。"

周围安静极了,只有这两个人的对话在枯草坎塝间起起伏伏。

阳光将常惠干活的影子缩得很短很短,一不留神就到了脚下。空气中弥漫着枯草败叶以及牛羊粪的味道,整个原野都在短暂的暖阳的爱抚下,静谧得如同沉睡的婴儿。

哐哐哐,唯有常惠这里发出的响声很清亮地在草野里漫开。

有好长一段时间,常惠只埋头挖坑栽木桩,一句话也没说。

"怎么又不吭气了?"巴登感到寂寞无聊,又脸朝着常惠说道。

常惠就等着巴登的这句话呢。巴登的话音刚一落,常惠立即一脸高兴的样子,冲巴登闪了闪眼,说道:"就知道你巴登不是一般人,所以,你一定能够领我见一见汉朝来的使者了?"

"什么? 这,这可不是一般的事。"巴登瞪了瞪眼,有点结巴了,"你怎么光给我出大难题呀!"

"我知道你一定行!"常惠脸上现出一副憨憨的笑意,连忙又是夸奖,又是竖起大拇指。看到巴登还在犹豫,他马上用贿赂对巴登展开攻势。

"你如果领我见了汉朝使节,我这个月的薪饷全归你,算是答谢,也算是为你给父亲买药尽一点力。"

"那行吧,但要等到晚上。"巴登一口就答应了下来,常惠兴奋得几乎要跳将而起。

阳光笑了,到处洒下喜人的光辉,空气也跟着欢喜万分。近处的鸟儿,一会儿冲向天空,一会儿扑进黄色的枯草丛中,远处的牛羊群与头顶的白云交相辉映。

常惠干活的劲头更足了,他一边挖坑栽桩,一边暗暗祈祷今晚神明保佑,能够让自己顺利见到来漠北的汉朝使节。

常惠使劲地干活,刨挖的土坑一个接一个连成了一长串,远远望去像人怀揣着希望,等待着好时机的到来。

常惠挖啊挖,恨不能将太阳一镢就砍坠落了。时间是个怪物,当人想让它跑得快点时,它却慢慢腾腾,如同坡地里的牛,缓慢得令常惠心焦。

身后不远的地方突然闪出一只野兔,白茸茸的毛十分耀眼。尽管兔子机警地看着常惠和巴登,但它却忘记了它的天敌。一只在旁边一棵大树上等了好久的黑老鹰瞅准了机会,冷不丁飞扑而下逮了个正着,可怜的白兔一下子就在铁一般的鹰爪下被抓到了空中。

巴登看到常惠干得很卖力起劲,他那深有着游牧民族特色的四方大脸盘上,肉墩墩的鼻子向上皱了皱,笑了,对常惠说:"我又没赶着你催着你做活路,你那么拼命干什么?都干了好久了,还欢实得像小马驹一样。"

常惠甩一把汗水,有点气喘地回应巴登道:"怕你们的丁灵王卫律惩罚啊!"

"难道丁灵王长了一双千里眼不成,能够隔山看见兔出气?"巴登红红的高颧骨笑成了两朵花。

两个人就这样你一言我一语地胡乱说着一些天南海北不着边际的话,说得时间都疲乏了,拽着太阳快快地往西边远远的大山背后滑去了。

夜色由草原的四面八方向这边聚拢过来,归圈的牛羊马在这个时间里嗅到了夜晚的特别气味,纷纷打着响鼻,咩咩咩、哞哞哞地叫唤,牧马人牧羊人即使不赶,它们也会向自己的圈里潮水一样涌回。

草原上的牲灵自有草原的特征,它们啃食这里的青草长大,喝这里的清水成长,它们的血脉里同样传承着这一方水土的秉性,有着这方旷野的特色,成为游牧民鞭下不同的风情。

常惠跟着巴登,脚下划开正在铺展但还未彻底落下的暮色,向着来时的军营狱帐走去。

快分手时,常惠叮嘱巴登:"巴登,可别忘了咱俩今晚约定的事情。"

巴登咧嘴笑了,声音里明显裹上了草原夜晚的潮湿气:"忘不了,你放心。老交情了嘛,还有什么信不过的。"

四十一

和巴登分手后,常惠吃过狱卒送来的晚饭,已是月上帐篷顶的时辰了。他焦急地等待着巴登快点出现,坐也不是,站也不是,来来回回地在监狱里转悠,心中好像有千万只手在挠一样。

月亮黄澄澄的,大得似乎要落下来。月光很柔美,晕晕的,如同一抹粉粉的淡黄飞扑到了草原,在殒尽了绿色的干草窝子上,像曼妙的梦在召唤思念亲人的情怀。

常惠也年逾四十了,自从来到匈奴地域,一直在苦闷中作乐。牢狱的生活,让常惠打探不到远方亲人的消息,也询问不出一起来的汉朝兄弟们的去向。他经常郁闷不安,没有过过一天愉快的日子。

今晚不一样了,常惠隐隐感到自己在今夜里,能见到家乡来的亲人了。他似乎有种吉祥的预感,觉得自己和苏正使等人有救了!

暗自喜悦的心情,使常惠忘记了从前所有的不快,忘记了岁月留给自己的沧桑。一种从未有过的蜜意浸透了一切过往,常惠只感到今晚时间的漫长,令他心焦。

星星很稀,在离月亮比较远的地方零星地打闪,向大地和人们散发着微弱的光。鸟在夜间呢喃情话,用鸟语轻柔地抚摸着草野,整个苍茫的大地恰似躺在摇篮里晃悠的婴儿,甜美又安逸。

常惠左等右盼,眼见着月亮渐渐偏移,还不见巴登的身影。这时,光阴就是一盆烧得红艳艳的炭,炙烤得常惠如坐针毡。此刻在常惠看来,世上最难熬的事莫过于等人了。

在这种焦渴的等待下,每一分每一秒都是煎熬人折磨人的。常惠恨不能全身都长满眼睛,这样他就不会错过夜里巴登走来时的影子了。他几乎不敢让自己的目光离开巴登到来的方向,生怕一个闪眼就误了看见巴登的到来。

月光依旧平和地在漠北大地上浸漫,无边无际,丝毫没有因为常惠的焦虑而改变。牧羊犬汪汪汪的叫声，从夜色里一扬起就在圹埌的草原回响，久久不能落下。

咔咔咔，终于由狱帐外传来一串常惠熟悉的咳嗽声，惊得常惠立刻弹簧一样冲了上去。

"巴登！巴登！"

"干什么？干什么？"看守狱卒被常惠不能自已的惊呼声打扰，他冲着常惠愤愤地呵斥道，"狼叼了似的！"

这时，进来的巴登对执勤狱卒说："丁灵王那边有点事，我来带常惠去一下。"

"哦哦哦。"看守一副不耐烦的样子，挥了挥手臂，喊，"常惠过来，有人叫你去一趟。"

常惠立即小跑而上："是！"

"跟我走吧。"巴登转身先一步走出了牢狱帐外，常惠尾随而至。

"你咋才来呀？把我等得眼睛都快滴血哩。"

月光如水，在常惠和巴登的脚下轻轻流淌。

听了常惠的抱怨，巴登看也不看常惠一眼说："我总得先想办法联系那边的人才行吧？"巴登的长腿走起路来飞快，干草发出的刺刺啦啦的声音格外响亮。

两个人不再说话了，只顾往该去的地方快速行走着。不一会儿，就来到了汉朝使节住的帐篷外。

巴登同站岗放哨的士兵嘀咕了一阵，就对常惠说："进去吧，时间不能太久，我在外面给你放风，等你出来。"

朦胧的月色下，常惠感到自己的心跳加快，脸一阵热一阵凉。听到巴登的叮嘱，他忙点头应答道："明白，明白。"

常惠说完，一头就扎进了帐篷。

灯光闪烁，住在帐篷里的几个人同时站起了身子，大睁着惊奇的双眼望着常惠。

"我叫常惠，是当年跟着苏大人一起来匈奴的。"常惠赶紧自我介绍道。

"我叫路充国，是皇上派来专门接苏大人和你们回长安的。"汉朝使节路充国介绍完后，明白了常惠的时间有限，马上接着对常惠说："可是，匈奴新单于告诉我们说，苏大人早就自杀了。"

路充国还没等常惠再开口,就心情沉重地补充了一句:"苏大人他真不该这样呀……"

"不,苏大人他还活着!"常惠的话一出口,就如同阴云密布的天上闪了一道电光,霎时照亮了帐篷内每个人的心。

"苏大人他,他真的还活着?"路充国和几位随员几乎不约而同地压低声音叫喊道。

"是的,苏大人他的确还活着!"常惠似乎也被眼前的景象感染了,他目光炯炯,脸膛红通通地望着家乡来的亲人们,告诉他们说:"苏大人被贬至北海放羊,如今还在那里。"

灯火也被感动了,忽闪忽闪地跳跃着,映照得每一张汉朝使节的脸激动万分。

"是这样啊,那就太好啦!你放心,我们会想尽一切办法和单于周旋,接苏大人和你们回去!"路充国好像铁了心一样对常惠说。

机灵敏锐的常惠眼睛滴溜溜转了几圈,计上心来。

"这样,大人再见单于时,就对单于说我们大汉天子在上林苑射猎射到一只大雁,大雁的腿上系着一封帛书,帛书上明明白白写着苏武在匈奴的北海牧羊。这一招,保准奏效!"

路充国等人听常惠一点拨,个个露出了欣慰的笑容,你看看我,我看看你,用眼神传递着一种信心。

接着,常惠又将他们十几年来在匈奴的一些情况做了详细的介绍,为路充国等人后面同单于的斡旋做好准备。

夜幕下的漠北草原,汉朝使节住的帐篷里澎湃着无法沉落的激情。时间在这里喜盈盈的,迎接着又一个黎明的到来。

"常惠,赶紧的,要换岗了!"

巴登一头撞了进来,急迫的声音夹裹着夜晚草原一股特别的干枝枯叶腐朽的味道。

灯火跟着忽闪跳动了一下,给每个在场的人身上扑下一层迷蒙的兴奋光晕。

"记好了,大雁!"临出门时,常惠又扭回头,尽量压低声音,但却重重地叮嘱道。

路充国重重地点了点头,目送常惠跟着巴登出了帐篷。

四十二

　　已是两鬓落霜的路充国看着常惠和巴登离去后，激动得眼含泪花，像个孩子一样在帐篷里转了几圈，声音颤颤地连连叫道："太好了！太好了！"

　　夜是迷人的，将异地他乡的人带到了一派光明的向往之中。

　　路充国一方面为苏武还活在人间而备感欣慰，一方面也被常惠企盼回汉、渴望得到解救的目光刺痛了。每当想到苏武和常惠他们十多年间在匈奴人的百般刁难和折磨中，在被歧视遭流放的恶劣环境下一步一步跋涉过来，路充国就被苏武等人钢铁一般的意志以及坚不可摧的信念所深深感动。

　　"咱们抓紧时间休息，明天一早就去见单于。"路充国怀着激动不已的心情，对另两位同行的人说。

　　熄了灯，躺在异乡的土地上，路充国在黑暗中大睁着眼，将明天准备和单于交涉的大事在脑海中齐齐思虑了一番。

　　身旁香甜的鼾声响起，使节们枕着他乡的枯草气味，做着家乡的好梦。

　　路充国还一直沉浸在解救苏武他们回大汉的激动心情里，目光所及的地方，都葳蕤着希望的芳香。草原的夜里，在这顶不平凡的军营帐篷里，路充国满心期待明天会迎来一个不一般的日子——苏武等人的命运，将在自己精心的斡旋下，改道，转弯。

　　帐篷外的世界很静谧，宛若进入神仙之地。一点风都没有，整个广阔的漠北沉浸在大自然恩赐的宁静里，做着甜美的好梦。

　　路充国明白自己这次匈奴之行所承担的重任，暗夜下，他仿佛看到了苏武衣袍褴褛、满面沧桑的样子，无论匈奴的风刀雪剑多么残酷，多么凶狠，却始终改变不了苏武的一颗初心。

　　想到这里，常惠的每一句话、每一个字都在路充国的心头不断地翻腾跳跃。是啊，一道边境线，就阻隔了一个人一生的追求，湮灭了人生的大好时光……

帐篷外的月亮早已去了该去的地方,满天的星斗显得特别的晶亮,颗颗银珠一般镶嵌在漠北的天空,给人的思绪创造了一方可以繁衍生长的环境。

猫头鹰的一声惊叫打破了夜的安宁,随后响起牧羊犬汪汪汪的吠叫声以及稀疏的鸟鸣,路充国知道,新的一天将要来临了。

路充国一起身,另两位使节也忙跟着站起来。

三个人洗漱完毕,整理一下发髻和衣袍,精神饱满地走出了营帐。

大清早的草原,清爽迷人。路充国一行迈着昂扬的步伐,来到了单于壶衍鞮的议事大厅。

清澈明朗的草原早晨,光瀑像流水一样在议事大厅内淌动。汉朝使节和匈奴单于以及各路王相互拜礼后,路充国胸有成竹地一拂宽大的袍袖,走上前,一字一顿地对单于说道:"尊敬的单于,您先前讲汉使苏武多年前就已自杀身亡了,这不是事实。匈奴既然诚心同汉朝和好,就不应该再欺骗汉朝。记得皇上派我们来匈奴时对文武官员们说,他在上林苑里射猎,本是冲着一头小花鹿的,没想到,惊奇的一幕出现了。尊贵的单于,您猜猜,皇上遇见了什么?"

单于和下面的人个个睁圆了双眼,目光齐刷刷地聚集到路充国的身上。

"遇见什么了?"单于急迫地问道。

路充国不慌不忙、沉着冷静地回答说:"就在皇上准备对小花鹿拉弓射箭之际,突然,一只由北飞扑而至的大雁箭一般直冲皇上而来。这只大雁的腿脚上系有一帛书,上面清楚地写着苏武大人他还活着,他一直在一个叫北海的地方放牧。"

路充国有声有色、惟妙惟肖的描述,不亚于一颗炸弹落进了匈奴单于的议事大厅,顿时上上下下的各路王们都惊得目瞪口呆。老半天,大厅内静悄悄的,连人出气的声音都听得清清楚楚。

太阳出来了,不但普照着大地的每一个角落,还给匈奴的议事大厅里泼了一层水样的光辉,映照着每一张浸满了惊奇的黑红脸膛。

当所有的人都从一阵沉寂中灵醒过来时,一片嘈杂声顿时将议事大厅几乎要掀翻。

"这不是圣灵在保佑苏武吗?"

"是呀,神雁都为他传书呢!"

"这是苏武的精神感动了天地之神!"

"严寒天里,大雪纷飞,不吃不喝,铁都能冻烂,而他竟然没死……"

"人间少有的铁骨汉子呀!"

……

单于在满大厅的感叹赞许中,略一迟疑,一挥胳膊,让厅下各王安静了下来,说道:"草原人最敬仰神灵,既然苏武大人忠贞之心不改,仁义之志不易,不为高官厚禄所动,始终保持刚正不阿的大义之气,撼天动地,他感动了草原上的神雁,那么,我们匈奴人决不做有违天道的事,就顺应神灵的暗示,放苏武大人他们回大汉吧。"

路充国他们听了单于的一席话,始终悬着的心终于落下来了。路充国更是激动万分,立刻领头大声高呼:"单于英明!谢单于!"

夹在各王中间的李陵,怀着复杂的心情,仰头望着大厅上的单于,又感激又放松地长出了一口气,一句话也没说。旁边的丁灵王卫律听了放回苏武的旨令后则一脸的不悦,本还想再向单于说几句不要放了苏武,那是放虎归山之类的话,但见单于一副坚定的神情,只好咽下一口唾沫,心事重重地低下头去,一言未发。

太阳的光照似乎比任何一年的秋末都要明媚,天空和大地干净得如同洗过一样,包括那些落掉了叶子光裸的老树新枝上的每条纹路都清晰可辨,使人看起来有种心旌飘扬的感觉。牛羊和马匹欢腾跳跃,每一只或蓝嘴红身子,或黑嘴白身子的鸟儿,翅膀上闪动着阳光的味道,一飞一落间,给了汉朝使节一个美好无比的姿势。小野兔、小老鼠之类的穴居动物也纷纷钻出来,东一蹿,西一跳,仿佛看到了未来生活的美景一般。

世界的美好,在这个不同寻常的季节里,彰显得淋漓尽致。

四十三

远在北海的苏武,冥冥之中似乎有种预感,总觉得自己仿佛换了一个人,心情格外清爽,十几年来一直缠绕他的纠结一下子散去了,只留下一份愉悦在心头萦绕。

"儿子!儿子!"苏武手握使节杖,声音响亮地呼唤着通国。

又长高了一截的通国,听见父亲的喊声,忙从老疙瘩树那边跑了过来,兴冲冲地问道:"父亲,有啥好事了,怎么这么高兴啊?"

苏武眯缝着眼睛,看着阳光照耀下儿子稚气未脱的可爱样儿,对儿子说:"父亲昨晚梦到了一只神鸟,它会讲人的话哩,还对父亲说圣上派人来接咱们回大汉了!"

苏武说得眉飞色舞,连他自己都觉得稀奇,身子轻盈得好像要长出翅膀来一样,心底一派鲜明光亮的景象。

云朵从右边走了过来,听到父子二人的对话,几乎笑弯了腰,对通国说道:"你父亲呀,只要是梦到回大汉,就换了一个人似的,像个小孩子一样。"

"夫人,这你就不懂了。"苏武神清气爽地笑眯了眼,看着云朵,字正腔圆地强调,"人有时的预感很奇妙,当有好事来临时,你自己都无法解释那种神奇的感觉。"

正说话间,报喜鸟将一串串喳喳喳的声音由老疙瘩树上抛洒而下,恰似银珠项链戴到了人的脖间。

"看,怎么样,吉祥鸟报喜来了!"苏武孩童一般,冲着有喜鹊的树喜滋滋地叫了起来,一脸的喜庆之色。

"这神鸟很有灵性。在中原,只要它在半空冲谁家叫,这家定会有客人或有喜事临门,灵验得很呢!"

云朵见夫君这般兴奋,也跟着高兴起来,一边抿嘴笑,一边喜乐地应和道:"是是是,这长尾巴、黑白分明的鸟儿,在草原也被认作是能给人带来祥瑞的鸟呢。"

通国又自个儿去玩耍了,苏武望着儿子蹦蹦跳跳的身影,自言自语道:"一定要让通国回到大汉去。"

云朵也看着东奔西跑独自找乐子的儿子通国说道:"是要让儿子回到大汉去。小小年纪,生在这荒无人烟的地方,长在这苍茫的原野……多么懂事的孩子啊!"

"所有这一切,都是托夫人的福!"苏武不无感激地给云朵说,"你是你母亲梦到祥云才来到这人世上的,所以,你是一朵吉祥的云,生下的儿子能不懂事吗?"

云朵收回目光,看着夫君的脸,激动得眼含泪花,说:"我一想到咱们一家三口有一天回到了中原,就不由得心跳加快……"

"是呀!"苏武伸手上去,一边为云朵将脸颊上的一绺灰发轻拢到耳根后,一边无限深情地憧憬着美好的未来,"咱们一块儿回到汉朝,我带你和儿子去我的家乡看漆水河岸蓊蓊郁郁的大树,那壮实茂盛的样子和这里的树木有着明显的不同。儿子还能在河岸边的庄稼田里,春看蝌蚪,夏听蛙鸣,秋逮蚂蚱,冬望银装素裹……我的家乡一年四季分明,每季都有美景可观,每一时都是缠绵无尽的情景……"

"夫君一提到家乡,就变成老顽童了啊!"云朵脸上的皱纹如同秋天的花朵,绽开了一片季节的烂漫,"我也对回大汉有种牵肠挂肚的盼念。"

说话间,有风从西边刮过来,在干草丛中刺刺啦啦一阵声响,清脆的音韵使人感觉亲切无比。

苏武说:"这里的天是越来越冷了,看来,咱们明天,最晚不能过后天,就要赶着牛羊转场了。"

随草而移动,见水而扎帐篷,跟着季节跑是牧羊人一贯的生活规律。居无定所,让漠北大地上的民众具备了宽广的胸怀。哪方水草肥美,就在哪方安家,就在哪方放牧自己的理想和希望。游牧民吃牛羊肉,喝马奶茶,他们对这些养育他们生命的牲灵有种至高无上的敬畏。

风总能呼唤白云飘动,它们一游上天空,就把影子投在原野里,使天上地下都有种别样的韵味,使干枯的秋末冬初一下子生动起来。云影在树林间摇曳,在河水里游动,在石崖上疾行而过,带着一些灵性,带着一些感动,牵引着阿拉提和几位乡亲的到来。

马蹄敲击着凹凸不平的地面,发出动听的音响,那由远及近的嘚嘚嘚的音律,渐渐地飞传过来。

"苏正使!苏正使!云朵!云朵!"

阿拉提等人鹞子翻身一般从马背上飞跃而下,高喊着到了苏武和云朵的面前。

"苏正使,云朵,告诉你们一个不好的消息,于轩王不幸病逝了!"阿拉提紧声说完,他自己不由得也放声大哭起来。

"啊!你说什么?"苏武有点不相信自己的耳朵,一个趔趄,脸唰地变了颜色。他又追问了一句:"你说于轩王怎么了?"

"是的,苏大人,于轩王他真的病故了……"另一位汉子拖着哭腔将这噩耗又重复了一遍。

世界在苏武面前强烈地震颤了一下,震得人有点站立不住的样子。风似乎带着悲恸,在茫茫原野,在荒野地的树梢上开始呼号。黑老鸹披一身黑纱,随风将呱呱的大叫声扔下又甩起,像撕扯着一块大破布,灌满人的耳朵。

云是被风赶着洒遍天空的,大地顿时一派荒凉苍茫的景象。

苏武仿佛受了魔咒的控制一般,立在原地,僵住了,老半天说不出一个字来。

阿拉提一行见苏武面色发青,眼睛发直,面无表情,赶忙上前抓住苏武冰凉的手摇晃着,叫道:"苏大人!苏大人!"

头顶铅灰色的云幕迅速向东南方向飞驰,似乎没有在此地停留的意思,只是星星点点地往地上丢了一些大小不一的水滴,就匆匆去了。

一阵短暂的黑暗过后,跟着天空呈现一片光明,太阳从淡薄的一层云纱中透射出的光芒,令万物感到遥远又贴近。

苏武似乎从一场噩梦中惊醒过来,好长时间才转动了一下眼珠。他大声喊叫着,悲怆的声音喷薄而出:"于轩王,我的好兄弟啊……"

如决堤的洪水,苏武直哭得昏天黑地,哭得大荒原跟着发抖。飞鸟惊奇地屏气凝神,呆愣住了,个个立在光秃秃的枝杈上。还有一些被人的哭喊声惊起的老鼠野兔也吓得一溜烟蹿出老远,一转眼就不见了踪影。

阿拉提他们在苏武悲痛欲绝的哭声中也个个抹着流不完的泪水,同时怀着悲哀的心情,劝说苏武:"苏大人,苏正使,您要保重身体啊！人死不能复生……"

"是啊,苏大人,于阗王如果在天有灵,他也不希望看到您为他而悲伤过度啊！"

苏武止住了哭声,他抹了抹一脸的泪水,整了整衣袍,面向北海的西方深深地鞠了一躬,说道:"于阗王,我的好兄弟,您一路走好！"

云朵和通国以及几位乡亲,同时向着于阗王生前驻军的西方,鞠躬行礼。

太阳挣脱了云层的遮蔽,将这个季节淡淡的光辉和丝丝暖意照在北海的大地上,照在这一群特别的人的身上。

四十四

送走了阿拉提等乡亲,白昼也跟着这些善良正直的人和渐渐远去的马蹄声消失在北海的尽头。

云朵已经回帐篷做晚饭去了,通国将最后几只调皮的羊儿赶进了圈里,就在帐篷上袅娜升起的缥缈的炊烟的看护下,孤零零地玩耍着。

晚霞一收尽,远处的河流以及树林一下子就隐没在暮色中了。鸟儿们都飞回到自家的巢里,小声叽咕着催眠曲,在星星点亮夜晚时,闭上了辛劳觅食一天后困顿的双眼,沉浸在甜甜的睡梦中,而支撑起鸟类家园的树枝,却在夜色下独自思考起来了。

苏武坐在黑夜里,思念着于軒王,追忆着他和于軒王当年来匈奴时一路的相伴相随,一路的思想交流,一路的相互照顾、互相提携,一路结下情同手足般的兄弟情义。这点点滴滴如今都化作缥缈的过往,苏武的心一阵阵紧缩、疼痛,悲伤的心情像繁星高远又切近。尤其是于軒王那一张气宇轩昂、英俊潇洒的面容一次次浮现在眼前时,苏武不由自主地喃喃自语道:"上天也常常不公啊!天妒英才究竟是为了什么?"

星星在头顶上打闪,它们将微弱的光束连缀起来,给这荒僻的北海大地涂上了一层若隐若现的银色光照。古老的原野,因为少了人类活动的踪迹,就显得格外的凝重,分外的寒碜。远远近近的树木河流,还有凹凸不平的地势,此刻在夜色下,有的狰狞,有的温柔,有的恐怖,有的温馨;有的呈现一副古怪又夸张的面孔。

在一种如梦似幻的景色下,苏武仿佛进入神离情游的境界里了。每当想起于軒王亲自为他做媒让他娶云朵为妻,以及于軒王救他于水火、赠他以牛羊布帛和财物的情景时,晃晃悠悠中,苏武仿佛置身于尘世之外了。

周围有好多被搁置了也许是百年、也许是千年的动物骨头,还有千百载老朽的树木,它们都在这会儿缱绻于黑暗的夜气,散发出银白色的磷光来。

苏武被这些稀奇古怪的东西所包围,它们似乎都正从千年沉睡中苏醒,并且在慢慢地还原生前的样子。有的趴着,有的倒行,有的直立,有的则要跳将起来,有的还露出非人非畜的模样……

"父亲,父亲,回家吃晚饭喽。"

通国不知道什么时候跑上来,抓住苏武紧握使节杖的手,连喊带叫地将苏武往帐篷里拽。

神游中的苏武一个激灵醒过来,跟着儿子向家里走去。

帐篷内灯火忽闪,映照着苏武父子二人的脸,一张是童稚未脱,一张是饱经沧桑。而云朵,永远都是一脸的柔情,一身绵绵爱怜之气,温柔地看着儿子和夫君。

苏武说:"你和通国吃吧,我今晚没一点胃口。"

"父亲又想起回大汉的事了,又想于靬王了。"

通国忽闪着一双纯真的大眼睛,仰面对苏武说:"父亲,我和母亲也想念于靬王,也想和父亲快快回中原去呢。"

云朵捻了捻额头上灰白色的发丝,坐下来,沉静地对苏武说:"于靬王在天有灵,他一定不会希望咱们因他的离世而悲伤无度,茶饭不思。于靬王他期盼着咱们能够健健康康地活着,这样才能积蓄力量,才能等来回长安的机会!"

云朵平缓沉稳的话语在帐篷里荡起股股暖流,冲刷着苏武布满阴云的心。苏武将目光投在云朵沉静的脸上,内心的愁云像冰河遇到了春风的吹拂,一下子融化开来。

"夫人说的对,咱们一定要振作起来,快乐健康地生活,等待回大汉那一天的到来! 这样,于靬王的在天之灵也会感到欣慰的。"苏武一边对云朵说,一边面向着儿子,"儿子,好好吃饭,有于靬王在天之灵的保佑,咱们一定能等来回到中原的那一天!"

"好的。父亲,母亲,咱们一定能等到回大汉的那一天!"

通国清脆悦耳的童音在帐篷内萦回,久久不息。

帐篷外一些鸟儿在星光闪烁的天空下小声又小心地叽咕着夜的情话。夜晚从不惧怕荒凉,它以永不褪色的情怀包容着大自然的一切,使植物在夜间快速成长,使人的思念之情无限地蔓延。

猫头鹰的惊叫声总是飘浮在万鸟之上，这种声响一起，就让人不禁心生疑虑，仿佛又有什么事情要发生一样。

"苏正使！云朵！"

"苏正使！云朵！"

刚吃完饭，猫头鹰的叫声还未落下，空荡荡的原野又传来阿拉提熟悉的叫喊。虽然对这样的声音已经很熟悉了，但在夜渐深，万物都将进入沉睡的时候听来，还是令苏武一家人不由得一惊，急忙都站起了身子。

苏武牧羊

四十五

喊叫声将苏武和云朵召唤出了帐篷，迎向荒野。

苍茫的夜色下，影影绰绰马背上几个熟悉的身影一晃闪，就来到了苏武一家人的面前。

"苏正使，我们在巡夜时，抓到一个丁灵王的人，看样子像个探子。"阿拉提气喘吁吁，声音里夹裹着夜的潮湿气味。

"这人东张西望的，一路都在往正使您扎脚的这个地方摸索探进，样子非常可疑。我们尾随了他一段路程，见他确实是奔着您这边的方向来的，就先抓了他。果然，他说自己是丁灵王的人。"

有一位大胡子老乡操着重重的鼻音对苏武说："正使，这人一直叫嚷着，一定要先见了您才肯说出实情来。"

"好，先进帐篷再说吧。"

苏武领头进了帐篷。

乡亲们押着被绑的丁灵王的人，一拥而入。

刚一进帐篷，那丁灵王的人就抑制不住激动的心情，大喜地惊叫起来："子卿！真的是子卿啊！我找你找得好苦啊，你真的还活着！"

在场的每一个人都瞪大了惊异的眼睛，但见那人双目放光，有泪花在眼眶里打转。大家都屏住了呼吸，等待着不同寻常的一幕出现。

"你？你是……"苏武似乎有种难以言说的愉悦在心头升腾，他万分惊喜地颤抖着声音问道。

"子卿，你认不出我来了啊？我是路充国呀！"

得到应答，苏武一下子睁大了双眼，眼眸里闪烁起两道异样的光芒。他仔细地打量了一番来人，灯火辉煌下，苏武惊喜万分地大喊道："路充国！你真的是路大人啊！"

夜在这里停住了呼吸，宽广无边的北海荒原顿时陷入深深的思考境地。

猫头鹰不知是什么时候停止鸣叫的,此时只有天空的星星在笑眯眯地注视着旷野,悄悄地为苏武和路充国的相逢而庆幸。

阿拉提他们赶紧手忙脚乱地为路充国解开了被反绑的双手。

像遇到了前世的亲人,苏武和路充国猛地就紧紧拥抱到了一起。

苏武和路充国两个十多年间没有见面的汉朝同僚,在匈奴的北海,经过路充国绞尽脑汁同单于斗智斗勇后,终得相见,两个人感慨万千,一时间却又不知从何说起。俩人长时间地相拥相抱,久久不愿分开,泪水模糊了两个人的双眼。

阿拉提他们见状,忙悄悄用手势招呼着,静静地退出了帐篷,在外面与尾随出来的云朵做了话别,就跃身上马,巡夜去了。

帐篷内,苏武同路充国相互打量着对方,仿佛想从对方十几年未见过的脸膛上找出当年的模样来一样。

"子卿啊,你受苦了!"路充国抹着老泪说道。

"路兄,你为何这番打扮呢?"苏武也上下看着路充国,问道。

路充国一摆头,笑着说:"为了瞒过丁灵王的哨兵盘查,能够顺利到达北海,我只有装扮成丁灵王的人,才好通过那些哨卡,见上你呀!"

这时,云朵送走了表哥等乡亲,反身进了帐篷。

苏武忙呼唤云朵:"夫人,快过来认认老友,路充国,路使,我的路兄。"

云朵赶紧行大礼,一边说:"路大人一路辛苦了!"

苏武又将云朵介绍给路充国:"这是我的夫人,叫云朵。"

苏武又将一直躲在身后不敢露面的通国拉过来,对路充国说:"这是我和云朵的儿子,叫苏通国。"

路充国伸手摸了摸通国圆圆的毛茸茸的头,激动不已,含泪点着头。

少顷,路充国满怀深情地对苏武说:"这次是少帝派我带人来出使匈奴,专门来接你和少卿等人回中原的。可新单于还是不想放你回汉朝,谎称子卿你已经不在人世了。总算苍天有眼,常惠买通了狱卒,暗中约见了我,并将你的一切情况告诉了我。还是常惠心生一计,让我在匈奴的议事大厅里同单于进行一番斡旋,斗智斗谋,才迫使单于不得不答应放你回归……"

"常惠,他还好吗?"苏武迫不及待地问道。

路充国面露微笑,说:"他人机灵,随机应变能力非同一般。十几年间,他和匈奴狱卒称兄道弟,混得还可以。"

灯火呼呼地闪着跳跃了几下,放射出的光芒如同希望之火,顿时点燃了苏武沉寂了十几载的向往。

风由帐篷门帘处一进入就活跃起来,在灯火上跳动,照得帐篷的旮旯拐角一派光明。

云朵烧好了奶茶端上来,一股奶茶的浓郁香气顿时弥漫开来,给全屋子里的人带来一种久远的亲切之气。

通国一直安静地依偎在父亲的身边,忽闪着大眼睛注视着大人们的一言一行、一举一动,似懂非懂地心怀感激,仿佛已经跟着父亲母亲回到了渴望已久的汉朝的中原大地上了。

路充国一边品着滋味醇厚的奶茶,一边意味深长地感叹道:"子卿,你在这儿生活了将近十九年,真不敢想象,你是怎么熬过来的!"

时间在今晚迈着缓慢的步伐,一个趔趄一个趔趄地艰难前行,但却将天空的星辰擦得明亮如银子般闪闪发光。

"是啊,怎么过来的呢,真是一言难尽哪,路兄!"苏武憋了十九年的沉闷一下子找到了出口,"十九个寒来暑往的轮回,如果把每一寸光阴排列开来,由北海一直排到长安城,恐怕也得要多少个回环。在这儿,日子像下油锅一般,我只能夜夜在梦中游故乡。梦中的风吹白了发鬓,梦里的思念比刀犀利,刻在脸膛上。就这样,年年岁岁,我只能手持使节杖,天天向着南面的故乡眺望。今天,终于盼来路使的亲临,我苏武好像得到了重生一样!"

"可是……只是……"路充国面露难色,抬眼望了望云朵,结结巴巴嗫嚅着,将要说出口的话语又咽了回去。

苏武见路充国很是为难的样子,他一挥宽袖,说道:"路兄不必作难,有话请直说无妨。"

路充国鼓了很大的劲,这才很不情愿地讲出了实话:

"子卿呀,一直待在汉朝的嫂夫人并未改嫁,一直在等你回去呢!她在长安和你一样,翘望,企盼,也盼成白发老妪了……"

"唉,真是命运弄人啊!"苏武听了路充国的话,深深地倒吸了一口气,无奈地叹息道。

命运总是和苏武开着让他玩不起的玩笑。苏武痴愣愣地呆住了,好半天说不出一句话来。

时辰已游荡至后半夜，世界静得连灯火扑闪的微响都分外清晰。时间在沉默中徘徊纠结。

"子卿，你和常惠等人回中原一事，还需再费些周折才能成行。"过了许久，路充国率先打破了沉默，对苏武说。

苏武从一阵憋闷中缓过来，他手抓使节杖，双手合十，万分感恩地说："愿苍天保佑辅佐路大人周旋，让我和一同来的弟兄都能早日顺利地回归汉朝。"

帐篷外，天空的星星渐渐稀少暗淡起来，夜在这里转了个弯，隐退而下，又一个黎明诞生了。

北海，这方荒无人烟之地，很快被群鸟的出动和晨唱点亮了新一天的曙光。

苏武送路充国至羊圈外的弯腰老树底下，二人才恋恋不舍地挥手作别。

苏武牧羊

四十六

　　时光从这里倒向了,偏僻的北海荒野进入春光明媚的季节,大地到处洋溢着生命重新出发前的激情。于是,草木以饱满的精气神,在一场徐缓的春风的亲吻下,从鹅黄的梦想中脱颖而出,将绿色的清香散播在茫茫原野,给万物生命带来了催生的快感。小鸟发情了,一枚一枚的希望,在滚烫的羽毛下,孵化出了飞禽对未来生活的希冀;这时节的走兽,则抓紧大好时光,做着繁衍后代生生不息的伟大壮举,它们为了给后世争得一方地盘,守护好自己的家园不被进犯,常常撕咬打斗,即使头破血流也在所不惜。

　　安详的季风总是在春天到来的时候尽情地吹拂着每一个沉睡的生灵。苍穹之下,大地之上,到处都充盈着新生命来临时的隆重气势。草的腥味掺和着动物发情时身上散发出的气息,在荒僻的北海大地之间到处飘荡,四下飞扬,仿佛要将人带到一片原始人生活的情境之中。

　　春夜更显痴情绵绵,小风在帐篷外咝儿咝儿地轻轻歌唱,并时不时地在嫩草丛中拨弄一番,然后得意悠然地去了高空的树枝上,摇曳出千般妩媚,惹得天上的一弯残月也垂涎三尺的样子,跃跃欲试想下到凡间来寻觅前世的知音。虫儿被柔情蜜意的风叫醒了,拱了拱僵硬的身躯,在黑暗中鼓起了积攒下的勇气,将压在身上的土层打了一个滚就掀翻了。

　　帐篷里,苏武一家人在焦急的等待中正望眼欲穿地看着外面的夜色。

　　"路大人说今天来接咱们的,咋还不见人影呢?"

　　听见夫君迫切的话语,云朵笑了。她一边收拾着回汉朝的所有物什,一边对苏武说:"是夫君回家的心情太急切了。你看,天还没放亮,路大人不能连夜赶来呀!"

　　"哦,天还没明……"苏武嘟哝了一句,重新坐下了身子。

　　灯火打闪,映照着帐篷里一家人平时生活用的家什,照射出苏武十九年来无法讲述的苦乐年华。命运的反复无常,不断变迁,在这顶帐篷里已经留下了难以湮灭的痕迹和气息。

苏武怎么也安坐不下来,他一次次地站起,又一次次地坐下,仿佛有针刺在扎一样,浑身都处在一种不自在的感受里。

走出帐篷,苏武发现几枚星子还顽固地坚守在辽阔的天空之上,不肯离去。苏武清楚,天快要大亮了。有零星的勤快的小鸟从林子里飞出,喊喊喳喳呼唤着左邻右舍快快出巢。不大一会儿,苏武就看见一群一群的鸟影,说着人听不懂的鸟语,无限欢悦地开始了一天当中快乐无边的觅食活动。理想在翅翼上扑扇,茫茫原野,鸟儿想飞到哪里就飞到哪里,想去哪儿就去哪儿。苏武一时看得心生羡慕,感到鸟类比人强多了,它们没有疆界之分,自由自在,一生都在蹦跳和飞翔中圆满着与自己的契约。

天色没亮,只呈现出一些光晕,苏武虽然看不清鸟儿的表情,但他从它们隐隐显现的起起落落间还是领略到了春天给所有生命带来的勃勃生机和美好的祝愿。世间的一切生灵,都在此时此刻发出同一种声音,那就是:为这个季节祝福吧,春天多么美好!

通国睡醒了,他从帐篷里出来,抓住苏武的手,仰头叫道:"父亲,母亲喊你吃饭呢。"

苏武一手紧握使节杖,一手拉着儿子,反身回到帐篷里。

"快坐下来,安安宁宁吃顿饭,再好生休息休息。"云朵端上饭食,叮咛苏武说,"得知路使今天要来的消息,你就一夜没合眼。"

"是啊,十九年的日月好像都积累成这一夜时间的长短了。"苏武不禁感慨,"十九年来,我把南面故乡的方向都望出了比筛眼还要稠密的洞窟了,盼的就是今日的到来啊!"

一家三口围坐在一起,香香地吃着饭。

云朵既兴奋又有点留恋地说:"这顿餐,也许就是咱们一家人在北海这个地方吃的最后一顿饭了。"

苏武也难以抑制内心的激动,边吃边对儿子说:"眼下已进入春天,中原早已是春花烂漫的季节了,回去之后,先带我的通国去洛阳赏牡丹!"

通国一双大眼睛忽闪忽闪地放光彩。

"父亲真好,通国每天晚上都梦到回中原呢!"

"中原三千里呀!"苏武孩童一般兴奋不已。他提高了音调,对儿子说:"儿子,你知道三千里有多远吗?"

"多远?"通国一脸的茫然、满面的惊喜。

"好远好远的! 那里的春天,花开绚丽;夏天郁郁葱葱翠绿一片;秋季果实累累,瓜果飘香;寒冬腊月,大地银装素裹,终南山雄伟壮美。儿子,你见过稻子金黄的美丽景象吗? 回到汉朝,儿子就有香香的大米饭吃喽!"

苏武说得神采飞扬,眉飞色舞,仿佛已经和儿子、云朵走在回大汉的路上了一样。

苏武激动的心情也调动起了一家人对未来美好生活的无限憧憬,幸福甜美的滋味浸润着每个人的心田。

"夫人,你回去以后有什么打算呀?"

听了苏武激动万分的问话,云朵甜蜜蜜地抿嘴笑了,之后,很自豪很自信地答道:"小瞧人了不是? 无论是纺织还是耕种,哪一样能难住我云朵啊!"

"哈哈哈……"苏武憋了十九年的开怀大笑此刻朗朗地在北海这片蛮荒之地响起,引得空气也灵动活泼起来了。

吃完饭,苏武在兴奋之中似乎又有一丝丝的怀恋。他看着这帐篷里的每一件物什、每一个旮旯拐角,就如同看到了自己在这里消逝掉的每一刻光阴的身影。他不由得心事重重地说:"离乡还思乡,如今要回乡了,想到就要与这里的茫茫黄沙、漫漫野草、飘香四溢的野花,以及这里清清淌动的河流,还有这顶装满了悲喜的帐篷作别,还真有种说不出的依恋。尤其是阿拉提等众乡亲,十九载的风霜雨雪,他们与我情同手足,时时刻刻都惦记着我苏武的冷暖温饱……"

苏武说着说着,双眼模糊了视线,整个天地间只有一团灯火在打闪。

"盼只盼汉朝和匈奴真正和睦,两地百姓能够像亲人一样正常往来……"

听了夫君的一席话,云朵不由自主地也抹起了泪眼,说:"是啊,年年盼,月月盼,日日盼,盼有朝一日回到中原,可一旦真的要走了,离开这儿,还确实有点舍不得啊!"

说话间,天一点点变得透明起来,鸟语花香的春季,在北海这片荒野安安稳稳地扎住了根。

喜鹊将一朵一朵的欢叫绽放在清晨的野外,喳喳,喳喳喳,脆生生的,令人听起来产生一种亢奋的心情。

苏武和通国刚一走出户外,就被眼前的野花野草抓住了眼神,那一团团、一丛丛五颜六色的野花,按照自己的类别簇拥在一起,一点也不错杂地生长在北海这片大地上,像一片片的图画拼凑着春天美好的景致。远远一望,每一团花都恰似天上飘落的花魂,给人以心旌飞扬的感觉。周围绿茵茵的草地,每一片叶子上正挑着一颗颗晶莹的露珠,水晶一样令人心生感动,仿佛已置身于天地之外了。

苏武的心隐隐激荡了一下,眼前的这一草一木、一花一叶,似乎是专来牵动离别人的情一样,每一个都含情脉脉,直叫人心头涌起无法言说的感受。

一阵嘚嘚的马蹄声极其清亮地响起,敲打着这个早晨的宁静,给人以振奋的激情。

"是乡亲们来了!"云朵凭自己特异的听觉,知道是表哥他们的马蹄声,她忙对苏武说。

苏武手搭额前一望,看到在晨曦普照下,一匹匹黑色白色枣红色的骏马,如同荒野神话故事里的传奇,驮着众乡亲,带着明亮的祝福,一下子就飞奔而至。

"苏正使,听说您要回大汉了。"阿拉提总是打头阵第一个从马背上飞跳下来。他一跑上帐篷前的小慢坡,就气喘吁吁地对苏武说:"大伙真舍不得您走啊!"

随后到跟前的几位牧民也纷纷说着依依不舍的话语。

"苏正使,不能不走吗?"

"舍不得确实是舍不得,但苏正使有皇命在身哪!"

……

众乡亲一声声恳切的话语,那一张张黑红色脸膛上写满的真诚和豪爽,

苏武牧羊

211

以及眼神里斟满的善良与大气,让苏武感动不已,终生难忘。

干净整洁的早晨,在霞光里恰似初生的婴儿,每一个生命都沐浴在晨光里,纯洁透明;每一个灵魂都散发着前所未有的亲切,整个世界温馨得仿佛从没发生过阴谋和战争一样。

"乡亲们哪,"苏武一开口,就满腔的不舍之情,"十九年来,咱们在一起患难与共,生死相依,一次次的磨难,一回回的死里逃生,多亏了你们的牵挂、照应和帮衬,才使我苏武盼来了回归大汉的这一天!我也舍不得大家啊!"

乡亲们接着又面向云朵,叮嘱道:"嫂夫人,你本有一身的好技艺,去了大汉那边,可以将这里的技艺教给中原的百姓。"

云朵双眼噙满了泪花,不住地向大家点头、行礼,说:"大家的话,我云朵一定牢记在心。"

太阳由东方冉冉升起,那红艳艳的光辉好像是佛祖的目光,照耀着旷野里所有的生灵。

乡亲们竞相将自己带来的礼物送给苏武。

"苏正使,这一包是北海的草籽,您带着种在大汉的土地上,算是为两地的百姓传递一种情谊吧。"阿拉提将一包草籽递到苏武的手上,满腔企盼和平的声音在四下里散播开来。

"苏正使,这团细羊毛是我们的一片心意,您带着,只当是汉朝与漠北民众扯不断的深情。"

"苏正使,我这里给您准备了两盒冰油丸,您收下吧,回到了中原,它能记下咱们共同相处的岁月。"

"这一把短剑,是我祖上传下来的,苏正使,您佩带在身上,它能为您辟邪降妖。"

……

苏武搂着满满一怀的物什,仿佛搂着众乡亲一颗颗滚烫的心。他感激万分地向大家说道:"乡亲们哪,我苏武一定记住你们的恩情,回到中原后,将你们的故事说给大汉的百姓,让中原的人民世世代代传扬下去……"

太阳在一竿子一竿子地升高,阳光在柔和的轻风传播下,将这一幕感人至深的画面铭刻在北海的土地上。

众乡亲在恋恋不舍的心情下与苏武和云朵挥手作别。

苏武和云朵一直目送着乡亲们的马在如水的阳光下渐渐远去,直至变成坡上的影点,之后,拐了个大弯,不见了踪迹。

苏武若有所失地收回目光,长长地出了一口气。

"父亲,父亲,瞧那边又有人来了。"儿子通国眼亮,第一个发现一队人马转过左前方的弯子,往这边奔来。

苏武刚一拧头,就看见李陵一行策马由远及近向这里靠近了。

苏武牧羊

四十七

阳光正处在一天当中年少兴盛的时候,光芒洒在青绿的草甸上,洒在春花烂漫的原野里,一派朝气蓬勃、生命力旺盛的景象。

鸟儿得到了大好时光的熏染,歌唱的声音婉转悦耳,犹如天籁,使北海这方荒野每一粒沙土都充满了幸福感。

李陵飞驰至苏武的帐篷前,翻身下马,奔跑而上,仿佛和苏武已有几百年没见面似的,迫切的样子让苏武备觉亲切。

"子卿啊,听到单于准你回归中原的消息,我连饭都来不及吃,恨不能一下子飞过来与你话别,为你祝贺呀!"李陵虽年岁不小了,但英俊之气仍不减当年。他雄鹰一般扑到苏武面前,眼含泪花、激动万分地对苏武说。旋即又命令身后的随从人员速速将酒宴摆上。

丰盛的酒宴摆设在帐篷外的大石桌上,一股股浓香的酒肉味道迅速在周围弥漫开来。

苏武和李陵就势往石凳上一坐,接着,李陵又招呼云朵和通国过来一起围坐在石桌旁。

吃肉,喝酒,话别。几盏琼浆下肚,李陵觉得自己一直被现实捆绑的心一下子变得清亮起来,他不仅仅在此时看清了过去的自己,也看透了当下的自己。

"子卿啊,十九年的血泪煎熬,你所受的百般折磨,历经的九死一生的大灾难,我少卿比谁都看得清楚。十九载的日出月落,你是怎样一点点熬过来的,上天睁着眼,地下长着心呢!如今,你的铮铮铁骨、正气凛然,你的忠君爱民情怀,你为了两族和睦,消除边关战火,不怕强权,不惜牺牲个人的一切,这种大无畏的精神和勇气山河可鉴!你的声誉和英名已经在匈奴广袤的大地上被传扬,同时,也将在汉地被称颂。你的功德业绩将千秋万代地被

214

传扬下去。你所做的这一切,即便是史书里记载的丰功伟绩,还有那些被历史绘在图画中的不凡人物,也都无法和你相提并论!"

"少卿,少卿,"苏武和李陵一样,都在酒液的作用下脸膛通红。白发飘飘间,他连声呼喊着老友的名字,两眼闪烁着泪光,说:"你高抬我苏武了!我苏武其实仅仅做了自己应该做的事情而已,你这样说,叫我实在难当啊!"

李陵摇晃着头,斑斑白发在闪亮。

"一点也没夸大,你的功业无论用怎样的语言也无法表达穷尽。"

李陵说着说着,难以抑制自己复杂的心情,两行老泪挂在了通红的脸上。

酒液的醇香甘甜吸引来了一群又一群蝴蝶和蜜蜂,这些生命似乎受到了人的情绪感染,呼朋唤友,不一会儿就聚集起来,在周围绕来掠去。

伴随着蝴蝶蹁跹起舞的倩影以及蜜蜂的歌唱,苏武感慨万端,盯住李陵的脸问道:"少卿,难道你就真的不想再回去了吗?"

李陵眯缝着眼,听到苏武的问话,忽然扯动嘴角,似笑非笑、似哭非哭地说:"我李陵无德无能啊!走到今天这一步,我还有什么脸面再回大汉?退一万步讲,就算皇上能宽恕我的罪过,不杀我的老母,让我能够在奇耻大辱中了却心愿,这和当年曹沫在柯邑订盟又有多少差别呢?况且,我一向把这种事视为最可耻的事。汉廷杀戮我全家老少已成为当世的惊天耻辱,我在这样的境况下再回到大汉去,算怎么一档子事呢?如今,我已成为异族之人,且将他乡作故乡吧……"

李陵说着说着,竟然呜呜呜地放长声大哭起来。

苏武也是两行老泪在脸上流淌。此情此景,云朵也忍不住抹起了眼泪。

草地上的露水珠儿在太阳一点一点升高的过程中慢慢地缩小,渐渐地将它们无声的命运交给春天的空气。

人非草芥也非朝露,但在现实中游弋的人何尝不是一粒随着命运的升降起伏而四处飘落的种子呢?

李陵是这样,苏武也是这样,所不同的是各人信仰意志的坚持与放弃。

"你我今日一别,将永远地隔绝了!"李陵在微醉的状态下摇晃着身子站了起来,抽出佩剑,边舞边唱道:

215

走过万里行程兮，

穿过了沙漠；

为君王带兵兮，

奋战匈奴。

归路断绝兮，

刀剑毁坏；

兵士俱死亡兮，

吾声名已败坏。

老母已亡兮，

虽想报恩何处归！

老泪和着李陵的唱腔在脸膛上纵横流淌，心酸的往事在一曲悲叹声中无处落归。

喳喳喳，一阵喜鹊的叫声如雨露一样从空中洒落下来，给大地以祥瑞的征兆，却再也无法润泽李陵几近干涸的心田。

岁月像太阳，把光亮洒得到处都呈现出一种生长的气象，可是，时光一旦在伤痕累累中被沉入人的心海深处，将会积淀成怎样的疤痕呢？

李陵感到命运同他开的这个玩笑太残酷，太无情，让他一点回旋的余地都没有。他泪眼婆娑地对苏武说："在这个世界上，子卿啊，你是我唯一可以倾吐心声的人！"

天空湛蓝，像被仙女的圣水洗涤过一样，透明的程度仿佛能看清天之外的景象。

李陵唱完，一把抹去脸上的泪水，如同抹掉了自己曾经风生水起的往事。他停下来，告诉苏武一件令人难以置信的事情：

"四年前，老单于驾鹤西去新单于即位之时，匈奴高层发生了内讧。就在这动荡不安之际，丁灵王卫律因久患重症眼看就要毙命，他忽然大发善念对新即位的单于说，当年为了他自己的一己私利，做了有悖天道的事情，对不住苏正使，对不住大汉，对不住两地的百姓。他还告诉新单于，只有停止战争，与大汉言和，永世交好，才是唯一的正路，才是大有作为的好单于……"

听李陵讲述完卫律的事，苏武的心头涌上了一种说不出的滋味。他一言未发地呆坐在那里，刹那间没有了任何的想法。这种莫名的冷静平和，就如同大风大浪过后一切都归于宁静的港湾一样。

太阳已离开东边山头有一段距离了，阳光使得嫩绿的草丛透亮明澈，就连草叶上的脉络都看得清清楚楚，引得蝴蝶成群结队地在这里追逐嬉戏，惹得蜜蜂围着花簇嗡嗡起舞。老鼠也禁不住诱惑，跑出洞来，哧一声钻进花窝，一会儿又哧一下蹿进草丛。还有几头梅花鹿，避开人的踪迹，立在树林的浅处，向这边悄悄张望。

苏武看到了这一切，唯独没发现曾经救过自己命的野狼的踪影。苏武的心不禁一阵寒凉，丝丝牵挂涌上心头。他不知道那只懂得人情的老狼是否还活在这个世上，老狼的后代也好久未出现在这块原野上了。苏武说不清野狼是转移到其他地方去了，还是遇到了什么不测。

李陵已经醉醺醺的，趴在石桌上嘟哝着人世上的许多困惑。而苏武想到自己将要离开这儿，想到去向不明的野狼，心不由得隐隐作痛。他极力望向更远的地方，想搜寻到野狼的影踪，但他失望了，没能看到他所期望看见的，他的视线里却闯进了跃马而来的路充国。

"路兄，可把你给盼来了！"苏武忘记了还在微醺中浅睡的李陵，不由自主地大声喊叫起来。叫声一下子惊醒了李陵，李陵立即站起了身，苏武则飞跑而出，迎了上去。

苏武一把抓住路充国的手腕，拽到石桌凳前，对李陵说："少卿，快过来，见过路使。"

路充国一脸的疑惑，迟迟疑疑地问道："这位是……"

"右校王李少卿啊！"苏武忙激动地应答道。

"路兄！"李陵满脸通红，双眼布满了血丝。他无比深情地大叫了一声，之后就结结巴巴、羞愧难当地道："我，我是……"

路充国睁圆了双眼，上上下下、仔仔细细地打量着李陵，同时尽量调动起自己的思维，在记忆的深潭打捞着曾经熟悉、如今变得模糊而又陌生的面孔。

"少卿！你真的是少卿！"路充国认出了李陵，猛地喊出了声，"你就是少

苏武牧羊

217

卿啊!"

两个人紧紧地拥抱在一起,激动的心情使两人的眼里同时涌出了大股大股的泪水。

拥抱了好长时间,路充国这才又惊喜又诧异地抓着李陵的手,一边拍打,一边惊呼:"少卿,你真的降匈奴了吗?我简直不敢相信,这种事情怎么会发生在你的身上?"

"还能怎样呢?"李陵无奈地摊开双臂,一副难以言说的神情,怏怏地回应了一句。

接着,路充国冷静沉稳地对李陵说道:"先帝误杀了你全家,后来得知了实情,常常悔恨不已⋯⋯今我来匈奴,少帝令我一定要找到你,将你们一并请回中原。少帝说,回去后,要封你为大将军。同时,为你平冤正名⋯⋯没想到,咱们在此相遇,实乃我大汉的福分哪!"

"路兄,路兄,如今事已至此,一切都已晚矣!"李陵挥一挥手,仿佛挥去了从前的所有过往。他对路充国说:"我对汉室的明争暗斗,政治风云的变幻无常,很多事情没有个定数的现状已经心生厌恶。如今,我已有新主,不可再摇摆不定,朝秦暮楚,这也不是我李陵的个性和做派⋯⋯"

"难道你甘受大汉后人的唾骂?"路充国一听李陵铁了心要留在匈奴,急了,赶紧补问了一句。

李陵苦笑着,说道:"管不了那么多了,任凭后人说去。"

苏武马上接住话茬,还想说服李陵:"少卿,你想错了,人非圣贤,孰能无过?皇上有过能改,就是明君,你何必执意要将自己的一生交给匈奴大漠呢?生你养你的大汉,无时无刻不在牵挂着你,盼望着你回归呀!"

"子卿,路兄,你们的心意我领了,可是,我意已决,如今,我亦无他求。如果你们还念和我少卿的情分,就请你们回到汉地后,抽空到我老母的坟上替我燃几炷香,烧几张纸,告诉她老人家,就说我七尺男儿身今生愧对她老人家的养育之恩,未能尽孝,倒叫她老人家因我而受牵连惨遭杀害。如果下辈子有缘再为母子,我定当好好地报答她老人家。除了这桩心事,我李陵再无他事挂怀了。拜托!告辞!"

李陵双手抱拳,向苏武和路充国辞别。

"少卿,稍等。"苏武转身弯腰端起两樽酒递给了李陵和路充国,自己也拿起一樽,"咱兄弟三人干了这酒,算是作别吧。"

"少卿!子卿!"路充国深情地喊了一声。随后,三人仰脖饮下,甜甜涩涩的琼浆在各自的心头蒸腾起难以言说的情绪。

阳光普照下的北海广袤无垠,但此时此刻、此情此景下,大地到处都激扬起苏武、路充国和李陵如同野外萋萋芳草一般的心境。

望着跨上马背的李陵,苏武不由自主地挥动手臂,朗声叫道:"少卿,保重!走好!"

四十八

　　一直将李陵在马背上的身影目送到看不见了,苏武和路充国这才别情依依地收回视线,各自平复了一下心情,坐回到石桌凳间。

　　风让草和花以及树木都在诉说着自己内心深藏的秘密,咝咝、刺啦刺啦、呼呼哗哗,这些声响被飞禽听懂了,于是,它们在徐徐的春风里翩跹起舞。一絮一絮的白云,像信鸽的祝愿,跟着风向游弋,将倩影投在花花草草上,一会儿又如同遥远的传说,随风而散了。

　　阳光是春天白昼的灵魂,它照耀万物生发成长,给众生灵以能量,也给人传送灿烂的心情,希望都在这个季节里葳蕤兴盛。

　　云朵和儿子通国见到路充国,母子二人的脸上仿佛落了天神的雨露,欢欣喜悦的心情难以表述。

　　看到李陵走了,云朵从刚才的紧张情绪下猛地清醒过来,她立刻转身回到帐篷内,将煮好的香喷喷的奶茶端了出来。她一边递给路充国,一边兴高采烈地说:"知道您今天要来,我们一家人真是掐着这一夜的时间往天亮过呢。"

　　"嘻,就别提了,都不知道这一夜是怎么熬盼到天亮的。"苏武也笑眯了双眼,跟着说道,"十九年的风霜雨雪,十九个春夏秋冬的所有期盼,全压在路使您到来前的这一晚了。"

　　"真是苦了你们了!"路充国喝着香甜的奶茶,意味深长地说了一句。接着,他又面露难色地"唉"了一声,望望云朵,又看看通国,最后将目光落在苏武的脸上。

　　眼前,路充国一个细微的表情就会给苏武一家人带来震动和不安。听路充国一声叹息,苏武和云朵就已经从这一声中嗅到了一种难以预测的奇怪味道。苏武的心一下子就提到了嗓子眼,云朵心头也禁不住一阵微颤,周围的气氛变得紧张和不安起来。

"路大人，难道匈奴单于又想变卦？"

苏武的声音低沉但却充满了急迫。

太阳已经移至人的头顶了，原野里无论是人影还是树影，此时此刻都缩短到一天当中的极致，鸟鸣声也没清早那么优美绵长了，短促得几乎听不到后音的那种急切声响洒下来，就湮灭在旷野间了。莽莽原野里，露水早已魂归故里，午间的草地显得有些寡淡起来。

路充国似乎鼓足了勇气，告诉苏武和云朵说："匈奴单于这边倒是没多大的变动，只是我们皇上有旨，除了出使匈奴的使者外，任何匈奴人一概不许进入汉朝地界。"

路充国的话无异于在平地爆响了一声惊雷，苏武和云朵以及通国都傻了眼，半晌只张着嘴却吐不出一个字来。

时间在这里打了个死结，任苏武一家人多么震惊也终没有想出解开这个结的办法来。

原野的风体会不到人世上的许多困惑和悲欢离合，一味地在花草丛中穿梭嬉戏，挑拨得植物将清香中夹杂着的草腥气随风散播开来。

"夫君！"沉默中，云朵一声长长的呼叫划破了寂静，接着，女人抽抽搭搭的哭声便撕裂人心地从帐篷里一直铺展到野外的花草间。

通国则睁着一双纯真的大眼睛跑至苏武的怀里喊道："父亲，带我和母亲一起回吧！我和母亲还要跟着父亲去看洛阳的牡丹，抓漆水河里的鱼虾，我还要吃香香的大米饭呢……"

云朵有种撕心裂肺般的委屈窝在心口，她哭得泪人儿一般走到苏武面前，将儿子一把揽进怀中，哭叫着儿的名字："通国，通国，儿啊……"

苏武两眼憋得通红，脸膛和脖子也变了色。他一字一顿地说："云朵虽是匈奴人之女，可她是陪伴我度过生死灾难的患难之妻呀，岂有不带回之理？"

苏武说完，额头上的青筋暴起来了，他像由心肺里抽出每一个字般，问路充国道："如果我一定要带她回去呢？"

"斩！"路充国吐出的这个字比一把尖刀插进心口还令苏武难以忍受。这一个字，一下子将云朵企盼的心撕扯得粉碎。

苏武做梦也想不明白，自己的归汉之路怎么就如此艰辛，这般地伤痕累

221

累,充满了意想不到的变数。

哭了一阵子后,云朵似乎从纠结中挣脱出来,她抹去脸上的泪水,镇静自若对苏武说道:"夫君,本想着今天是咱们一家归汉的大喜日子,没想到,今天竟然成了咱们夫妻的诀别之日。还望夫君以大局为重,切莫因为云朵的去留而误了夫君前行的路程。云朵希望夫君回去后,全心全意扶持汉室,不要牵挂云朵,待到大汉和匈奴真正化干戈为玉帛,两族举杯言和之时,咱夫妻再相会也为时不晚。"

"母亲!"通国仰面望着云朵酸楚地唤了一声,童音里溢满了无法言说的心痛。

苏武望着云朵曾经娇艳明媚的面颊如今变得满面沧桑,一股愧疚之情撞得他的心口隐隐作痛。

"云朵,我的夫人!"

苏武的喊叫声中满含着痛心疾首的无奈和无助,两行老泪泪泪而出。

"十九年来,不是你的陪伴和照料,哪还有我苏武的今天啊,更别说归汉的事情了!这十几载寒来暑往的日月轮回,你曾用女儿之身为我挡刀剑,血染红了衣裙;你为我在北海放羊,射猎,挖野菜,掏鼠洞,顶风雪,吃草籽,寒冬腊月披破毡,受尽了人世的苦难。你为我熬尽了青春年华,时至今日,却要我丢下你,我……我于心何忍啊!"

泪水在苏武白髯飘飘的脸上流淌不止,哭诉之声在北海荒野大地上沉重地游走。

"父亲!父亲!"通国连声叫喊着他,也放长声大哭起来。

孩子的哭叫声引来了万鸟齐聚,此时此刻,在连鬼神都为之动容的时光里,惊异神奇的一幕出现了。只见一群群颜色各异、大小不一的鸟儿纷纷从四面八方飞了过来,迅速在苏武和云朵的帐篷周围形成了一个鸟的世界。这些鸟儿,个头大的有草原雄鹰一类的,还有小不点儿的雀儿之类的。无论大的小的,它们都身披五彩斑斓的羽翼,叽叽啾啾组成了鸟的大合唱。一个鸟的世界在北海的荒原野地成为一幅最壮观的画面。

遮天蔽日的鸟群景观,使路充国眼里现出万般惊异,他有些惶恐地仰望着那些飞拥而来的鸟,不清楚这些灵性之物是受到了何种启示才云聚到这儿来的,简直比猛袭上来的骑兵军队还要令人震撼。

这一幕在苏武和云朵的面前已经不是什么新奇的事情了。

"通国，"苏武冷静下来后，用自己的大手为儿子擦拭着脸上的泪水，平心静气地叮嘱道，"父亲走后，你要好好听母亲的话。你已经长大了，是家里的男子汉，要为母亲承担一些责任。"

"不！我要父亲带我和母亲一同回去。"通国止住了哭泣，大声叫喊道。

云朵走上前，在儿子的脸蛋上亲了又亲，说："乖儿子，听话，跟着父亲先走吧，母亲过后就到。"

云朵和儿子说完话，又扭身对苏武说："夫君，先带着通国回吧，他需要回长安去接受良好的教育。"

"云朵，"苏武忙接上夫人的话，"丢下你一个人我怎能放心？还是让通国留在你身边吧，你们母子二人平时相互也好有个照应，我到了汉地，心也会稍稍安些。等到汉匈真正和好之日，我即刻来接你们母子。"

路充国也应和着苏武的话，对云朵说："苏正使说的对，通国暂且留在你身边为好。"

这时，鸟在四周越聚越多，越飞越密集，鸟叫声撼天动地。

路充国惊恐地望着这奇异的一幕，有点不知所措。

"不用紧张，路大人。这些鸟儿通灵性，知晓我和云朵要分离，是来送行的。"苏武安抚路充国说道，"在我来北海放羊时，这些鸟儿的长辈都像是我的好伙伴、好邻居、好朋友一样，日日夜夜陪伴着我枯寂的生活……"

路充国还是不可思议地看着黑压压一片的鸟影，忙对苏武说："我看时间不早了，咱们还是赶紧上路吧。"

云朵一听，转身进到帐篷内，拎出早已准备好的行囊大包，递给苏武，之后对儿子说："通国，你父亲就要回长安了，以汉朝的礼仪和父亲告别吧。告诉你父亲，让他在汉朝好好做事，不要牵挂我们母子。"

通国按照云朵的话向苏武和路充国行了汉朝大礼。云朵又对苏武叮嘱道："到了长安，早捎消息过来，云朵和通国天天在北海南望……"

鸟儿的歌喉越唱越嘹亮，仿佛要将北海的天掀翻一样。

苏武的心像打翻了的五味瓶，不知道是悲是喜，是苦是甜。他站立在帐篷外的空地上，望着鸟群遮掩下的春日时光，一下子又勾起了他对十九年前出使匈奴时春天景色下离妻别子的景象的回忆。眼下，又逢春天，在经历了

苏武牧羊

一场场血雨腥风的洗礼,一次次从鬼门关里逃生之后,又一次遭遇别妻离子的惨痛场面……

苏武在冥冥之中,无比清楚地感受到命运弄人的可怕。上次由长安出发的春日,至今天的回归,整整相隔十九载! 十九年的血泪煎熬,除了心底沉下来的一块难以痊愈的硬伤外,就是一头乌黑的发丝,在北海的风霜雪雨下,变成了如今的白发飘飘。

一些说不清也道不明的东西,总是在暗中操纵着人的行迹。苏武在感慨之余,还从心底涌上一些对命运无奈的敬畏。

苏武颤着手指,为云朵抿了抿在脸上摇晃的几缕灰发,并深情地叮嘱道:"好好活着! 相信不久我会来接你和儿子回长安的。"

云朵的双眼又溢出了泪水,但她还是坚定地、满怀信心地对苏武点了点头。

"快走吧。"路充国又一次催促道,旋即,翻身跃上了马背。

苏武依依不舍地与云朵和儿子通国作别。

上了马,掉转马头正要离去,头顶如云的鸟群立即飞排成两列纵队,一面高叫,一面夹道为苏武送行。

这一幕惊得路充国心生无限感叹。

飞鸟的队伍足足排列出二里长,它们的鸣叫声响彻云天,震撼着北海的大地。鸟群的夹道中间,路充国和苏武奔跑的马蹄声也被淹没了。路充国放大声对苏武说:"子卿啊,看样子你在北海已淬炼成神了啊!"

苏武欲开口回应路充国之际,他俩已飞奔出鸟儿送行的队列,天空豁然开朗起来。

忽然,苏武又看到在他和路充国的左前方,黑云似的狼群,由山坡上潮水一般涌了过来,一下子就挡住了他们的去路。

"这,这又是怎么了?"马背上的路充国惊慌地大叫了起来,"这北海简直就是野兽当道的地方!"

苏武勒紧马缰,马儿扬蹄嘶鸣,他扭头对路充国说:"路大人不必惊慌,它们也是来送行的。"

苏武说毕,翻身下马,立刻被野狼围了个水泄不通。

苏武心里清楚,当年救他的老狼恐怕早已长眠在这片荒山野岭了。这些灵性动物,它们一生与山地打交道,把岁月交给这方土地,死后也要让自己融化在山山岭岭上。

苏武满怀感激之心,向野狼作揖答谢,并对它们说:"等到汉匈两族真正和平了,我还会到这里看望你们的!"

见苏武跃身上马,野狼主动让出了一条道,目送苏武的身影渐行渐远,直至变成旷野里的一个小点。

苏武牧羊

四十九

　　春日的气质显得格外优雅贤淑,茫茫漠北大地上,匈奴的议事大厅里洒满了和煦的阳光,映照得年轻英武又俊气十足的匈奴新单于壶衍鞮更是意气风发,金色的皮袍穿在身上,一袭贵族气象。他长长的睫毛下闪动着一双明亮如鹰眼般的眸子,给人一种饱满壮实又不失豪迈的感觉。

　　大厅里的匈奴官员整整齐齐地排列在两旁,等待着他们的君主发令。苏武、路充国以及当年随苏武一起来漠北的九名被释放的汉使常惠等人,站在厅堂的最前面,成为今天最主要的角色。

　　"今天,是苏正使回长安的大喜日子,在这里召集百官以及和苏正使一起回汉的所有使者,我壶衍鞮以隆重的酒宴来为苏正使等人送行!"

　　单于壶衍鞮显得格外的高兴,洪亮如钟的声音在辉煌阔大的议事大厅里久久回荡。

　　苏武、路充国、常惠等人忙以匈奴人的礼节向壶衍鞮道谢:"谢单于恩德!"

　　壶衍鞮单于哈哈哈一阵爽朗的大笑,之后一挥胳膊,说道:"我们匈奴人生在草原长在大漠,喝着天上和辽阔原野的水,受恩惠于长生天,得天地之宽广,自然应有一腔如无垠大漠的坦荡胸怀。既然草原之神有意要放苏正使回中原,我们理当顺应天道,礼送你们回归。摆宴!"

　　单于壶衍鞮一声令下,丰盛的酒肉很快就摆满了厅堂,一群歌姬像天上飘来的仙女落在台上。顿时,歌舞悠悠,酒肉飘香,热闹非凡。

　　苏武、路充国和常惠等九人,不停地和在场的匈奴官员碰盏,一句话不说,只将酒液往肚子里灌。

　　苏武虽然也不住地应酬着,但他的心却一阵阵地发紧,一点轻松感都没有。他想到当年跟随自己出来时有百十号人的队伍,如今除了投降匈奴和已经死亡的,能够和他一起回去的仅剩下寥寥的九人。想到这里,苏武的心像被铁爪抓伤了似的,一道道的伤痕在暗暗地渗血。

满厅堂的匈奴官员似乎都异常兴奋,个个大口吃肉,人人饮酒如水,加之台面上的轻歌曼舞,场景醉了人,人复醉于激情。

苏武怎么也吃不下东西,仅一轮换盏,他就晕乎乎的了。他内心的煎熬在折磨着他,他深感对不住那些跟随自己来匈奴的弟兄,对不住那些将忠骨永远留在漠北的中原汉子的父母亲,以及他们的妻儿和兄弟姊妹!

苏武深深地陷进愧疚当中而不能自拔,他一面应酬着不断迎面而来的酒盏,一面强抑住翻卷在心湖里的阵阵难过,一手举盏与人碰酒,一手将使节杖握得更紧了。

曾经带领出来的浩浩荡荡的队伍不见了,但苏武手中的使节杖还在。这杆使节杖,不仅仅是跟随自己出来的随员们的精魂所在,它更是保持大汉无上尊严的信物。生命可以丢弃,但苏武一心为两地和睦,为两族众乡亲过上安稳日子的信念永远不可丢!

苏武牧羊

五十

春光明媚的季节，大地到处莺歌燕舞，在十九年后的这个盛春时节，也就是昭帝始元六年，公元前81年，苏武一行终于回到了大汉长安，回到了他日夜思念于心、生他养他的故乡热土。

魂牵梦萦十九载，苏武一踏上中原的土地，就禁不住历经沧桑的感慨，两行老泪扑簌簌地落了下来。他南望秦岭，终南山正青翠欲滴，还是记忆中那般庄重和威严。十九年的日升月落，已改变了自己昔日的面容，但时光的利器却丝毫改变不了一座大山的凛凛威严和浩然正气。一絮絮干净洁白的云彩，像远古先祖手里的棉花，散发着清香之气，缥缈着家乡烟火人家美好灿烂的遐想……

苏武放目一处处的村落，如同神话传说里的歌谣，正安静地沐浴在春光之中，被一圈圈绿色的禾苗簇拥着。偶尔从村子里跑出来的狗和猫正绕着人家的屋墙打闹一气。惬意的时光从稠稠密密的树叶间洒下来，带着猫狗的叫声，甜甜地飘浮到村落的上空。

八百里秦川腹地肥田沃土，放眼一望，到处一派幸福安然的景象。人家屋檐下的燕子，来回穿梭，用它们剪刀样的尾羽裁剪着春的美景。一张张鹅黄的乳喙，呢喃出对蓝天的向往，将人间烟火的味道渲染得浓郁又贴心。

看不够的故乡美景，收不尽的故土情深。苏武一路走来，一路感慨不已。家乡还是一方热土，然而，人已改换了容颜。苏武对家乡的一草一木都备感熟悉又亲切，可是，那些已经逝去的人，那个亲授他旌节的皇上在哪里？还有他的父母以及兄弟姐妹、妻室儿女，他们都去了哪里？

无限的感动和无穷的感叹在苏武的内心深处翻滚不息，春日的阳光下，他的白发在微风中轻飘，搅得十九个寒来暑往的酸甜苦辣在心头一齐翻动。

"苏正使，苏大人回来了！"

"苏正使，苏大人！您可回家了！"

"苏正使,真的是您吗?"

"苏正使,您终于回到家乡了!"

还沉浸在欣赏故乡景色中的苏武,突然被一阵阵迎面而来的惊呼声叫醒了。他抬头望去,只见长安城外早已站满了城内外的父老乡亲。当看到苏武的车马过来时,人群里又响起了高呼声。

苏武的事迹早已感动了长安父老,整个长安城因苏武的归来而轰动了!人们一传十,十传百,众乡亲夹道迎接,一直排列到城内。苏武望着两排长长的队列、张张惊喜万分的面孔,他激动得热泪盈眶,一边挥手致意,抱拳感激,一边高声向众乡亲点头回应:"乡亲们好啊! 是我苏武回来了!"

护城河上空的鸟群被这一幕感染了,也互相传唤着云聚到此,将一声声脆鸣雨露一般洒落在苏武的头上,洒落在两旁长长的迎接队列里。

白云游上来了,在空中变幻着舞姿,给这壮观的景色增添了无穷的魅力。

苏武一路向众人行礼一路走着,不知不觉间就到了他为之牵挂了十九年的未央宫的大广场前。

雄伟庄严的未央宫还是从前的气势,到场的文武百官却大多换了模样,宝座之上的皇帝也早已不是当年亲赐苏武使节杖、总是很霸气、一副君临天下的气势的那个皇帝了。

眼下的一切景象都和当初出使匈奴时没有差别,但令苏武百感交集的就是物是人非的变化。

紧握一杆掉光了毛的使节杖,苏武和跟随自己一道归来的常惠、徐生、赵终根等九位使节,站立在汉朝文武官员的前面,等待着新圣上的召见。

苏武在等候的时间里,看到大广场的外面依旧是十九年前自己出行时的景观,众乡亲翘首期盼的眼神一点也没改变。

广场周围的树木比往昔粗壮了许多,十九年的风霜雨雪,在一棵植物身上是一种怎样的体验? 十九年的血泪煎熬,在一个人的年华里又是一种怎样的感受?

一阵威震天地的鼓乐声在天地之间久久回荡。不一会儿,新帝刘弗陵在宫娥及太监的簇拥下,威风凛然地走向未央宫上殿。

这位年轻英俊的皇上,浑身上下飘逸出如其父一样的气势,一跨上殿台就辉映天地，与早晨的太阳相互衬托，将大汉威武无比的气概彰显得淋漓尽致。

众文武官员立即跪拜，并山呼："吾皇万岁，万岁，万万岁！"

新帝刘弗陵一挥长袖："众爱卿平身！"

接着宽广的殿前广场响彻云天昂扬着众官员的高呼："谢万岁！"

大礼之后，满场鸦雀无声，文武官员以及广场外围的百姓都静静地等候着他们的皇上开金口。

刘弗陵目光炯炯，扫视了一下殿台下的苏武一行人后，开始颁旨。

"苏武出使匈奴十九载，不为荣华富贵所动，忠心实属难得！虽受尽生死劫难，却始终保持一颗忠君爱国的情怀。在匈奴，苏武维护我大汉皇室的尊严，扬我大汉之国威，已在匈奴和中原名扬四海。今苏武归来，特赐官典属国，俸禄二千石，赐钱二百万，官田二顷，住宅一处。常惠、徐圣、赵终根，各官拜中郎，赐丝绸各二百匹。其余五人，考虑年迈，返乡养老，各赐钱十万，免其终身徭役。同时，准苏武带皇宫祭品前去拜谒武帝陵庙，以示忠君之意。"

皇上颁完旨，苏武等受赐，高呼"谢主隆恩"之后，一一退下。

仿佛有种前世的约定，苏武一出未央宫的大广场，一刻钟也不能等待地领着一帮随员，风尘仆仆地往武帝的茂陵赶去。

车马队列一驶出长安城，径直往西飞奔而去。车轮辘辘，载着苏武十九年的心愿，他手执使节杖，热血在体内沸腾不已。

天色澄明清澈，天空因为有了三朵五朵由终南山飘逸而来的白云的衬托，诗意盎然，与地面上蓬勃茂盛的庄稼和树木相互映衬，照得人间美好得如天堂一般。

车马飞行在烟柳飞絮的春天里，那大大小小的飞花，像天女洒下的花瓣，落在马车的棚子上，落在春耕正忙的农人身上，那么多情曼妙。一树树的杨花柳絮，繁繁密密，在红尘之间织就了一幅幅田园风光图，迷醉了山河湖泊，迷醉了苏武对先皇深情的追忆。

车上，苏武始终抓在手心的这杆使节杖，在历史的长河里，见证着一位大汉官员不惧强权、不为高官厚禄所动的赤子之心。这杆节杖，它不仅伴随着苏武出使匈奴十九载的血雨腥风岁月，它光滑的身上更加凝聚着苏武的铁骨柔肠以及始终不忘和番的初心。

渭河水波光潋滟,在八百里秦川大地上蜿蜒向前。这个季节的水流,很像灵气十足的女子,无论流淌到哪里,都是一副不卑不亢、不惊不媚的淡然之势。有弯时拐弯,逢直道时端流,一路向着黄河而去。

河两岸的树木翁郁有致,散发出的清香高雅清淡,使人神清气爽。

过了渭河,车辆上了咸阳塬。这一方高远厚重的土台塬,给人传达着不同凡响的感受。黄土台塬,像天母的宽广胸怀,生发出一派安静祥和的景象。

前进的车辆行到一片丛林前缓缓停了下来,随从过来撩起车篷门帘,对苏武说:"大人,武帝陵到了。"说完,扶苏武出了车篷。

随行人员带着皇宫祭品走在前边,苏武等人紧跟其后。

穿过一片茂密安静的林子,一座气宇轩昂、气势宏大、格局开阔,显得恢宏壮观的皇家陵冢出现在苏武的眼前。

仿佛望见了圣上转世的面容,在这高大的坟茔前,苏武似乎嗅到了先皇身上散发出的一种不平凡的气息,他不由得迈开大步,一头扑了上去。

高大雄伟的墓陵,凛然威严地屹立在秦川大地上。丰盛无比的宫廷祭品被随行人员一一摆上祠庙的厅堂。在一片香烟缭绕、烛火辉映之下,白发苍苍的苏武激动万分地行大礼。之后,他将使节杖高高地举上头顶,对着汉武帝刘彻的灵位,高声禀道:"圣上,臣苏武前来复命!"

这等待了整整十九个春夏秋冬轮回的复命,感天动地。茫茫原野在这一声叫喊中顿然开悟,时光在这一声复命里倏然觉醒,岁月则在这十九年后的复命声里,宁静得犹如庙堂上那婀娜多姿、飘飘袅袅的香烟……

喳喳喳,一串喜鹊的鸣叫,从头顶上落下来,叫醒了千年时光的等候,缩短了天涯和海角的距离……